書下ろし

最低の軍師

簑輪 諒

祥伝社文庫

目次

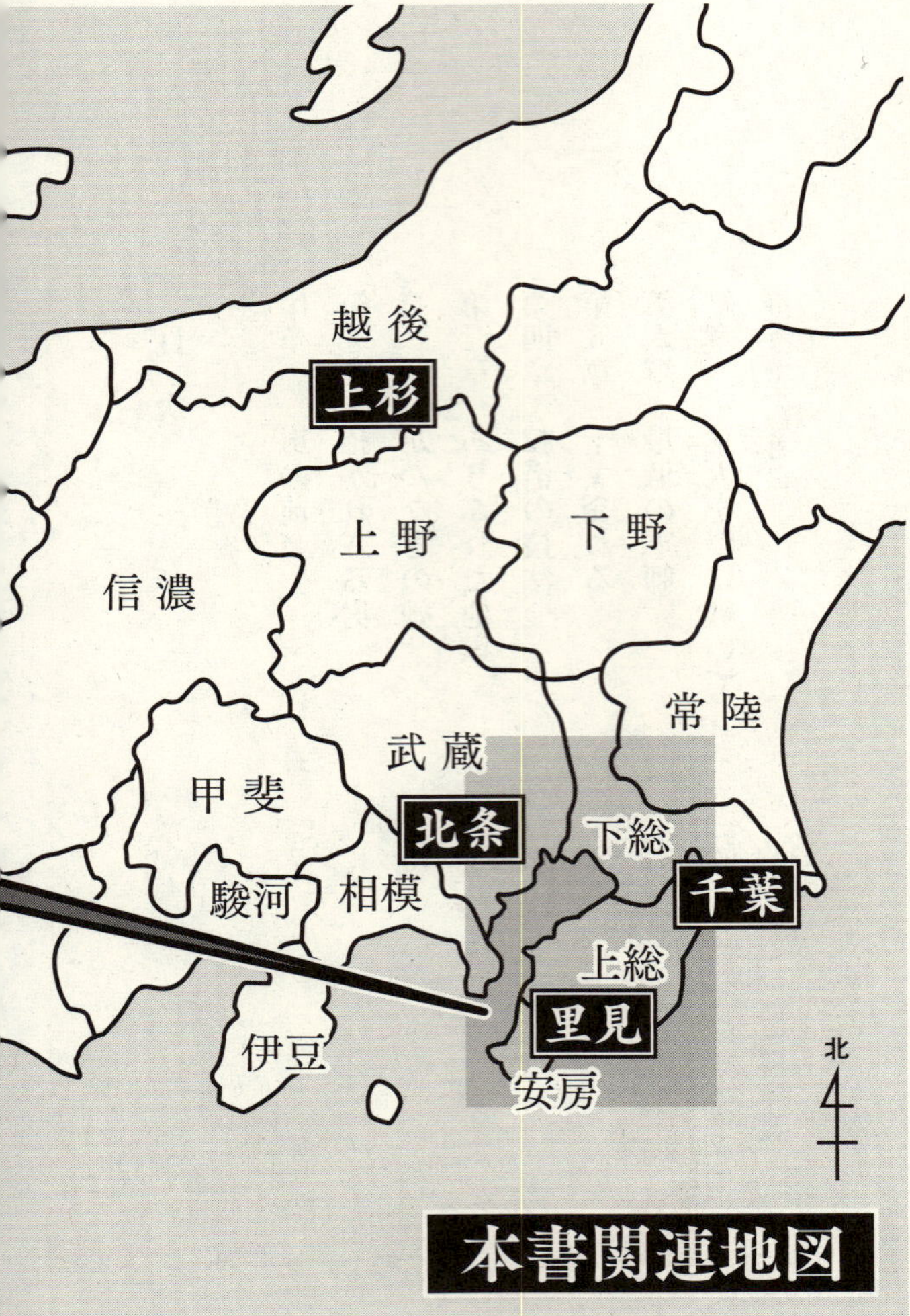

越後
上杉
上野
下野
信濃
常陸
武蔵
甲斐
北条
下総
駿河
相模
千葉
上総
里見
伊豆
安房
北
本書関連地図

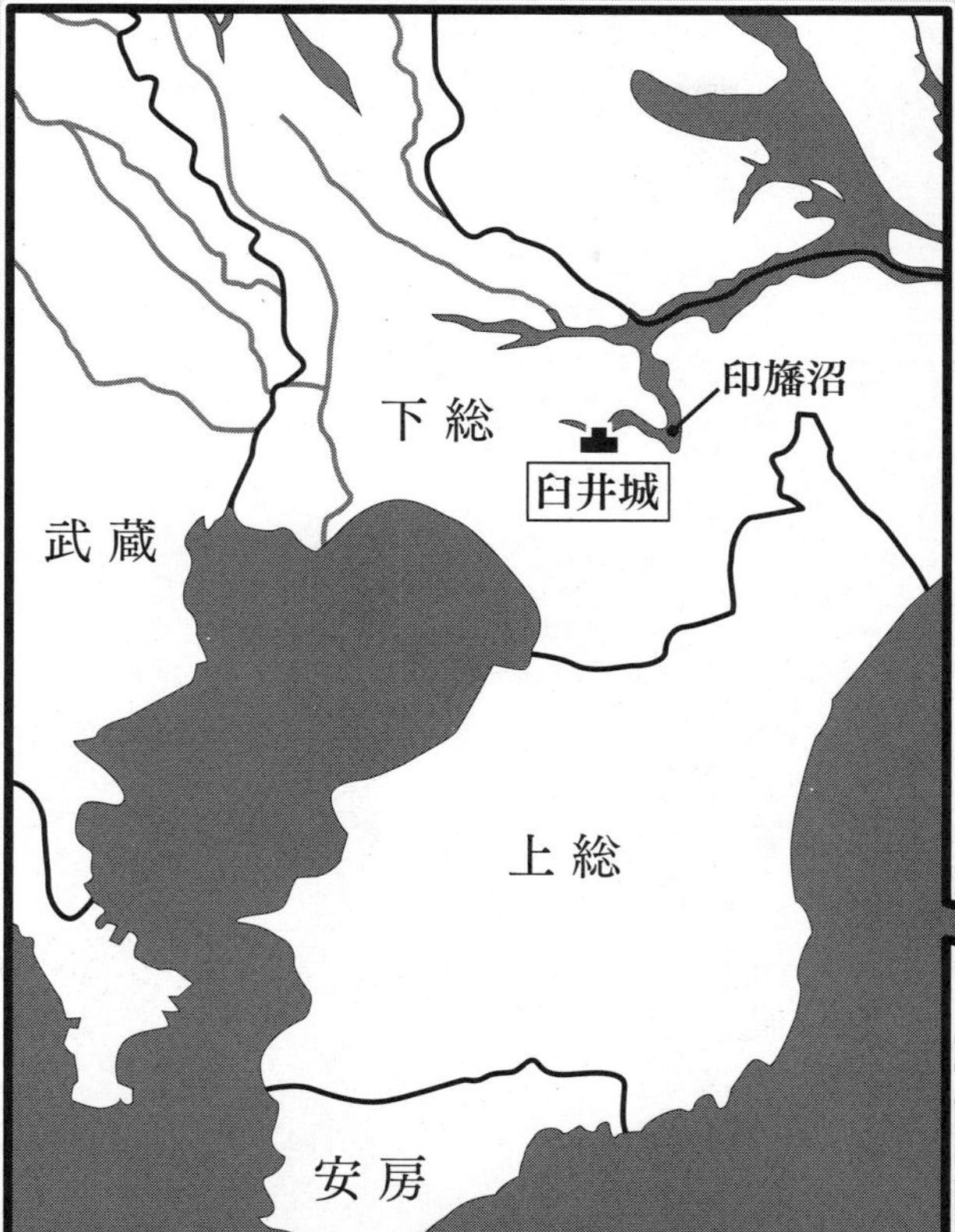
印旛沼
下総
臼井城
武蔵
上総
安房

地図作成／三潮社

序章　嵐《あらし》の前

雪に覆《おお》われた山道を、大軍が粛々《しゆくしゆく》と進んでいた。

突風が容赦《ようしや》なく吹き荒れる極寒の山中にありながら、雪を踏み締める足取りは整然としており、わずかな乱れもない。

その中軍に、総大将らしき姿が見える。年のころは三十半《なか》ば。彫《ほ》りが深く、鼻筋の通った色白の男で、背はあまり高くないが、体つきが逞《たくま》しく、馬上の姿勢が良いためか、実寸よりも大柄に見える。

男の名は、上杉輝虎《うえすぎてるとら》――のちに入道して謙信《けんしん》と号する。

英雄豪傑《ごうけつ》が群《むら》がり出た戦国の世にあって、なおも傑出した強さから、「軍神」とさえ讃《たた》えられた、戦《いくさ》の天才である。

永禄《えいろく》八年（一五六五）、十一月。

輝虎は、領国の越後《えちご》を発《た》ち、三国峠《みくにとうげ》から関東《かんとう》へ向けて軍を進めていた。その狙いはただ一つ、

——北条《ほうじょう》を打ち倒し、関東の秩序を正す。

というものである。

北条氏は、相模小田原城《さがみおだわら》を本拠に南関東の大半を支配する、この地方の覇者《はしゃ》というべき大大名である。今もなお、膨張《ぼうちょう》し続けるその勢力は、遠からず関東一円をも呑《の》み込むかに思われた。

だが、越後の上杉輝虎がこれを阻《はば》んだ。

目的は、領土のためではない。

——北条は世の筋目を無視し、私欲のままに他者の領土を奪い、関東の秩序を乱して憚《はばか》らぬ。かの悪逆無道の凶賊《きょうぞく》は、義によって打ち倒されねばならん。

というのだった。

輝虎は、北条の打倒と、圧迫を受けている領主たちの救援、そして東国の秩序回復を標榜《ひょうぼう》し、北越《ほくえつ》よりはるばる峠を越え、幾度となく関東への出兵を行なって来た。両家は実に五年に渡って、熾烈《しれつ》な争いを繰り広げている。

(こんな大名が、ほかにおられるだろうか)

輝虎と鞍《くら》を並べる若武者――上杉家臣・河田長親《かわだながちか》は、今さらながら、そう思わずにはいられない。正義を掲《かか》げて戦うのではなく、正義のために戦う。それが建前だけでない証拠に、輝虎は北条から奪い返した領地を、ことごとく元の領主へ返してしまうのである。

利害が支配する乱世に、輝虎のような男はおよそ例がない。いったいこの主君には、なにが見えているのか。河田は輝虎を主《あるじ》として敬慕《けいぼ》していたが、しかしその特異な信念については、未《いま》だ理解しかねるところがあった。

そのとき、

「止まれ」

と、輝虎が不意に声を上げた。すると、その声が一瞬で伝播《でんぱ》したかのように、兵の端々《はしばし》に至るまで、軍勢は一斉《いっせい》に足を止めた。

「じき、山道を抜け、上野《こうずけ》へ入る。同国は我らに味方する者も多いが、一歩関東へ足を踏み入れれば、すでに戦場と心得ねばならぬ。されば、これより鬨《とき》を上げ、我らが武威《ぶい》を近隣に知らしめよ」

「お待ちください」

河田が、慌《あわ》てて主君を諫《いさ》めた。

「恐れながら、かような場所でむやみに大声を上げては、雪崩《なだれ》が起きるやもしれませぬ」

「案ずるな、長親」

輝虎は、薄暗い曇天を睨《にら》むように見上げ、

「天は、義士の志《こころざし》を潰《つい》えさせ、不義なる凶賊の栄えを許すことはない。もし、ここで雪崩が起こり、我が軍を滅《ほろ》ぼすとすれば、それは世の方が誤っているのだ」

「世の方が……」

冗談を言っている様子ではない。あるいは輝虎は、自身の正しさを、天に向かって問おうとしているのかもしれなかった。

そして間もなく、雪深い山々の狭間《はざま》に、法螺貝《ほらがい》の音が響き始めた。次いで陣太鼓《じんだいこ》の音が加わり、その律動に合わせて兵たちは、槍《やり》の石突《いしづき》で地面を鳴らし、鬨の声を高々と上げた。

えい、おう。

えい、おう。

数千の兵が張り上げる声は、山々にこだまし、空を割らんばかりに響き渡った。輝虎はその音色に耳を傾けながら、馬上杯《ばじょうはい》に酒を注《つ》ぎ、ゆっくりと喉《のど》へ流し込んだ。


その後、上杉軍は上州沼田《じょうしゅうぬまた》城へ入り、この城を征略の本営とした。

「雪解けを待って兵を挙げ、北条を誅《ちゅう》す」

そう宣戦した輝虎のもとへ、関東各地の反北条勢力は続々と参陣し、兵数は急速に膨《ふく》れ上がっていった。

東国の地に、嵐が吹き荒れようとしていた。

第一章　招かれざる男

一

永禄八年（一五六五）、十二月。

北条家臣・松田孫太郎《まつだまごたろう》は、配下の兵二百五十余を率《ひき》いて、街道を北上していた。

先月、関東に入ったという上杉軍に備えるべく、前線の拠点へ援軍として派遣されたのである。

真っ赤な具足《ぐそく》に包まれた、孫太郎の逞《たくま》しい長身の内側では、怒りが静かに煮立《にた》ち続けている。

（山猿は山猿らしく、大人しう越後へ引きこもっておればよいものを……）

北条家にとって上杉軍の関東出兵は、もはや天災にほかならなかった。「軍神」の異名《いみょう》に違《たが》わない精強な軍勢は、暴風の如《ごと》き脅威をもって、これまでも幾度となく関東で荒れ狂ってきた。

上杉輝虎は、北条家を「関東の秩序を乱す凶賊」などと誹謗《ひぼう》している。だが、北条家臣の孫太郎に言わせれば、関東を乱しているのは、むしろ上杉軍の方だった。

およそ百年前の「享徳《きょうとく》の乱」以降、西国よりも早く、戦国時代と呼ばれる狂乱に突入した関東を、北条家は平定し、統一しようとしている。ところが、その新たに生まれつつある秩序は、上杉軍の闖入《ちんにゅう》によって妨害され、後退を余儀なくされている。

（このままでは、いかん）

手綱を握る手に、思わず力がこもる。

（これ以上、輝虎の好きにさせてはならぬ。北条の、そして関東の未来のため、命に代えても上杉軍を防がねば）

覚悟と決意を胸に、孫太郎は馬を進めた。

そのまま、しばらく行軍を続けていると、

「おや？」

ふと、行く手の先に、誰かが倒れているのが見えた。墨染《すみぞ》めの法衣《ほうえ》を着込んだ、僧侶らしきその人影は、道端《みちばた》に横たわったまま、ぴくりとも動く様子がない。

「あれは、行き倒れではないか？」

「放っておかれませ」

傍《かたわ》らの中年の武者が、諫《いさ》めるように言った。蔭山新四郎《かげやましんしろう》という北条家臣で、与力《よりき》（加勢）武将として、孫太郎の補佐役を務めている。

「孫太郎殿、悪い癖《くせ》ですぞ。我らは、援軍として先を急がねばならぬ身。それに、行き倒れなど、今どき珍しくもござるまい」

「だが、見て見ぬ振りは出来ぬ。……蔭山殿よ、悪いが軍を率いて、先に目当ての城へ向かってくれ。私も、あとからすぐ追いつく」

「やれやれ、慈悲深い『鬼』もいたものじゃ」

蔭山は苦笑を漏《も》らした。

松田孫太郎は、齢《よわい》二十六の若さながら、すでに数多《あまた》の戦功を上げてきた武辺者《ぶへんもの》で、関東の反北条勢力からは「松田の赤鬼」「鬼孫太郎」などと呼ばれ、その勇猛さを恐れられている。

しかし、平素の孫太郎は、鬼という異名に似合わず、少々度が過ぎるほど親切で、世話好きな若者だった。

「早くお戻りくだされよ」

「ああ、すまないな」

孫太郎は、すぐに馬を駆《か》け寄せると、鞍《くら》から飛び降り、人影へと近づいた。

倒れているのは、若い男である。生《は》え放題の無精《ぶしょう》ひげのせいで歳《とし》が分かりづらいが、おそらく孫太郎よりも若い。二十二、三歳といったところだろうか。

法衣を着込んでいるので僧侶かと思ったが、頭は剃《そ》っておらず、総髪《そうはつ》を後ろに垂《た》らしている。装《よそお》いとしては山伏《やまぶし》や修験者《しゅげんじゃ》に近いが、それにしては体つきが華奢《きゃしゃ》で、厳しい修行を積んだ者には見えない。

「おい、しっかりしろ」

孫太郎は男を抱き上げ、身体《からだ》を揺さぶった。

「うう……」

「気がついたか」

「……なんだね、いきなり」

目覚《めざ》めた男は、心底迷惑そうな顔で、孫太郎の腕を振りほどいた。

「人が昼寝をしていたところに、なんのつもりだ」

「昼寝だと？」

意外な返答に、孫太郎は唖然《あぜん》とした。

「この寒空の下でか？」

「いけないかね」

総髪の男は、むくりと上体を起こし、わざとらしく大あくびをしてみせた。いかにも、人を小馬鹿にしたような振る舞いである。

孫太郎は愉快ではなかったが、ぐっと怒りをこらえた。無用な争いをしている暇《ひま》はないし、こんな胡散臭《うさんくさ》い容貌《ようぼう》の男と、関わり合いになりたくもなかった。

「邪魔したな」

そう言い捨てて踵《きびす》を返し、この場から立ち去ろうとした。

ところが、

「まあ、ちょっと待ちなよ」

振り返ると、いつの間にか先ほどの男が、孫太郎の陣羽織《じんばおり》の裾《すそ》をつかんでいる。

「どうだねお武家様、一つ占って進ぜようか」

「占い？」

「ああ。俺は旅の易者《えきしや》（占い師）で、浄三《じようさん》という。ここで会ったのもなにかの縁《えん》だ。お手前の今後について、占って進ぜようじゃないか」

浄三と名乗った男は、やけに大ぶりな樫《かし》の杖《つえ》をついてよろよろと立ち上がると、「少し待っていろ」と言って、背後の茂みの中を探り出し、やがて風呂敷《ふろしき》包みを見つけると、そこから筮竹《ぜいちく》を取り出した。

「易が出来るのか？」

「易をするから易者というのだ」

浄三は、得意げに笑った。

しかし、いわゆる易——筮竹を用いた、古代中国より伝わる占術法——は、数ある占いの中でも、高度であると言われている。孫太郎もその内容について詳《くわ》しくは知らないが、浄三のような若造が、そう易々と習得出来るとは考えづらい。

孫太郎は訝《いぶか》しんだが、浄三は構わず、占いの道具を広げ出している。

「では、始めようか。いわゆる本筮《ほんぜい》は手間がかかり過ぎるゆえ、略筮《りやくぜい》でやらせてもらおう」

そう言うと、浄三は筮竹を両手で握り、額《ひたい》の前へ掲《かか》げた。

その姿勢のまま、深く息を吸い、ゆっくりと吐《は》き出す。呼吸を繰り返すうちに、周囲の空気が静かに張りつめていく。

「…………」

浄三はまず一本、束《たば》の中から筮竹を除《の》けた。

残った束を、さっと両手に分ける。右手の束は、そのまま地に置くが、そこからまた一本を取り出し、左手の小指に挟《はさ》む。

そうして、左手の束を手の中で広げ、筮竹を数え、そこから得られたらしい卦《け》を、算木《さんぎ》を並べて表していく。

ほとんど同じ動作を、浄三は三度繰り返し、最後に筮竹を置いた。これが、略筮というものらしい。

「どうだ？」

ここまで来ると、孫太郎も結果が気になった。浄三は腕を組み、ふむふむとうなずきながら、

「『地水師《ちすいし》』の上爻《じょうこう》、変じて『山水蒙《さんすいもう》』に之《し》く、と出た」

と答えた。

「良い卦か？」

「そう急《せ》くなよ。順を追って説明しよう。……まず、『地水師』の〈師〉は、軍や集団のことだ。〈水〉は軍にとって、進行を阻《はば》む障害の象徴、それが〈地〉に隠れている。つまりは、集団の行く手に困難がひそんでいるから、油断せず備えよ、とでも言うべきかね」

「困難、か」

　戦が目の前に迫っているだけに、あまりいい気分はしない。

「つまり、悪い卦ということか」

「いや、これ自体は、そう悪くとらえることもない。『地水師』は、たしかに困難を暗示する卦だが、難事というのは、向き合い方によっては好機に繫《つな》がることもある。ただ、本卦《ほんけ》はともかく、之卦《しけ》の『山水蒙』がまずいな」

「どういう意味だ？」

「簡単に言えば、お主《ぬし》は先ほど示された困難の実態も、その対策も見えていない。このままゆけば、やがて対処を誤り、悔《く》いを残す結果となるだろう」

「ふむ」

たしかに、当たっているかもしれない。なにしろ孫太郎は、これから前線の城へ籠《こも》り、上杉軍を迎え撃たなければならないのだ。困難と言えば、これほどの困難はないだろう。

(だが、一つ間違っている)

たとえ占いの通り、難事が待ち構えていようと、あるいは悲惨な結果を迎えることになろうとも、孫太郎は微塵《みじん》も悔いるつもりなどなかった。この心情ばかりは、たとえどれほど優れた易者であっても、武士でない限り計り知れないだろう。

「ところで、お武家様よ」

占い道具を片付けながら、浄三は言った。

「松田だ」

「ああ、失礼、松田殿。……そろそろ、占いの代金を頂きたいのだが?」

この男は、なにを言い出すのだ。孫太郎の顔が、不快げに強張《こわば》った。

「ふざけたことを抜かすな。お主が勝手に占ったのだろう」

「勝手というのはおかしいな。松田殿は卦の説明を、俺に求めたではないか。易者は、占いを立てるのが商売だ。それを勝手に無料《ただ》だと勘違《かんちが》いしておいて、代金を踏み倒そうなどというのは、武士として恥ずべき振る舞いではないかね」

浄三は、意地悪く薄笑いを浮かべている。

「なに、ここで会ったのもなにかの縁だ。そうだな、お代は特別に、百文《もん》にまけておこうではないか」

「断る」

「たかが百文が、そこまで惜《お》しいかね」

「額の問題ではない。たとえ銭《ぜに》の一文だろうと、米の一粒だろうと、不正なものに対価は払えぬ」

いかに屁理屈《へりくつ》を並べ立てようと、この男が、わざと代金の話を伏せていたことは明白だった。

（私は、北条家の家臣だ。いかなるときも、不正に屈するわけにはいかぬ）

関東の覇者たる北条の家臣として、どう振る舞うべきか。筆頭家老・松田氏の一門として生まれた孫太郎には、その範を他に示さねばならぬという、強烈な自負心があった。

命を懸《か》けて援軍へと馳せ参じることも、行き倒れの旅人を助けることも、その行動の根にあるものは同じである。松田孫太郎とは、つまりそういう男だった。

「吝嗇《けち》め」

頑《がん》として譲らない孫太郎に、浄三は小さく舌を打った。

「これなら、その辺《あた》りの百姓でも引っ掛けた方がマシだったか」

「なんだと？　お主、それはどういう……」

「さあてね」

浄三は、孫太郎の問いを無視して、杖にもたれかかるようにして立ち上がった。

「それじゃあな、松田殿」

「待て！　話はまだ……」

孫太郎は、浄三の腕を摑《つか》もうとした。

ところが、浄三はそれをひらりと躱《かわ》し、なんとそのまま、飛ぶような速さで駆け出したのである。先ほどまで、大儀そうに身体を預けていた樫の杖は、その肩に軽々と担《かつ》がれている。浄三は文字通り脱兎《だっと》の如《ごと》く逃げ去り、あっという間に姿が見えなくなった。

取り残された孫太郎は、ぽかんと口を開けたまま、ただ呆然《ぼうぜん》と立ち尽くしている。

目をこすり、頰《ほお》を叩《たた》き、己《おのれ》の覚醒《かくせい》を確かめる。しかし、それでもなお、つい先ほどまでそこにいた易者の存在が、なにやら夢の中のことのように思えてならなかった。

（狐狸《こり》にでも化かされたか）

そのとき、ふと、孫太郎の視界に、きらりと光るものが映った。永楽銭《えいらくせん》が一枚、地面に落ちている。どうやら、浄三が落としたものらしい。

孫太郎はそれを拾い上げ、まじまじと眺《なが》めてみたが、少なくとも、木の葉の銭ではなさそうだった。

（いったいなんだったのだ、あの男は）

しきりに、孫太郎は首を傾《かし》げるばかりだった。

その後、孫太郎は蔭山新四郎と合流し、目指す城へとたどり着いた。

城の名は、臼井《うすい》城という。

下総国《しもうさのくに》の中部に位置するこの城は、陸路においては「下総道」という古くからの街道沿いにあり、また、水運においては印旛沼《いんばぬま》――この当時は霞《かすみ》ケ浦《うら》、手賀《てが》沼《ぬま》などと繫がり「香取海《かとりのうみ》」と呼ばれていた、広大な内海の末端――に接する、交通の要所である。

城は、七丈《じょう》(約二一メートル)ほどの高さを持つ、小高く広範な台地の上に築かれている。孫太郎は、蔭山とともに本丸へと登城した。

「遠路はるばる、よくぞ参《まい》られた」

広間で対面した城主は、丁寧《ていねい》な物腰で、孫太郎たちを出迎えた。

「小田原よりわざわざの援軍、まことに有り難く存ずる。それがしが、当城の主《あるじ》、原上総介胤貞《はらかずさのすけたねさだ》にござる」

原胤貞は五十がらみの初老で、くたびれた老犬のような顔つきをした、いまひとつ冴《さ》えない男だった。恰幅《かっぷく》が良いわりにまるで威厳《いげん》があるように見えないのは、孫太郎たちの機嫌をうかがうような卑屈《ひくつ》な愛想笑《あいそわら》いのせいだろうか。

この胤貞は、北条家の直臣《じきしん》ではなく、傘下に降《くだ》った国衆《くにしゅう》(国人《こくじん》、在地領主)である。一城の主とはいえ、北条家にとってはあくまで外様《とざま》であるため、若年ながら旗本《はたもと》である孫太郎に対して、あからさまに腰が低い。

「胤貞殿、この臼井城は交通の要所であり、下総一帯の守りの要《かなめ》です。互いに力を合わせ、上杉の魔の手から、関東を守りましょうぞ」

「望むところにござる。……しかし、松田殿」

胤貞は上目づかいで、こちらの顔色をちらちらと窺《うかが》いながら、遠慮がちに尋《たず》ねてきた。

「家臣から報告があったのだが、その、貴殿らの援軍の数は、三百にも満たないとか？」

「いかにも、その通りです」

孫太郎自身の手勢が百五十、それに与力の蔭山新四郎の兵が百あまり、総勢およそ二百五十。これが、援軍の内訳だった。

「ああ、まことにござったか。いや、これはまた、なんとも……」

「なにかご不満でも？」

「まさか、滅相《めっそう》もござらん！　しかし、まあ、そうなりますと、なかなか……」

ひきつった笑みを浮かべたまま、胤貞はもごもごと口ごもった。

言いたいことは分かる。北条家からの援軍にしては、あまりにも少な過ぎるというのであろう。

（しかし、小田原にも事情がある）

北条の領国は、あまりにも広大過ぎるのである。伊豆《いず》、相模、武蔵《むさし》に加え、房《ぼう》総《そう》半島の大半を支配下に置き、常陸《ひたち》など北関東にも勢力を伸ばしている。これほどの大版図《はんと》である以上、各地の拠点に援軍を派遣すれば、必然的に、それぞれの兵数は少なくならざるを得ない。

「胤貞殿の、お気持ちは分かります。されど、北条家は決して、臼井城を軽《かろ》んじているわけではございませぬ。なればこそ、この松田孫太郎めを差し向けたのです。援軍はたしかに二百五十、しかし我らは命を懸け、一騎当千の働きをしてみせまする」

「恐れながら」

と声を上げたのは、原ではない。

その傍らに控えていた、側近らしき男である。

城主の原が老犬なら、この側近は蟷螂《かまきり》に似ていた。身体は棒きれのように痩《や》せ細っているが、するどく尖《とが》った輪郭や、飛び出るほどに大きな三白眼《さんぱくがん》は、ひたひたと静かに獲物を狙う、肉食虫の獰猛《どうもう》さを感じさせた。

「松田様のおっしゃりようは、筋が通りませぬ。たとえどれほどの働きをしようと、兵数そのものが増えるわけではありますまい。されば、北条家が、この臼井城を軽んじていないという証にはなりませぬ」

蟷螂顔の側近は、冷ややかに孫太郎を見据えて言った。その口ぶりには、侮蔑《ぶべつ》と敵意がにじみ出ている。

「これ、海野《うんの》！」

原は、慌ててこの側近をたしなめた。

「松田殿、ご無礼を許されたい。この者は、海野隼人《はやと》。当家の軍師にござる」

「ほう、軍師……」

この当時、軍師と言えば主として、武家に雇われた易者のことを指した。

武士は、生命が元手の稼業であるだけに、古《いにしえ》より極端に縁起を担ぐ。特に、合戦が日常である戦乱の世にあっては、戦陣での吉凶、出兵の日取りなどを占う軍師の存在が非常に重んじられた。

胤貞がさらに語るところによれば、この海野隼人は、易学の権威である足利学《あしかがが》校《っこう》で学んだ秀才で、ほかにも有識故実《ゆうそくこじつ》や、医学、兵法など、幅広い分野に精通しているのだという。

（しかし、たかが易者ではないか）

易者は、易だけ立てていればいい。仮にも北条家の名代《みょうだい》である己に対して、差し出がましい口を利《き》く資格はないはずである。孫太郎は、そう一喝《いっかつ》してやりたかったが、ここで場を荒立てて、原の心証を悪くするのはまずい。

「海野殿。お主はいったい、なにが言いたいのだ」

「されば、はっきり申し上げましょう」

瘦せこけた海野の頰が、嘲《あざけ》るような冷笑に歪《ゆが》んだ。

「北条家は臼井の城を軽んじておられるのではございませぬか？　いや、それどころか、いよいよとなれば、この臼井を見捨てればいいと、そう考えておられるのではありますまいか」

「馬鹿な！」

孫太郎は、身を乗り出すようにして反論した。

「臼井が要所であることは、誰の目にも明らかだ。我ら北条家は、限られた兵力の中で、この城を守ろうと誠心を尽くしている。それが、なぜお分かりいただけないのか」

「では、なぜ松田様は、軍師の一人も連れていないのですかな？」

「軍師？」

「左様《さよう》。そこまで臼井を重んじるつもりがあるのなら、軍師を同行させ、万全を尽くそうとするのが当然ではございませぬか？」

（ばかばかしい）

理屈もなにもあったものではない。数千数万の大軍勢ならともかく、たかが援軍の一隊が、いちいち軍師など引き連れるはずもない。

「そこまでにしておけ」

原は大きく咳ばらいをした。

「下がれ、海野。せっかく援軍に来てくださった松田殿を、困らせるようなことを申すでない」

「は……」

海野は、孫太郎をじろりと一瞥《いちべつ》したのち、そそくさと室外へ去った。原は、小さくため息をついた。

「いや、松田殿、どうかお気を悪くなさるな。海野の言葉も、この城のことを思えばこそゆえ」

「私とて、この城のことを案じているつもりです」

「左様にござろうとも。されど、どうもあの海野のような、城中の者たちには、貴殿の誠心が分からぬらしい」

しかし、それも無理からぬことなのだ、と大汗をかきながら、原は弁解する。

「北条家から見れば、臼井が如き田舎城《いなかじろ》など、数ある拠点の一つに過ぎぬ。されど当家にとっては、この城が全てなのでござる。城が落ちるときはすなわち滅《ほろ》ぶときだと、城中の者は残らずそう心得ておる。……ゆえに、もし小田原から遣《つか》わされた援軍が、北条家の体裁《ていさい》を取り繕《つくろ》う、形だけの援軍であるのならば、無用どころか害悪であると、彼奴《きやっ》らは考えておるのだろう」

「我らは、左様な真似《まね》は致しませぬ」

「もちろんわしも、松田殿のことを信じておる。しかし、彼《か》の者たちの疑いを晴らさぬ限り、貴殿らを援軍として迎えることは難しい。城中の士気が乱れ、籠城《ろうじょう》に大きな支障が出るのは明白ゆえ、な」

それがしの城主としての器量が足りぬばかりに、松田殿に迷惑をお掛けしてしまい、面目《めんぼく》次第もござらぬ。……と、胤貞は困窮しきった様子で、何度も頭を下げて孫太郎に詫《わ》びた。孫太郎も、さすがにそれ以上の追及をすることは出来ず、この日は一旦《いったん》、引き下がるよりほかなかった。

「これだから、田舎者は嫌《いや》なのだ」

城中に用意された宿所へ入るなり、孫太郎は補佐役の蔭山新四郎にぼやいた。

「我らは、この城を救いに来たのだぞ。それにこれまでも、北条家がおればこそ、この臼井城も原家も守られ、関東の秩序も保たれてきたのではないか」

だというのに、あの海野隼人とやらの、挑発的な態度はどうしたことであろう。たかが易者が北条の誠心を疑うなどと、どこまでのぼせ上がっているのか。

「それに、この扱いもどういうことだ」

驚くべきことに、孫太郎と蔭山の宿所は、二人で一部屋しか用意されていなかった。

――もともと手狭な城の上、近隣の領主からも援軍を募《つの》っているので、これしか部屋が残っていないのです。

と、胤貞は腰を低くして詫びたが、どれほどの小城であれ、主家である北条の名代たる孫太郎に、そのような扱いがあるだろうか。

「食事も、なんでしょうな、これは」

蔭山新四郎も、困ったように言った。

二人の前には、夕餉《ゆうげ》の膳《ぜん》が置かれている。蔭山が言っているのは、その中の妙な椀《わん》だ。

味噌汁《みそしる》に、二、三匹ほどのどじょうが、まるで沼に打ち捨てられた屍《しかばね》のように、ぐったり身を横たえて浮かんでいる。

海産物に恵まれた小田原育ちの孫太郎には、どじょう自体が、なじみの薄い食べ物だ。それも、見た目が不気味なだけならまだ耐えられるが、魚が古いのか、下処理がまずいのか、口に入れただけで泥臭さとも生臭さともつかない悪臭が広がり、吐き出しそうになる。

「いや、陣中の食事に好悪《こうお》など申すべきではありませぬが、これはいささか辛《つろ》うござるな。小田原でこんなものが出たら、まず嫌がらせだと思うところです」

「本当に嫌がらせかもしれんぞ」

どじょうを諦《あきら》め、香の物だけで飯をかき込みつつ、孫太郎はぼやいた。あるいはこの城中には、あの海野隼人以外にも、北条の援軍に対し、良くない感情を抱いている者がいるのかもしれない。

「まったく、わけが分からぬ。もともと、援軍を請《こ》うてきたのは向こうではないか。それがなぜ、参陣を断られなければならぬ」

それが、海野だけのことであれば、孫太郎はここまで苛立《いらだ》たない。あるいは、ほかに何人、似たような重臣たちがいようとも、気に留めるほどのことではない。

問題は、城主の原胤貞である。

「あんな情けない男が、この下剋上《げこくじょう》の世で、よくも一城の主としておさまっているものよ」

家臣を抑《おさ》えきれない不器量、そうして下から突き上げられるままに、援軍を拒絶してしまう惰弱《だじゃく》さ、そしてなにより、北条家の名代たる孫太郎に対し、「だから帰って欲しい」などと遠回しに抜かす無恥《むち》ぶりはどうしたことだろう。

「礼を知らないだけなら、田舎者ゆえと見過ごしもしよう。されど、恩を忘れ、節を知らぬような輩《やから》を、侍と呼べるだろうか」

自分に対する侮辱《ぶじょく》であれば耐えられる。だが、胤貞や海野が辱めたのは、孫太郎が背負っている北条の大義である。それは北条家臣の範《はん》たらんとする孫太郎にとって、これ以上ない無念であった。

「いっそ、本当に帰ってやろうか」

「短気を起こされますな」

蔭山は眉《まゆ》をひそめた。

「臼井は要地にござる。ここで敵を食い止め、房総を守ることこそ我らが使命ですぞ」

「分かっておるさ。言ってみただけだ」

納得はいかない。しかし、関東を上杉から守るため、そしてなにより、北条の家臣として、たとえなにがあっても味方を見捨てるような真似は出来ない。

「返す返す、あの海野とかいう軍師には参ったな。足利学校を出たほどの学識があるのなら、なぜこの程度の道理も分からぬのか」

「戦の機微は、兵法書を隅《すみ》から隅まで諳《そら》んじれば、身に付く類《たぐい》のものではありませぬ。結局、あの男は机上の将に過ぎないのでしょう」

（その通りだ）

いくら兵法を学んだところで、易者は易者である。戦のことなど、分かるはずもない。だというのに、易者の職分を越えて重用する胤貞も見る目がないが、己の力量も計れず増長する海野は、さらに愚《おろ》かだろう。

「まったく、易者にはろくな奴がおらぬ。ここまでの道中でも、妙な易者と関わって、ひどい目にあった」

「ああ、件《くだん》の行き倒れでござるか」

「行き倒れではない。その振りをした鳩《はと》ノ戒《かい》（詐欺師《さぎし》）だ。おかげで、あやうく銭を騙《だま》し取られそうになった」

易者の名は、たしか浄三といっただろうか。今思い出しても、腹立たしくて仕方がない。戦場での武略や駆け引きであればともかく、日常の中にあって、他人を騙して糧《かて》としているような手合いが、孫太郎には理解出来なかったし、したくもなかった。

そのときである。

「孫太郎殿！」

いきなり、蔭山が声を上げた。

「な、なんだ？」

「軍師でござるよ。軍師さえ用意出来れば、あの海野も、己が言ったことの手前、我らを認めざるを得ないではありませぬか」

「む……？」

そう言えば、海野隼人はそんなことを言っていた。形ばかりの援軍でないというのなら、なぜ軍師を連れていないのか、と。

海野にしてみれば、難癖をつけるために言ったことだろうが、たしかにそれを逆手に取れば——軍師さえ用意出来れば、理屈の上では、孫太郎たちが本気だという証明になる。

「しかし、戦の前だぞ。身体の空いている軍師など、北条家にはおるまい」

「ですから、仕立て上げるのですよ。……孫太郎殿が出会ったという、その易者をつかまえて」

「はあっ？」

予想もしなかった言葉に、頓狂《とんきょう》な声を上げてしまった。孫太郎は、苦々しく顔をしかめた。

「正気か、蔭山殿」

「無茶は承知しております。しかし、そうでもしなくては、我らの参陣は認められませぬ」

「馬鹿げている。だいたい、あの男がどこにいるかも分からぬというのに……」

「されど、探せば見つかりましょう。今、街道は塞《ふさ》がれております。その易者も、遠くには行けぬはず」

現在、北条家は敵方の間者《かんじゃ》の流入を防ぐため、領国内全域の街道を封鎖し、援軍に向かう北条家臣など、許可を得た者以外の通行を禁じている。

蔭山の言う通り、浄三というあの易者もまた、臼井の近辺から移動することが出来ずにいるはずである。しらみつぶしに聞き込みを行なえば、余所者《よそもの》はすぐ見つかるであろう。

「しかし、味方を嘘《うそ》で騙すような真似は好かぬ」

「武士の嘘は、嘘ではなく武略と申すべきもの。別に誰かを陥れようというわけでもなし、なにを躊躇《ちゆうちよ》することがありましょう。すべては臼井のため、北条の御為《おんため》ではござらんか」

「む、う……」

たしかに、蔭山の考えは正しい。そのぐらいの無茶をしなくては、臼井で援軍の役目を務めることは叶《かな》わぬだろう。しかし、それが分かっていてもなお、孫太郎は躊躇を拭《ぬぐ》い去れない。

（あんな男の手を、借りねばならぬというのか）

二

そこは、ひどいあばら家だった。

板壁はあちこちが破れ、すきま風どころか、野外にいるのとそう変わらない。そのうえ、風が吹きつけるたびに柱が震え、今にも屋根が潰《つぶ》れ落ちそうになる。

その中で、浄三は平然と、囲炉裏《いろり》の前に座っている。相変わらず、総髪に無精ひげ、旅塵《りょじん》にまみれた法衣姿で、樫の杖を大事そうに抱いている。宵時《よいどき》に、ゆらめく薪火《たきび》が照《て》らすばかりの薄暗い部屋は、この奇妙な易者の怪《あや》しさをより際立たせているようだった。

「まあ、上がれよ」

入り口に立っている孫太郎たちに向かって、浄三は不愛想《ぶあいそう》に顎《あご》をしゃくった。

「ずっと、ここに泊まっているのか？」

対面に座り、孫太郎は尋ねた。隣の蔭山は、あまりの荒れ具合に呆然としている。

「まるで他人事《ひとごと》のような口ぶりだな」

浄三は苦々しげに呟《つぶや》いた。

「北条家が、街道を塞ぎさえしなければ、俺だってこんなところに泊まったりせんさ。まったく、俺はただ、鹿島神宮《かしまじんぐう》へ行きたかっただけだというのに、足止めを食らってとんだ迷惑だ」

とはいえ、しばらく臼井を動けぬ以上は風雨を凌《しの》がなければならん、と浄三は言う。

「それで、この空家なら勝手に使ってよいと村の長《おさ》が言うので、宿にしているだけだ。……ああ、勝手というのは違うか。見返りに、来年の豊作の祈禱《きとう》をしてやった」

「易だけでなく、祈禱も出来るのか」

「出来るはずないだろう」

素っ気なく、浄三は言い捨てた。

「いいんだよ。学のない百姓にしてみれば、祈禱師も易者も似たようなものだ。それらしい儀式をしてやれば納得する」

「しかし、百姓たちは、お主の祈禱を信じているのだろう。それを騙していいのか」

「誰も、心の底からは信じちゃいないさ。だいたい、祈禱が外れたからといって、そのために罰せられたり殺されたりした祈禱師が一人でもいたかね」

皮肉っぽく、浄三は口元を歪めた。

「この空家も、かつて持ち主がいたそうだ。しかし、戦や飢饉《ききん》、疫病《えきびょう》やらで、一家は残らず死んでしまった。こんな苦しみの多い世を生きるには、嘘だと分かっていても希望が要《い》る。たとえなんの根拠もなくとも、明日は良い日だと思い込まなくては、今日の辛《つら》さを越えていけない。それを欲しいやつに売ってやるのが、祈禱師や易者の商売だ」

そう言いながら、浄三は囲炉裏の火で、なにかをあぶり出した。

(なんだ?)

と手元をのぞき込んだ孫太郎は、ぎょっと目を剝《む》いた。なんとそれは、串に刺した赤蛙《あかがえる》だった。

「食べるかね、お主らも」

「いや……」

孫太郎も蔭山も、互いに顔を見合わせた。分かってはいたことだが、どうにも薄気味悪く、得体の知れぬ男である。

(こんな男と、手を組まねばならぬのか)

暗澹《あんたん》たる気持ちになったが、しかし引き下がるわけにもいかない。

「浄三殿」

孫太郎は、意を決して切り出した。

「すでに、事のあらましは文《ふみ》で知らせた通りだ。なにとぞ、我らの軍師として、臼井城の援軍に……」

「断る」

孫太郎が言い終わるのさえ待たなかった。浄三はきっぱりと、取りつく島もなく拒絶した。

「侍は嫌いでね。ましてお主らのような阿呆《あほう》に、力を貸すなど死んでも御免《ごめん》だ」

「あ、阿呆じゃと」

蔭山が叫んだ。怒りで声が震えている。

「下手《したて》に出ていればつけ上がりおって。易者風情《ふぜい》が、言うに事欠いてよくも……」

「本当のことを言っただけだ」

焼けた赤蛙をかじりながら、浄三は冷ややかに言った。

「お主らは正真の、どうしようもない大阿呆だ。北条家が臼井を救うつもりだなどと、本気で信じているのだから」

「知った風な口を利くな」

孫太郎が、じろりと睨みを飛ばす。易者風情に、戦のなにが分かるというのであろう。

「臼井を見捨てるなど、あり得ることではない。この城は、下総の要地だ」

「だが、北条家にとって最大の要地ではない。違うかね、松田殿」

「北条家にとって、大事なのは本拠の小田原城だ。下手《へた》に下総へ兵を割《さ》いたがために、手薄になった本拠を攻め落とされれば、それこそ身の破滅ではないか」

「しかし、それでは」

下総が、上杉に奪われてもいいというのか。

孫太郎がそう述べようとしたとき、

「下総は、あとから取り返すつもりだろう」

こちらの考えを見透かしたかのように、先回りして浄三は答えた。

「上杉輝虎は、ずっと関東に留まるわけではない。出兵してさんざん暴れまわった挙句《あげく》、本国の越後を近隣から守るため、峠の向こうへ帰ってゆく。少なくともこの五年間は、その繰り返しであったはずだ」

浄三が指摘する通りだった。

仮に下総一帯が上杉軍に制圧されたとしても、その帰国後、取り戻せる成算は少なくない。たとえそうでなくとも、まず守るべきは小田原であるという優先度は変わらない。

「なに？」

「いい加減、分かっただろう」

浄三は、心底うんざりした様子で、孫太郎たちの顔を見回し、

「お主らは、北条家の体面を保つために送られた、見せかけの援軍に過ぎない。軍勢が異様に少ないのは、ただ兵を出し渋っているだけのことだ。……こんなに簡単な、ただの易者でも分かるようなことが、大義やら使命感やらで目が曇《くも》っているせいで、この期《ご》に及んでもまるで見えていない。だから、阿呆だと言ったのだ」

「し、しかし」

孫太郎は、なおも食い下がる。

「北条家が、味方を見捨てるような真似をするはずがない」

「はずがない、というのは理由になるまいよ。それは、お主の願望に過ぎぬ。祈禱をさせて、来年の豊作を信じている百姓たちと、なんの違いもありはしない。そんな偏《かたよ》った頭でいるから、本来なら言われずとも察すべき、主家の意向を見落とすのだ。お前らの主はな、先方が拒《こば》むことを見越して、わざと小勢を割り振ったんだよ」

「いや、違う。違うのだ……」

腰を乗せている床《ゆか》が、ひどく軋《きし》んで落ち着かなかった。軋みはすぐに大きな揺

れに変わり、ついには深く沈み込み始めた。

そこでようやく、軋んでいたのが床ではなく、己の重心だと孫太郎は気づいた。

裏切られた、と感じた。守るべき城も、尽くすべき使命も、すべては欺瞞《ぎまん》にすぎなかった。がらがらと足場が崩れ落ちていくような錯覚が、孫太郎を苛《さいな》んだ。

「松田殿よ、他人に期待など抱かぬことだ」

気だるげに、浄三は笑う。その声音には、どのような感情の色もない。ただ、生きることの全てが億劫《おっくう》でしかたがないというような、乾ききった響きだけがあった。

「しょせん、人など誰もが獣《けだもの》で、醜《みにく》く浅ましい、血と糞《くそ》の詰《つ》まった皮袋に過ぎぬ。そう思ってなにも期待しなければ、裏切られて傷つくこともない」

浄三は、声を低く落とした。

「いいじゃないか。先方に拒まれたと言って、小田原に帰ってしまえ。それがお主のためにも、北条のためにも一番だ」

（北条の、ため……）

たしかに、臼井城から断られたという形なら、援軍を送らずとも、北条家の面目は立ち、余計な兵力を割かずとも済む。

そのささやきは、孫太郎にとってひどく甘美なものだった。

だが、

「私には出来ぬ」

気づけば、孫太郎はそう呟いていた。

「この松田孫太郎は、北条家の名代だ。ここで、味方を見捨てるような真似は出来ぬ」

「分からんやつだな」

浄三はせせら笑う。

「その北条家が、臼井城の救援など望んでいないのだ。名代もなにも、あったものじゃないだろう」

「そうかもしれない。だが、たとえ真意がそうであったとしても、私は臼井城を救うよう命じられ、ここまでやってきた」

ならば役目を果たすだけだ、と孫太郎は言った。嘘の援軍も、勝ちさえすれば真《まこと》になる。

「私は、この城を救う」

「たった二百かそこらの兵でか？　……まあ、そんなに犬死にが望みなら、勝手にやってくれればいいさ。臼井城の連中が、この期に及んで援軍を受け入れるとも思えんがね」

「……浄三」

いきなり、孫太郎は懐に手を入れ、そこから取り出したあるものを、浄三へぽんと投げ渡した。

「なんだよ、これ」

「お主が落としたものだろう」

それは、臼井への道中で拾った、一枚の永楽銭だった。

「たった一文ぽっち、懐に入れておけばよいものを」

「そうだな。だが、これは」

孫太郎は、浄三の手の中の銭を指差し、

「獣には、出来ぬことだろう？」

と言った。

浄三も、ややあって、意味に気づいたらしい。ばつが悪そうに、総髪頭をかき回した。

獣ならば、欲と本能のまま、奪い合うことしか出来ない。しかし、人はそれだけではない。

(少なくとも、私は獣でありたくない)

だからこそ、臼井城を救うのだ。その決意を、孫太郎は言外に示してみせた。

「行くぞ、蔭山殿」

孫太郎は、すっくと立ちあがった。

「どうするのです。軍師もおらずして、いかに説得を……」

「あとは、誠意を伝え、貫《つらぬ》くまでだ」

三

その翌日、孫太郎は蔭山と共に、再び本丸へと登った。原胤貞に対し、改めて説得を行なうためである。

「もはや、小田原の意向を述べるつもりはありませぬ。北条家がどうあれ、兵数がどうあれ、私自身には、命に代えても臼井城を救う覚悟がございます。なにとぞ、御陣の端《はし》に、我らの人数も加えて頂きたい」

策も技巧もない。孫太郎は、ただ正面から真っ直ぐに、自分の思うところを伝えようとした。

しかし胤貞は、「はあ」「なるほど」などと気のない返事を繰り返すばかりで、援軍を認めるとも拒むとも言わず、一向に要領を得ない。その傍らに控える軍師の海野隼人に至っては、もはやかける言葉もないといった態度で、地を這《は》う蟻《あり》でも眺めるように、冷ややかに孫太郎を見下している。

沼に杭《くい》を打ち続けているような、まるで手応《てごた》えのない、徒労としか言いようのない時間が、ただただ虚《むな》しく続いた。

（これまでか）

もはや言葉も尽き、喉《のど》も嗄《か》れ果てた。さすがの孫太郎も、つい脳裏を諦めが過《よぎ》った。

そのときである。

「遅参の段、御免《ごめん》なれ」

不意に、聞き覚えのある声が室内に響いた。

はっとして背後を振り返る。

（あっ……）

危うく、声を上げそうになった。

そこには、あの胡散臭い易者が、総髪と無精ひげをだらしなく伸ばした山伏姿のまま、何食わぬ顔をして立っていた。

「北条家軍師、白井《しらい》浄三入道、ただいま参上仕《つかまつ》った」

浄三はにやりと笑みを浮かべ、杖をつきながらよろよろと、孫太郎の隣へ進み出た。

（なぜ、この男が……）

と驚いたのは孫太郎ばかりではない。上段に座る胤貞も、その傍らに控える海野も、すっかり色を失っている。

「戯言《ざれごと》はやめて頂きましょう」

海野が言った。

「あの北条家の軍師が、かように小汚いはずがありませぬ」

「これはこれは、ご挨拶ですな」

浄三は眉を上げた。

「悪衣悪食《あくいあくじき》を恥じる者は、学問を共に語るに値《あたい》しないと、『論語《ろんご》』にもあります。あらゆる虚飾を排し、易の深奥《しんおう》を究《きわ》めんとする軍師にとって、装《よそお》いなど些末《さまつ》なことです。……そうでしょう？　松田殿」

「あ、ああ」

急に声をかけられ、孫太郎はとっさにうなずいた。

「よく来てくれた、浄三。お主が小田原から来るのを、待ち望んでおったのだ」

「なぜ、北条家の軍師がここに……？」

胤貞は、喉の奥から絞り出すようにして、ようやくその一言を問うた。

「無論、この城を重んじておればこそ」

浄三は胸を大きく反らし、芝居がかった調子で語り出した。

「北条家の版図は広く、すべての拠点に大軍を送るのは難しい。しかし、その中でもせめて臼井城には軍師を送りたいという、お屋形（北条家当主・北条氏政《うじまさ》）様の強いお望みにより、この浄三めが派遣される運びとなり申した。……されど、なにぶん例のないことであったので、家中には異論を述べる者もあり、その説得がため、少々出立《しゅったつ》が遅れてしまった次第でございます」

「そうか、そうでござったか。いや、お役目御苦労」

胤貞は引きつった笑みを浮かべながら、浄三をねぎらった。真《ま》っ青《さお》になった顔面に、脂汗《あぶらあせ》がじっとりとにじんでいる。傍から見ている孫太郎でも分かるほど、この城主は狼狽《ろうばい》しきっている。

「おやおや、これはおかしゅうござるな」

顎を撫でながら、浄三は嫌らしくにやついている。

「胤貞殿は、なにやら私が参ってから、お顔の色が優れぬご様子。……よもや、内心では北条の味方などしたくないと、考えておられるわけではありますまいな？」

「馬鹿な」

うわずった声で、胤貞が叫んだ。

「左様なことが、あるはずがない！　戯言も大概になされよ！」

「たしかにこれは戯言。胤貞殿におかれましては、北条家を裏切るなど、あり得ぬ話でございましょうな」

浄三は笑いながらそう言ったが、眼だけは獲物を捕らえた猛禽《もうきん》のように、まっすぐと胤貞へ向けられている。

「しかし、そうですな。胤貞殿のような、大義のなんたるかを知るお方であればいざ知らず、もしこの臼井の城主が、己が生き残り、城を守ることのほか眼中にない不心得者であったなら、果たしてどうなっていたか」

浄三は語る。

北条から送られた援軍は、わずかに二百五十。城中の兵と合わせても、まず三千にも届かないだろう。決して潤沢《じゅんたく》とは言えないその兵力で、あの上杉軍を迎え撃たなければならぬとなれば、普通の城主はどう考えるか。

「寝返り――などということも、頭を過ぎるやもしれませんな」

「ね、寝返りじゃと」

「ええ。いよいよ追い詰められたときには、敵方へ寝返り、助命を希《こいねが》うという道を残しておきたい。兵力のことを思えば、そう考えたとしても、おかしな話ではない」

「わしが、そうだとでも言いたのか」

「まさかまさか。もちろん、かような腰の抜けた話は、胤貞殿には関わりなきこと」

見え透いた阿諛《あゆ》を述べながら、浄三はへらへらと軽薄に笑っている。

「しかしながら、もし寝返りを打つなら、一つ邪魔なものがありますなあ」

「なんだというのだ」

「知れたこと。北条家から送られた援軍でございますよ。城中に北条家臣がいたままでは、上杉方に付くことなど出来ませぬゆえ」

（あっ）

孫太郎は、はっとした。

（では、我らを追い返そうとしたのは……）

信用されていなかったからではなく、いざというとき、寝返りという保険を確保しておくのに、邪魔だったからだというのか。

「無論、かようなことは、胤貞殿には関わりなきこと。さあ、ともに上杉の魔の手から、臼井の城を守りましょうぞ」

「う……」

白々しく微笑みかける浄三に、胤貞は窮したように黙り込んだ。どうやら、一連の指摘は、すべて図星であったらしい。

浄三は、胤貞の本心を明らかにすることで、言い逃れる道をことごとく塞いでしまった。もはやこの城主は、援軍を受け入れるとうなずくしかない。

ところが、

「もうし」

と、割って入る者がいた。

「失礼ながら、浄三殿にお尋ねしたき儀がござる。身共の名は海野隼人。当家の軍師を務めております」

「おお、貴殿があの海野殿」

浄三は、大仰《おおぎょう》に驚いてみせた。

「ご盛名はかねがね、小田原でも聞き及んでおりました。なんでも、足利学校のご出身であられるとか」

「まあ、易はそれなりに嗜《たしな》んでいるつもりでおります」

海野は、威厳たっぷりに重々しくうなずいた。口調こそ謙虚だったが、その態度の端々に、学識についての自信がにじみ出ている。

「して、海野殿が尋ねたいこととは？」

「なに、難しいことではござらぬ。ただ、浄三殿はどちらで易を学ばれたのか、と思いましてな」

海野の三白眼が、さらに鋭さを増す。どうやら、浄三が本当に北条家の軍師か、疑っているらしい。

「東国の力ある武家では、仕える軍師の多くが、易の権威たる足利学校の出身です。されど失礼ながら、同校から出た軍師の中に、浄三殿の名は聞いた覚えがない」

「ああ、それは当然ですよ。私は、足利学校の出ではありませんから」

浄三はすらりと答えた。

「そもそも私は上方《かみがた》の生まれ、近江《おうみ》の地侍の三男坊です。家を継げぬゆえ、初めは寺に入って僧となりましたが、そののち遠縁の親類を頼って関東へと下り、北条家に仕官しました」

「近江の出で、関東の北条家に親類が？」

「おや、ご存じありませんか？　北条家は、家祖の早雲《そううん》公が上方のご出身ゆえ、それに連なる、西国に根拠を持つ家臣も多いのですよ。我が白井家は近江佐々木《ささき》氏の分流で、一族の白井孫左衛門《まござえもん》という者が早雲公に従って関東入りして以来、今でもその子孫は小田原で続いております。また、この孫左衛門の弟の系譜は……」

浄三の舌は淀《よど》みなく、くるくると軽やかに回って、次から次にありもしない嘘を並べ立てた。

事情を知っている孫太郎でさえ、傍で聞いていて、うっかり騙されそうになる。この男はただの旅の易者で、北条家とはなんの関わりもないどころか、小田原の地を踏んだことがあるかさえ怪しいというのに。

「……まあ、いい。それで、浄三殿は、どちらで易を学ばれたのですかな?」

「比叡山延暦寺《ひえいざんえんりやくじ》でございます」

「ほう、叡山の」

海野の口元が、わずかに緩《ゆる》んだ。

比叡山は、天台宗《てんだい》の総本山であると同時に、日本でも屈指の学林の一つである。とはいえ、こと易に関しては、この道の権威である足利学校には及ぶまい。

「なるほど。叡山出身の軍師とは、東国では珍しい」

湧き上がる優越感を隠しもせず、海野は言った。「山法師崩れに、易の深奥が分かるか」とでも言いたげだった。

「浄三殿、もしご迷惑でなければ、貴殿の占筮《せんぜい》を披露してはくれぬだろうか。北条家の軍師の腕前がどれほどのものか、後学のために、是非《ぜひ》とも拝見いたしたい」

(浄三を試すつもりか)

まずいことになった、と内心、孫太郎は焦った。浄三に、易の心得があることは間違いない。しかし、その腕前がどれほどのものなのか、孫太郎にはさっぱり分からない。

（どうするつもりだ、浄三）

孫太郎は気が気ではなかったが、とうの浄三は顔色一つ変えず、

「どうも、海野殿は心得違いをなされておられる」

薄笑いさえ浮かべながら、そう言ってのけた。

「腕を測るのに占筮を見せよというのは、ただの易者ならばそれでよろしいでしょう。しかし、私は軍師なのですよ」

「どういう意味だ？」

「正規の方法による占筮は、三変を繰り返すこと六度、十八変にしてようやく一つの卦《け》が得られるという、大変に手間も時間もかかるものです。ただの易者ならともかく、刻一刻と移り変わる戦場において、流動し変転する天意を読み取らねばならぬ軍師は、占筮などほとんど用いません」

「略筮《りやくぜい》なら、そう時間はかからぬだろう」

「これは異な事を申される。時を惜しむあまり、家の存亡を簡易な略法で占おうとするなど、それこそ本末転倒というもの。おおよそ、戦を知る人のお言葉とは思えませせぬな」

「言ってくれるではないか」

必死に怒りを抑え込んだような声で、海野は言った。三白眼は、張り裂けそうなほどに血走っている。

「ならば浄三殿、軍師たる者の腕を見るに、どのような方法を用いるべきだというのか」

「そうですな」

浄三は法衣の中をごそごそとまさぐり、

「これは、いかがでしょう」

と言って、一枚の永楽銭を取り出した。

「これを、互いに一度ずつ投げましょう。私は、その両方の表裏《ひょうり》を当ててみせます」

「なにを言い出すかと思えば」

海野は鼻で笑った。

「易とは、たしかに筮竹によるものばかりではない。しかし、易の根本は、様々な事象から天意を『読み取る』ことにある。『当てる』などというのは、易ではなく大道芸だ」

「だから、あなたは」

浄三は深くため息をついた。

「易者であって、軍師ではないというのですよ。……私はすでに、あなたの頭上に立ち上る『気』から、天意を読み取っております。その意に基づいて、銭の表裏を当てて見せると申しておるのです」

「気だと……？」

「ええ。占術でいう、『望気《ぼうき》の法』というやつですよ。海野殿なら、ご存じでしょう？」

「いや、しかし」

海野は当惑しているようだった。

「わしの知っている望気とは、雲の流れなどから天意を読み取る、もっと大掛かりなものだ。人の頭上の気を読める者など、足利学校にもいなかった」

「足利学校は、ただの学校ですよ。あなたにとってどうかは知らないが、私にとっては天地の全てではありません」

浄三はにやつきながら、手の中で銭をもてあそんでいる。

「海野殿、事が起こる前に結果を見抜けずして、どうして軍師が務まりましょう。銭が表か裏かも当てられぬ者に、戦の行く末が分かるのですか？」

「うぬ……」

海野は、しばらく反論の言葉を探している様子だったが、結局は、浄三の提案を受け入れた。いかに足利学校出身の秀才でも、口先で相手を丸め込む術《すべ》なら、この詐欺師まがいの易者の方が上だった。

「さて、どちらから投げますか？」

「貴殿が投げられよ」

ふて腐れたように、海野は答えた。

「では」

浄三は銭を手のひらの上に置き、

「ああ、先に言っておきます。——一度目が表、二度目が裏になるでしょう」

と言って、ひょいと上方へ放り投げた。

銭は、わずかに弧を描きながら、幾度かの反転ののち、浄三の手の中に戻った。

「……いかがですかな？」

盤面には、「永樂通寶《えいらくつうほう》」の四文字が、はっきりと刻《きざ》まれている。——表である。

一同、唖然《あぜん》となったが、浄三はさあらぬ体《てい》で、

「では、次は海野殿がどうぞ」

と言って、海野にその銭を手渡した。投げるのが浄三ではない以上、細工やすり替えの余地はない。海野は思いつめた顔で、

「――っ！」

銭を放り投げた。

頭上を舞った永楽銭は、先ほどと同じように、弧を描きながら、やがて手の中に戻った。

そして、

「あっ、ああっ！」

蟷螂顔の軍師は、別人のような悲鳴を上げた。

盤面は、無地。

浄三の予言通り、銭は裏だった。

「これで、はっきりしましたな」

浄三は杖をついて立ち上がると、ゆっくりと海野のもとへ近づき、その手の中から、銭を取り上げた。

「『善く易を為《おさむ》る者は不占《うらなわず》』、と古人の言にもあります。真の軍師は、ものものしく筮竹など持ち出さずとも、先々が見通せるものなのですよ」

「………」

すでに、言い返す気力もないらしい。海野はその場にへたり込み、夢を見ているかのような虚《うつ》ろな視線を、ただ呆然と、天井に泳がせている。

「さて、いかがでしたかな、胤貞様」

と言って、浄三は朗らかに笑いかけた。

「我こそは、白井浄三入道。関東の覇者たる北条家、その中でも随一《ずいいち》の軍師にございます。この浄三めを、わざわざ臼井城へと遣わす北条家の誠意、もちろん胤貞殿にも汲《く》んで頂けましょうな？」

もはや胤貞に、抗《あらが》う術はなかった。初老の城主は力なく頭《こうべ》を垂れ、孫太郎たちの援軍を認めた。

「なぜ、味方したのだ」

宿所に戻ってから、孫太郎は浄三に尋ねた。

「我らのような阿呆には、力は貸さぬのではなかったのか？」

「気が変わった」

　素知らぬ様子で、浄三は答える。

「よくよく考えてみれば、俺は侍は嫌いだが、侍を食い物にするのはむしろ好きな方でね。どうせ暇《ひま》を持て余しているのなら、お主らに恩を売り、今後のための路銀を巻き上げるのも、悪くはないと思ったのさ。それに北条家の軍師なら、あんなあばら屋に泊まらずとも、城中で堂々と宿所を得られるだろうからな」

「お主は、それだけのために……」

「悪いかよ」

「いや、そんなことより」

　と、今度は蔭山が問いつめる。

「なぜ、銭の表裏が分かった？　お主、まさか本当に気を読んで……」

「阿呆め」

　浄三は鼻で笑った。

「軍師じゃあるまいし、そんなものが読めるか」

　そう言うと、この偽軍師は懐から再び永楽銭を取り出し、孫太郎の方に投げ渡した。

「投げてみろ」

「うん？」

意図は分からなかったが、言われるがままに、孫太郎は銭を頭上に放り投げ、受け止めた。盤面は、無地の裏面である。

「裏だ」

「もう一度」

再び、孫太郎は投げた。また、裏である。さらに投げた。今度も、裏。その調子で五回ほど繰り返したが、出る面はことごとく裏だった。

「まさか、これは」

孫太郎も、さすがに気がついた。

これは、鐚銭《びたせん》（私鋳銭）である。質が悪く、不純物が混じっているせいで、重心が偏っているらしい。さきほどの浄三のように意識して投げなければ、まず表は出ない。

昨今、鐚銭は普通の硬貨に混じって大量に出回っており、世間に混乱をもたらしている。幕府も大名も、この問題について、充分な対処が出来ているとは言い難い。

「種が分かれば、なんのことはないだろう？」

総髪をかき回しながら、浄三は気だるげに笑った。

「しかしあの海野とやらは、実際にこの銭を触って、投げても、その程度のことすら思い至らなかった。学があるだけで、世のことにはまるで疎《うと》い。そのくせ己の賢《かしこ》さに酔い、自分はなんでも知っているなどという妄想に、微塵も疑いを持っていない。ああいう手合いが、天の意が読める軍師様だと宣《のたま》い、ときにその言葉一つで、人の生き死にをも左右する」

まったく愉快な世の中だ、と浄三は吐き捨てるように言った。

その声音には、あのあばら家であった夜と同じ、砂の中から言葉を取り出したような、乾ききった響きだけがあった。

「いや、なにはともあれ重畳《ちょうじょう》」

蔭山が、上機嫌に笑いながら言った。

「おかげで、我らも援軍として認められた。まったく、浄三の働き、見事の一言よ」

「知るかよ。俺は俺のためにやっただけだ」

「そうつれぬことを言うでない。……しかし胤貞めは、とんだ不心得者であったな。まさか、あのような心底でいたとは。いやはや、人は見た目では分からぬものよ」

「おいおい」

浄三は呆《あき》れきった声を上げた。

「どうも勘違いしているようだがな、胤貞にあんなことをさせたのは、お前たちだぞ」

「なんだと……?」

「お前たちが、もっと大軍を連れてきていれば、胤貞は喜んで迎え入れただろう。それが、たった二百かそこらの兵しか送らないものだから、あの男は前途を危ぶみ、こんな回りくどいことをしてまで、いつでも上杉方に寝返れるようにしなければならなかった」

すべては北条の身から出た錆《さび》さ、と浄三は言った。

「原胤貞は国衆だ。北条家に従属している以上、戦となればその方針に従う立場だが、根本的には自立した一個の領主だ。その立場を守るために、動くのは当たり前だろう」

「だからといって、裏切って良いということにはなるまい」

「良いも悪いもあるかよ。こんな時代では、裏切られる方が間抜けなだけだ」

孫太郎の反駁《はんばく》を、浄三は嘲笑で切り捨てた。

「まあ、槍《やり》働きの場数を重ねただけで、戦の全てを知った気になっている旗本のお坊ちゃんや、甲斐甲斐しさだけが取り柄の世話役には、立場の異なる地方の領主の気持ちなど、そう分かるものではないかもしれんがね」

「好き勝手に言ってくれるではないか」

蔭山が険しい顔つきで言った。手を、刀の柄《つか》にかけている。

「我らを侮辱するか、易者風情が」

「その易者風情というのは侮辱じゃないのかね、たかが侍風情がよ」

今にも斬りかからんばかりの蔭山の剣幕にも、瘦身《そうしん》の偽《にせ》軍師はだらしなく頰杖をついたまま、まるで動じた様子を見せない。

どうせ斬れはしない、そう頭から決めつけているらしい。たしかに、今の孫太郎たちは、この城の一員として戦うために、浄三という軍師を失うわけにはいかない。だが、理屈としてはそうだとしても、屈強な侍二人を前にして、こうも平然としていられるものだろうか。

よほど胆力があるのか、それとも孫太郎たちを頭から舐《な》めきっているのか、あるいはその両方か。

「なに、心配するな」

浄三は微笑んでみせた。

「俺は侍なんぞ大嫌いだが、仕事に私情は挟まぬ性質《たち》だ。お前たちがきちんと報酬を払うのならば、偽の祈禱師だろうと、偽の軍師だろうと喜んで務めてやろうじゃないか」

「報酬？」

そう言えば、この役目の浄三の取り分について、まだなにも取り決めをしていなかった。

「いったい、いくら取るつもりだ」

「それはこれから、ゆっくり決めさせて貰《もら》うさ。こういうものは額《がく》よりも、要求する時機だからな。お前たちが一番困っているときを見極めて、どうしても払わざるを得ない状況で、大いに吹っ掛けてやるから楽しみにしておけ」

そう言い捨てると、浄三は杖を片手によろよろと立ち上がり、部屋を出て行った。孫太郎と蔭山は、互いに顔を見合わせた。

「なんなのだ、あの男は」

「なんのつもりでしょうな。軍師を引き受けたかと思えば、わざわざ事を荒立てるようなことを言って……どういう了見でいるのか、まるで分かりませぬ」

たしかに分からない。なにを考えているかだけではない。そもそもあの男——浄三入道とは何者なのか。

窮地に動じぬ度胸、口先の上手さ、洞察力の鋭さなどは、驚くべき能ではある。しかし、それだけなら「非凡な才に恵まれた詐欺師」というだけで充分に説明がつく。

ただ、一つだけ解《げ》せぬことがある。あの男の、戦についての知識である。北条家からの援軍が見せかけのものであると見抜き、原胤貞の本心を暴き、あの城主が裏切りに至った経緯まで明らかにしてみせた。ただの易者や、詐欺師が出来ることではない。浄三は明らかに、武家や戦の内側を知り尽くしている。

（あの男の侍嫌いと、なにか関わりがあるのか？）

もしかすると、自分はとんでもない男を、この城中へ招き入れてしまったのではないか？——得体の知れない不安が、孫太郎の胸中で、少しずつ大きくなり始めていた。

第二章　かんなぎの娘

一

孫太郎たちが入城した三日後の朝、本丸で軍議が開かれた。

床《ゆか》には畳《たたみ》などはなく、襖《ふすま》にも絵や柄《がら》はない。飾り気などとは無縁な、質朴《しつぼく》たる田舎《いなか》城の大広間に、十数名ほどの武将たちが居並んでいる。原家の重臣もいれば、近隣から援軍としてやってきた国衆もいるらしい。もちろんその中には、孫太郎と浄三も座っている。

「それでは、これより軍評定《いくさひょうじょう》を始める」

上段の原胤貞が、まず口を開いた。

「さて、議題は言うまでもない。近く攻め来るであろう上杉輝虎から、この臼井城をいかに防ぐかという術についてだが、その前に」

胤貞は、手を孫太郎たちの方へかざした。

「こちらにおわすは、北条家の松田孫太郎殿、そして軍師の浄三殿である。すでに伝えてあった通り、松田殿らは小田原より、この城の後詰《ごづめ》（救援）として参られた。本日よりは、両名にも評定に加わって頂く」

「松田孫太郎にございます」

一座の重臣たちに、孫太郎は慇懃《いんぎん》に礼をした。

「なにとぞ、お見知りおきのほどを」

「浄三入道にござる」

続いて、浄三も軽く会釈した。

胤貞はうんうんとうなずきながら、

「松田殿は、小田原の筆頭家老・松田尾張守《おわりのかみ》殿の一門であり、若くして鬼孫太郎などと称される歴戦の武辺者《ぶへんもの》じゃ。その武勇は小田原でも随一《ずいいち》で、先年の国府《こうの》台《だい》合戦でも、敵方の軍勢を鬼神の如くなぎ倒し、味方からさえ恐れられたという話ぞ。当家に松田殿が来てくださったこと、まさしく天の助け、地獄に仏というほかない」

などと、まるで自らの武勇を誇るかのように、身振り手振りを交えながら、大仰《おおぎょう》に語った。

（調子のいいことだ）

孫太郎は、内心で呆《あき》れていた。

天の助けなどと言うが、その孫太郎を追い返そうとしていたのは、ほかでもない胤貞ではないか。

恐らくこの初老の城主は、もはや北条軍の入城を受け入れざるを得ないとなったからには、孫太郎を過剰に持ち上げて、自分の判断は間違っていないと、重臣たちを納得させたいのだろう。つまりは、保身である。

（なんと情けない男だろう。立場を失うのが、それほど恐ろしいのか）

利害だけで考えるのなら、胤貞の態度は喜ぶべきことでさえある。だが、関東の秩序を守るという自身の志《こころざし》までもが、この男の浅ましさに汚されてしまうようで、あまりいい気はしなかった。

胤貞はその後も、軍師である浄三や、所用によりこの場に出席していない蔭山新四郎などにも触れ、共に古今稀《ここんまれ》に見るほどの英傑であるといったようなことを、過剰に修飾をまぶした言葉で語ってから、ようやく本題に入った。

「さて、防戦のことじゃが、まずは松田殿たちへの説明も兼ねて、改めて臼井の現状を確認したいと思う。——海野」

「はっ」

胤貞の傍らに控えていた海野隼人は、畳二帖もありそうな紙を、広間の中央に広げた。

（ほう……）

それは、関東一円を記した絵地図であった。国だけでなく、主要な街道や城郭までもが子細に書き込まれており、しかも上杉方は赤、北条方は青で、勢力圏が色分けされている。

海野は、意気揚々と軍配を手に取り、

「ご存じの通り、関東の勢力は大きく南北に分けられ申す」

と、地図上をなぞってみせた。

関八州《かんはっしゅう》などというように、関東地方は八つの国から成るが、そのうち南関東と呼ばれるのが、相模、武蔵、下総、上総《かずさ》、安房《あわ》。の五か国、対して、北関東は上野《こうずけ》、下野《しもつけ》、常陸の三か国である。

このうち南関東は、ほぼ全域が北条の支配下だが、北関東は北条と敵対し、上杉を盟主として仰《あお》ぐ大名や国衆が多い。絵地図上の色分けを見れば、それは瞭然だった。

「さて、上杉輝虎は過去、実に五年にも渡って、北の越後より峠を越えて、関東への出兵を繰り返してき申した。されど、我らが臼井城は、この出兵に巻き込まれることはなかった。……理由は言わずもがな、房総は関東の東の外れゆえ、上杉軍もわざわざ標的としなかったのです」

関東地方を人体にたとえれば、房総地域は左腕のようなものだろう。

臼井のある下総は、肩。

そこから腕のように突き出した房総半島の、北部が上総。

さらにその腕の先端、手にあたる部分が、安房。

本来であれば輝虎は、関東の心臓——すなわち北条家の本拠である相模小田原城をまっすぐ目指せばよく、肩や腕などに回り道をする必要はほとんどなかった。

「ところが、そうもいかなくなり申した。輝虎は回り道をしてでも、この房総を制圧しなければならなくなったのです」

そう言って、海野は軍配で地図を指し示した。

軍配の先にあるのは、房総半島の先端、安房国である。地図上、大部分が北条方の青色で塗りつぶされた南関東にあって、そこだけは周りから浮き立つように、上杉方の赤色で塗られている。

「安房の大名、里見《さとみ》氏だな」

「いかにも」

南関東は、ほぼ全域が北条家の支配下だが、反北条をかかげる領主もわずかながら存在する。

その中でも有力なのが、安房の大名・里見氏だった。同氏は、最盛期には房総一帯に勢力を広げ、北条家を大いに苦しめた。

だが昨年、北条との合戦（第二次国府台合戦）で大敗したことをきっかけに、その勢力は大きく減退した。かつては房総の狼と恐れられた里見氏の領土は、いまや半島先端の安房一国を残すのみであり、日に日に強くなる北条方の圧迫に為《な》す術もなく、もはや滅亡は遠くないと思われた。

「そこに輝虎が来たのです」

上杉と里見は、共に反北条を掲《かか》げて戦ってきた、長きに渡る同盟者だった。まして上杉輝虎は、自分は義のために戦うという信念を、常々口にしている男である。

「輝虎は里見救援のため、必ず房総を攻めます。ここで里見を見捨て、小田原の制圧を優先するのであれば、それは己《おのれ》の掲げた信念と、これまでの戦いの全てを虚言と宣ずるに等しい」

そして、下総道という街道筋に位置する臼井城は、房総を制圧するために避《さ》けては通れぬ要所である。間違いなく、上杉軍は臼井城まで迫り来ることだろう。

「胤貞殿」

孫太郎は、城主の胤貞へ向き直った。

「なにか」

「状況は分かった。して、貴殿ら臼井衆は、いかにして上杉の軍勢を防ぐつもりなのだろうか」

「左様《さよう》、まずは領内の兵を分散させず、この臼井に集中させるつもりでおります」

「数は？」

「松田殿らの援軍を含めれば、二千……いや、二千五百ほどにはなろうかと」

（やはり少ないな）

上杉勢は、関東の反北条勢力をかき集め、兵力はすでに二、三万にも膨れ上がっているという。その全てが臼井へ差し向けられるわけではないにせよ、まず六、七千は越えるだろう。

（どれほど少なく見積もっても、敵は三倍近くか）

覚悟はしていたことだが、よほど手ごわい戦になりそうだった。

「して、そのあとは？」

「は？」

「いや、兵を集めて、そのあとはいかがするのです」

「いかがと言われても……あとは、戦うだけではござらぬか」

孫太郎は、訝《いぶか》しげに目を細めた。この城主は、自分がなにを言っているのか分かっていないのか。

「それでは、まさか無策で戦うつもりで？」

「いや、無策というわけではないが、ひとまず土塁《どるい》や城壁、柵などの普請《ふしん》を進めております。兵糧、弓矢、刀槍《とうそう》の類も、充分にかき集めておりますれば」

（それを無策というのではないか）

察するに、原胤貞もそうだが、ここに集《つど》っている連中はみな、近隣の領主同士の小競《こぜ》り合いぐらいしか合戦の経験がないのだろう。急に大軍を迎え撃つ対策を立てろと言われても、とりあえず守りを固めるぐらいしか思いつかないのだ。

「やはり、それだけでは不足だろうか？」

胤貞が不安げに尋《たず》ねる。

「まあ、そうでしょうな」

孫太郎も苦い顔でうなずく。

「上杉勢を迎え撃つには、なにか策が必要です。敵は強く、しかも大軍なれば、正面からぶつかったところで勝つ道理がございませぬ。……たとえば、この臼井を、一度捨てるというのは如何《いかが》でしょうか」

「なんと！」

胤貞は目をしばたたかせた。広間の重臣たちも、一斉《いっせい》にざわめき出した。

孫太郎は、構わず話を続ける。

「臼井城は、周囲の地勢が開けているため、大軍を迎え撃つのには向かぬ城です。ここで上杉方を防ぐのは、あまり得策とは言えませぬ。それよりも、いっそ」

と言って、地図上の一点を指差した。そこには、「佐倉《さくら》」と書かれている。

「ここから東に二里《り》半（約一〇キロ）の位置にある、佐倉城（本《もと》佐倉城）に籠《ろう》城《じょう》するのです」

佐倉城は、かつての下総守護職であり、現在は原氏と同じく北条傘下となっている、千葉《ちば》氏の本拠である。この城は下総でも有数の大城で、防備も臼井城よりも遙《はる》かに堅牢《けんろう》だと孫太郎は聞いている。

「交通の要所の臼井を獲《と》られるは痛いが、背に腹は代えられませぬ。策もないまま一戦を挑《いど》むよりも、まずは兵を無傷のまま温存し、佐倉城で敵を凌《しの》ぎつつ、逆襲の機会をうかがうというのも、一つの手ではないかと」

戦はまずなによりも数であり、数を補うものは要害、防備である。敵より遙かに劣《おと》る兵数で、大軍に有利な臼井城に籠城するなど、わざわざ負けるために戦うようなものだった。

ところが、

「ずいぶんと勝手を抜かしてくれるものだ」

と、不快げに言った男がいる。

仁王《におう》像と見紛《みまが》うような、厳《いか》つい風貌をした壮年の巨漢である。

「貴殿は？」

「原家家老、佐久間主水《さくまもんど》」

佐久間は腕を組んだまま、不愛想に答えた。

「松田殿よ、わしら臼井衆は、たしかに田舎侍じゃ。お主のように、数千の軍勢がぶつかり合うような華々しい戦場で、槍《やり》を振るったことなどはない。……だがな」

佐久間はぎょろりと目を剝《む》き、外見通りの野太い声で孫太郎を威圧した。

「お主が言ったぐらいのことが、わしらに分からぬと思ったか？」

「なに？」

「臼井は、我らの城だ。国衆同士の小競り合いには充分だが、大軍を迎え撃つのには向かない。この城を何十年と守ってきたわしらが、そんなことも分かっていないと思ったか」

「では、どうしてこの城に籠ろうとするのです」

「どうして、ときたか。いや、やはり生まれの良いお方の言うことは違う」

この男の全身にみなぎっていた敵意が、殺意の色を帯び始める。

「松田殿よ、お主らを城に迎えると決まった以上、今さら追い返しはするまい。しかし、その策に従うわけにはゆかぬ。我らは、あくまでも臼井で戦う」

「なにを言っているのだ」

「これ以上の評定は無用だ。わしらはわしらのやり方で、上杉と戦い、死ぬるだけよ。各々方《おのおのがた》、そうであろう」

佐久間はそう言って、一座を見回した。この男ほど積極的に声を上げるわけではないが、重臣たちの態度からは佐久間への賛意と、孫太郎への反発が見て取れた。

「どうも、評定を続けるような雰囲気ではないのう」

それまで黙り込んでいた胤貞が、ぽつりと呟いた。

冗談ではない。まだ、なに一つ決まってはいないではないか。

しかし、孫太郎がそんな声を上げる間もなく、

「仕方ない。本日はこれまでとしよう」

そう言って、胤貞は逃げるように別室へ引っ込んでしまった。城主がいなくなってしまった以上、評定など続けようがなかった。

「腑《ふ》に落ちぬ顔だな、松田殿」

評定が終わってから、宿所へと帰る廊下で、浄三がにやつきながら言った。

「そんなに気に食わなかったかね、先ほどの評定が」

「当たり前だ！」

孫太郎は腹立ちもあいまって、人に聞こえるのも構わずに声を荒らげた。

「いったい、どうなっているのだ。このままでは、無策で上杉とぶつかることになる。奴らはまともに戦をする気があるのか」

「俺に怒っても仕方がないだろう」

浄三は肩をすくめながら、

「しかし、なかなかに面白い評定だった。気づいたかね、あの佐久間主水とかいう……」

「あの田舎家老がどうした」

孫太郎は吐《は》き捨てるように言った。

いかに世間を知らぬ田舎者とはいえ、尊大にも限度がある。ましてや評定という公の場で、わざわざ喧嘩《けんか》を売るように突っかかってくるなど、とても重責を担《にな》う者の振る舞いとは思えない。

「あれで、よく恥ずかしげもなく、家老を名乗れたものだ」

「たしかに佐久間の振る舞いは、家老としてはどうかと思うがね。しかし、よくよく思い返してみればあの男は、お主を敵視しながら、あの場から出ていけなどとは言わなかった」

「当たり前だ。そんなことをすれば、城主である胤貞殿の意に背くことになる」

「そこだよ。佐久間は、胤貞の意を軽《かろ》んじてはいない。だから、胤貞が援軍として迎え入れると決めた以上、お主を追い返すようなことはなかった」

「なにが言いたい」

「胤貞という男は、それなりに家臣から信頼されているということだ」

「あの情けない、なんの信念もない男がか？」

「信念がないことと、主人としての良し悪しはまた別の話だ。あの一見、冴《さ》えない初老の男は、この戦乱の中で所領を保ち、城主としての責務を果たしてきた。そうやって積み重ねてきた歳月が、才気や将器より意味を持つこともある」

「………」

「無策のまま上杉と戦い、無策のまま滅びる。佐久間たちは、それでも構わんと思っているのかもしれん。もはや戦が避けられぬ以上、どこぞの余所者《よそもの》の意見で城を捨てるより、胤貞の采配に従って、この城で死ぬことが出来るのならば、それはそれなりに、あいつらにとっては満足のいく最期なのだろう」

「馬鹿げている」

孫太郎には納得出来ない。信頼、などと浄三は言ったが、そんなものはただの馴れ合いである。勝つための思考を放棄し、尽くすべきほどの手も尽くさず、ただ無策で戦いを挑むなど、遠巻きな自害と変わらぬではないか。

「城など、また取り返せばよいではないか」

「さあ、そこが難しいところで……おや？」

不意に、浄三が足を止めた。

蔭山新四郎が中庭の向こうで、兵の調練をしているのが目に入ったのだ。

「構えい！　突けい！」

戦場鍛《きた》えの野太い声で、蔭山が下知《げち》を飛ばす。兵たちはそれに合わせて、きびきびと槍を振るう。その動きに、一糸の乱れもない。

（さすがは、北条の兵よ）

荒《すさ》んでいた孫太郎の心が、わずかにほぐれた。

蔭山の方でもこちらに気づいたらしく、

「おお、孫太郎殿」

と言って、駆け寄って来た。

「蔭山殿、兵はどんな具合だ」

「悪くはありませぬ。技量だけでなく、士気も高い。みな、上杉勢を蹴散《けち》らしたくてうずうずしておりますよ」

「頼もしいことだ」

「ところで、軍議はもう終わったのですかな」

「ああ」

孫太郎はうなずきつつ、

「蔭山殿、もうしばらく兵を預けておいてもよいか」

「そりゃあ、構いませぬが……いずこへ？」

「少し、城外の様子を見回って来る。浄三よ、お主もしばらく好きにしていいぞ」

「そうかね。じゃあ、部屋で寝るとするか」

「こんな日の高いうちからか？」

孫太郎も蔭山も不審がったが、浄三は素知らぬ様子で、

「好きにしていいんだろう？　俺は起きているよりも、寝ている方がよほど好きなのでな」

などと、わけの分からぬことを言いながら、杖で廊下をかつかつと突きつつ、その場を去った。

浄三たちと別れると、孫太郎は小者に命じて自身の愛馬を連れ出させ、それに跨《また》がって城外を駆けた。「周辺の地勢を検分《けんぶん》する」と家臣らには説明したが、実際のところは気晴らしのためだった。

供は六騎、いずれも孫太郎の家臣である。

だが、彼らが着いてこられたのは、ほんの駆け始めだけで、主《あるじ》の騎馬のあまりの速さにすぐ引き離されてしまった。

「なんだ、だらしのない」

ふと、馬を止めて振り返ると、そこにはもはや家臣たちの姿はなかった。

ここで待ってもいいが、彼らの馬足に合わせていては、自分にとっては散歩と変わらない。

（まあ、臼井の城下だけのことだ。駆け回っていればそのうち行き合うだろう）

孫太郎は後続を無視したまま、一騎で野を駆け出した。「野分黒《のわけぐろ》」と名付けた黒毛の愛馬は、山がそびえるように雄偉《ゆうい》な体軀《たいく》をしていたが、ひどく癖《くせ》の強い暴れ馬で、孫太郎のほかには買い手が付かなかったほどである。

しかし、孫太郎は巧《たく》みに手綱を操《あやつ》り、まるで馬と一体になったかのように駆けてゆく。冬空の下、己と愛馬の息がもうもうと、白煙の如《ごと》く立ち上る。

「ゆくぞ、野分黒」

そう言って、さらに馬足を速める。

冷たく乾いた十二月の風が、草と土の匂いを運んでくる。速度を上げれば上げるほどに、己と、馬と、風景の境界が曖昧《あいまい》になってゆく。北条家の役目も、己の立場も、こうして馬を駆けさせている間だけは考えずに済んだ。

そうして半刻《はんとき》（約一時間）ばかり、臼井の地を駆け回った末、道端の岩に腰を下ろして休んだ。

目の前には、青く鮮やかな麦畑が一面に広がり、さらさらと風に揺れている。

（いい土地だな）

しみじみと、孫太郎は思った。

臼井は平地が多いため田畑を開きやすく、印旛沼や手繰川《たぐりがわ》などのおかげで水源も豊富である。単に交通の要所というだけではなく、農地としても恵まれていることは、この麦畑を見るだけでもよく分かる。

（胤貞や佐久間がこだわる気持ちも、分からないではないが……）

だが、戦には大局的な視点が必要である。目先の利害にこだわるあまり、家を滅《ほろ》ぼしては元も子もない。あの頑迷《がんめい》な臼井衆に、そのことをいかに説《と》けばいいだろうか。

（やれやれ、気晴らしのつもりが、結局、役目のことを考えてしまっている）

孫太郎は立ち上がり、再び「野分黒」に跨った。どうも自分は、やるべきことから目を逸《そ》らすよりも、そのことについて思い悩んでいる方が、かえって落ち着く性質《たち》らしい。

（まあ、それなりに気も晴れた。戻るとするか）

来たときのように無暗《むやみ》に速度は上げず、今後のことについて考えながら、ゆっくりと帰ることにした。

ところが、その途中で、妙なものが目に入った。

道筋の小山の麓《ふもと》に、人がしゃがみ込んでいる。少し距離があるが、どうも女のように見える。孫太郎は不審に思い、その人影に近づいた。

はたして、それは若い娘だった。

年のころは、十六、七歳といったところだろう。粗末《そまつ》な麻《あさ》の小袖《こそで》を纏《まと》っているところから見て、近在の百姓の子だろうか。ただ、肌の色は眩《まぶ》しいほどに白く、とても野良《のら》仕事をしているようには見えない。

「どうしたのだ、こんなところで」

「あなたは……？」

娘は訝しげに尋ね返した。見慣れぬ余所者の孫太郎を、警戒しているのだろう。

「私は、松田孫太郎という者だ。臼井には、胤貞殿への援軍としてやってきた。そなたの名は？」

「……志津《しづ》」

娘は答えた。声を聞くに、わずかに警戒を緩めたようだったが、表情はほぐれない。黒目がちな両目は揺らぐことなく、窺《うかが》うようにこちらを見ている。

人形のようだ、と孫太郎は思った。表情の硬さばかりではなく、志津と名乗ったこの娘の顔立ちは、どこか現実感の希薄な、作り物じみた美しさを感じさせた。

「それで、どうした？　怪我《けが》でもしたのか？」

「あなたには関わりなきこと」

志津と名乗った娘は、にこりともせず答えた。突き放すような口ぶりである。

「それはそうだが、しかし辛《つら》そうではないか」

「平気です。このぐらい」

そう言って、志津はよろよろと立ち上がったが、足が痛むのか、顔を苦悶《くもん》に歪《ゆが》めた。

（足をくじいたな）

志津の傍らに、竹かごが転がっている。中からは、芹《せり》や薺《なずな》といった山菜の類がこぼれ出ている。

察するに、志津は山菜取りをしていて足を踏み外し、小山から滑《すべ》り落ちてしまったのだろう。冬は穫《と》れる食物が少なく、ましてこれから戦もある。秋までの蓄《たくわ》えだけで、万が一、食物が足りなくなっては困ると思い、本来は春に摘《つ》むような草を取りに来た……そんなところだろう。

「無理はよくない。家はどこだ、私が送ってやろう」

「必要ありません」

なおも志津は拒んだ。村娘にしては、よほど気位の高い娘らしい。

ただ、この娘のそうした態度は、不愛想というより、ぴんと張りつめた弓のような凛々しさを感じさせ、孫太郎も不快な気はしなかった。とはいえ、どれほど気丈に振る舞ってみたところで、今の志津の様子ではとても歩いて帰れそうにない。

孫太郎は小さくため息をついて、

「仕方ないな」

言うなり、彼女の身体をひょいと抱き上げ、そのまま「野分黒」のところまで運び、一緒に鞍《くら》へ乗ってしまった。

「なにをなさるのです！」

「私はこういうとき、見て見ぬ振りを出来ぬ性分なのだ。悪いようにはせぬゆえ、しばしお節介につき合ってくれ」

志津は鞍の上で暴れたが、その細い腰には、後ろから孫太郎の太い左腕がしっかりと回されており、どれほど身をよじっても微塵《みじん》も揺るがない。

「少し窮屈《きゅうくつ》やもしれぬが、辛抱《しんぼう》してくれよ」

「やめてください、迷惑です！　それに、こんな様を人に見られたら、あなたも妙な誤解を……」

「なに、誰の目にも留まらぬよ。わしの愛馬であればな」

そう言って、孫太郎は馬腹を蹴った。漆黒《しっこく》の愛馬はけたたましく嘶《いなな》き、馬蹄《ばてい》を踏み鳴らしながら、風のような速さで駆け出した。

悲鳴でも上げるかと思ったが、意外にも志津は落ち着いた様子で、

「……速い」

そう呟きつつ、後ろへ流れてゆく麦畑を、ぼうっと見惚《みと》れるように眺《なが》めている。

「それに、高い」

「ああ、すまん。怖かったか」

「別に怖くなどはありません」

志津は拗《す》ねたように顔を背けた。

「少し、驚いただけです。馬の上からだと、麦畑がこのように見えるなんて、知らなかったから」

その声音は、目に映る景色を心から愛《いと》おしむような響きを持っていた。

しかし、その言葉を発した直後、

「あっ」

志津は、ひどく辛そうな面持ちでうつむいた。

「なんだ、どうかしたのか？」

「いえ、なんでもありません」

「ふうん？」

孫太郎は訝しく思ったが、答えづらいことならば、無理に聞き出すこともないだろう。そのまま志津の案内通りに馬を進めていると、臼井城下にまで戻ってきてしまった。

「なんだ、城下の民だったのか」

「ええ、まあ……」

照れくさそうに、志津は顔を伏せている。考えてみれば、顔を見知った村民たちの前へ、男の鞍に乗せられてやってくるなど、この年ごろの娘にとってはずいぶんと気恥ずかしいことだろう。

そんなことを考えていたときである。

「おお、志津様じゃ」

軒先《のきさき》で薪《まき》を割っていた百姓が、鉈《なた》を放り出して叫んだ。

「志津様が戻ってきたぞ」

その言葉が合図であったかのように、付近の領民たちがわっと声を上げ、手に

した鎌《かま》や鍬《くわ》を置き捨てて、一斉に駆け寄って来た。男も女も、老人から童《わらべ》までもが、

「おお、まことじゃ」

「志津様じゃ」

「よくぞお帰りなすった」

などと口々に言いながら、孫太郎たちの周りを取り囲む。中には、手をすり合わせて念仏を唱えている者さえいる。

「お、おい、これはいったい」

「ええと、その……」

辺りを囲まれて逃げ場を失った志津は、顔を伏せたまま上げられずにいる。そうした様子は、どこにでもいる村娘のようだったが、領民たちが彼女へ向ける目つきは、まるで神仏を仰ぎみるような熱を帯びている。

「何者なのだ、そなたは」

「……私は、臼井八幡社《はちまんしゃ》の宮司の娘なのです」

「いや、よく志津を助けてくれた」

屋敷の広間で、七右衛門《しちえもん》なる村長《むらおさ》は赤銅《しやくどう》色に焼けた顔をしきりにうなずかせながら、上機嫌に言った。

「臼井八幡社というのは、臼井一帯の総鎮守でな。侍たちは、臼井城中の妙見社《みようけんしや》を原家の氏神《うじがみ》として崇《あが》め奉《たてまつ》っているが、わしら領民にとっては、八幡社こそ守り神よ」

村長の話によれば、志津は病弱な父親に代わって、娘の身で八幡社の神事一切を取り仕切っているのだという。

「言わば女宮司じゃな。わしらにとって、この娘は神様の使いのようなもんだ。それどころか村民の中には志津そのものを、生ける菩薩《ぼさつ》か守り神のように思っている奴も少なくない」

「やめてください、村長様」

部屋の隅《すみ》に座っている志津は、咎《とが》めるように言った。

「私は、ただの小娘ですよ。妙な紹介のされ方は困ります」

「いやいや、わしが言っているんじゃねえ。そう思っている奴がいるんだから仕方ねえだろう」

村長は豪放に笑い、孫太郎の方へ向き直った。

「松田様と言ったか。よく志津を助けてくれた。あんたは恩人だ。ぜひ、お礼がしたい」

「お気持ちは嬉《うれ》しいが、助けたといっても、私はただ送り届けただけだ。礼を言われるほどのことではない」

「まあ、そう言うな。こっちもそれで帰られちゃ、気持ちが収まらねえのよ。少しでいいんだ、あんたを持てなさせてくれ」

「では、少しだけ」

孫太郎は、しぶしぶうなずいた。

やがて、料理が運ばれてきた。膳の上に載っているのは、真蜆《ましじみ》の味噌汁《みそしる》に、焼いた里芋《さといも》、それに濁《にご》り酒である。

「思いのほか質素で、がっかりしたでしょう?」

志津が酌《しゃく》をしながら、ひそひそとささやいた。

「村長様はああ言いましたけど、時期が時期ですので、あまり色々と出せないのですよ」

「いや、充分だ」

木椀に入った味噌汁を、ゆっくりと口元に運び、すする。

（美味《うま》い）

冬空の中を駆けて冷えた身体に、温かさが内側から染み渡ってゆく。小田原での食事のような華やかさはないが、しみじみと落ち着く味である。

「いい味だ。この真蜆は、ひょっとして印旛沼から？」

「よくお分かりになりましたね」

志津はうなずいた。どことなく嬉しそうに見える。

「印旛沼は、私たち臼井の民にとって、とても大事なものです。真蜆は一年中おりますし、季節ごとに川魚も獲れます。香取の内海と繋がっているので、商人《あきんど》の方たちの行路にもなり、注ぎ込む川から引いた水は、田畑を潤《うるお》す水源にもなるのです」

「臼井が、好きなのだな」

この取り澄ました娘は、郷土の話になるとひどく多弁になる。

「ええ。こんな鄙《ひな》びたところですけれど、私、この土地が好きです。気候も穏やかで、土も水も豊かで。だからこそ、少しでも村の役に立ちたいと思って、父の代わりに神主の仕事をしているのですが……」

そこまで話したところで、志津の表情がかすかに曇《くも》った。

「でも、ときどき思うのです。私に出来るのは、ただ祈ることだけで、それがいつも八幡神様に聞き届けられるわけではありません。それに、もし聞き届けられたとしても、常に良い結果を招くとは限らない……」

「なにかあったのか？」

「……昔の話です」

それは四年前、志津が十三歳のときの出来事であったという。

その年の夏、臼井は日照りが続き、稲の育ちが悪かった。このままでは飢饉《ききん》になると危ぶんだ領民たちは、臼井八幡社に雨乞《あまご》いを依頼した。

しかし、宮司であった父はその時期、寝床から起き上がれぬほどに体調を崩していたため、やむを得ず志津が代わりに雨乞いの祈禱を行なった。

初めての、しかも十三の小娘のすることに、領民たちの中には不満を述べる者も少なくなかったが、ほかに取るべき術もない以上、結局は志津に任せることとなった。

「まさか、そこで失敗したとか？」

「いえ、雨乞いは上手くゆきました」

祈禱から数日後、それまでの日照りが嘘《うそ》のように雨が降り、臼井は飢饉を免《まぬが》れた。領民たちは、手のひらを返したように志津を讃《たた》え、誰もが八幡神に感謝した。

そこまでは、良かった。

問題が起こったのは、秋になってからだった。臼井と違い、運悪く水害に見舞われた隣郷の百姓たちが、収穫した稲を狙って攻め込んで来たのである。

この争いで、臼井の領民は五人が死に、二十人以上が負傷した。この問題は、領主の原家が調停し、相手方の領主から賠償として銭《ぜに》や反物《たんもの》などを出させたことで決着したが、それで死んだ者が帰って来るわけでもない。

「それが、自分のせいだとでも言うつもりか？」

「いいえ」

志津はかぶりを振った。

「そこまで、うぬぼれてはおりませぬ。雨を降らしたのは、私ではなく天の意思。それに、飢饉に比べれば死者は遥かに少なく、この程度の村落同士の争い自体も、さして珍しいことではありませぬ」

「ならば、なにが」

「……童です」

「童？」

「この争いに巻き込まれて、一人の男童《おわらべ》が、両親をいっぺんに失いました。その子はそれ以来、なにを口にしても受け付けずに吐くようになってしまって、やがて……」

そこで、志津は口をつぐんだ。続きを話す気にはなれないらしい。

もっとも、人が物を食べられなければどうなるかなど、聞かずとも明らかである。少年は、餓死したのだろう。

「蔵にはまだ、その子に分けるだけの食糧もありました。でも、そんなもの、あの子にとってはなんの意味もなかった」

――吐いてしまってごめんなさい。みんなが作ってくれた食べ物を、無駄にしてしまってごめんなさい。

泣きながら、かすれた声であえぐその少年の最期を、志津は枕頭《ちんとう》で看取《みと》った。一緒に泣いてやるべきなのか、笑って励ますべきなのか、どんな顔をすればいいのかさえ分からず、志津は強張《こわば》った表情のまま、少年の手を強く握り続けた。

「あの痩《や》せ細った、小さな手が冷たくなっていった感触を、今でも忘れることが出来ません」

神の恵みは、人間同士の争いによって台無しになった。その衝撃は、わずか十三歳の少女の心に、深い傷を刻み込んだ。

「今では宮司の仕事にも慣れました。ただ、ときどき思い出しては、考えてしまうのです。私は、本当に役に立っているのだろうか、と」

「……志津殿」

「なんでしょう」

「私は、そなたの仕事の実情を知らぬ。それゆえ、役に立っているなどと軽々しくは言えないが、しかし、なんと言うべきかな、今の話を聞いていて、私は自分の妻だった女を思い出していた」

「奥方様、ですか」

「ああ」

孫太郎は十七歳のときに、父の朋輩《ほうばい》の娘を娶《めと》った。しかし、そのころの孫太郎は、前線の武将としてあちこちの戦場へ派遣され、ほとんど屋敷へ戻らず、夫婦らしいことなど、なにもしてこなかった。

そして、婚礼からわずか一年後、

「妻は死んだ。流行《はや》り病《やまい》だった」

当時の孫太郎は、深く嘆いた。妻を喪《うしな》ったことをではない。その死を前にして、涙の一つさえ流すことが出来ない己と、そんな愚かな男を夫にしてしまった彼女の不幸が、あまりにも哀れでならなかった。

妻を喪った直後でさえ、孫太郎は彼女とどのような言葉を交わしてきたか、ろくに思い出せなかった。それから十年近くがたった今となっては、もはや声さえおぼろげである。きっと、もう十年ののちには、顔すらも忘れてしまうのだろう。

「後悔はした。己の薄情さを責めもした。……だが結局、私は未だに槍を離さず、戦場へ身を置《お》き続けている」

己の所業を悔い、槍を置いて、仏門にでも入ることも一つの生き方だろう。しかし、もし孫太郎がここで役目を投げ出してしまえば、妻の死の意味はどうなる。彼女は、その気になれば容易《たやす》く手放せる程度の役目のために、孤独な最期を迎えなければならなかったというのか。

「私は、これからも主家のため、役目を果たすために槍を振るうつもりだ。その生き方を曲げてしまえば、自分がこれまで戦ってきたことも、あれを妻として迎えたことも、きっとなにもかもが嘘になる」

「それが、奥方様に報《むく》いる道だと？」

「どうだろうな。あるいは、妻はそんなことを望んでいないのかもしれない。しかし、死者に口が利《き》けない以上、生きる者はただ、己の信ずるところを為すほかないと私は思う」

「信ずるところを……」

志津の長いまつげが、わずかに震えた。陶器のように白かった頬《ほお》に、かすかな赤みが差している。

「松田様」

顔を上げ、背筋を伸ばす。

「私、やってみます。村のみんなのために、己の信ずるところを」

「うむ」

孫太郎はうなずいた。その様子を見ていた村長も、

「よくぞ申した、志津」

大きく膝《ひざ》を叩き、言った。よほど感激したのか、目には涙さえ浮かべている。

「それでこそ、臼井の守り神よ。お前がそう言ってくれるのならば、わしらにはもはや怖いものなどない。必ずや、村民は一丸となることじゃろう」

そう言って、村長は孫太郎の方へと向き直ると、酒を注《つ》いだ素焼きの碗を、恭《うやうや》しく差し出した。

「松田様、志津をお助け頂いたこと、さらには、この娘を励まして頂いたこと、返す返す御礼申し上げる」

「頂戴《ちょうだい》いたす」

孫太郎は微笑し、碗を受け取って口に運んだ。臼井城中の侍どもより、百姓たちの方がよほど真っすぐ生きている。少なくともこのとき、孫太郎にはそう思えていた。

二

それから数日後の朝、臼井城中の宿所で、孫太郎は目を覚《さ》ました。

まだ夜は明けきっておらず、障子戸を開けてみると、かすかに空が白み始めている。しかし、そのわりには外がやけに騒がしく、遠くから人の声がいくつも聞こえている。

（なんだ？）

孫太郎は廊下へ出ようとした。ところが、それよりも早く、

「孫太郎殿！」

蔭山が息を切らして駆け込んで来た。寝間着姿で、髪もまともに結《ゆ》っていない。

「どうした、蔭山殿」

「百姓どもの強訴《ごうそ》です！　城下の民が、大手門（正門）の前へ殺到しております！」

「なんだと？」

「まずは、大手門へ！」

言うが早いか、蔭山は駆け出した。孫太郎も慌《あわ》ててそれに続く。

やがて大手門の前まで至ると、孫太郎たちは門に備え付けてある物見矢倉に登った。

「……なんだ、これは」

城外の様子に、唖然とした。槍や長柄《ながえ》を担いで武装した、五十名ほどの百姓たちが、門前に集結している。

だが、孫太郎が驚いたのはそこではない。

百姓たちの中に、見覚えのある娘がいたのである。立烏帽子《たてえぼし》に狩衣《かりぎぬ》という、神職の衣装を身にまとったその娘は、領民たちの前へ出ると、

「御城主様に、御願い奉りまする」

と、透き通った声で、まるで祝詞《のりと》でも上げるかのように言った。

「我ら城下の民は、上杉との戦を望んでおりませぬ。この上は、城中より小田原の援軍を追い、非戦の意を示して頂きたく、なにとぞ御願い申し上げ奉りまする」

その声を聞き、孫太郎は認めざるを得なかった。そこにいるのは、紛《まぎ》れもなく志津だった。

(なぜだ、志津殿……)

愕然《がくぜん》とする孫太郎をよそに、領民たちが次々と声を上げる。

「そうだ！　北条を追い出せ！　戦になったら、せっかく育てている麦が全部刈り取られちまうぞ！」

「蔵の米も、食い物は全部奪われる！　なして上杉なんぞと戦うんだ！」

いったい、なぜ今になって、このような事態が起こっているのか。孫太郎は蔭山に尋ねたが、この良き補佐役も、まだ騒ぎを聞きつけたというだけで、詳しい

ことまでは分からないらしい。

そうしているうちに、原家の家臣が状況を伝えにやってきた。

「ここにおられましたか、松田様、蔭山様」

「貴殿は、たしか」

「原家家臣、宍倉大和《ししくらやまと》にございます」

原家の、二番家老である。年は孫太郎より二つか三つ上だろう。英気潑剌《えいきはつらつ》とした、爽《さわ》やかな青年だ。

「これは、かたじけない。ご家老殿自ら、わざわざ……」

「なんのなんの、家老といっても、まだまだ青二才にございますので。それに、臼井の衆がみな、佐久間主水のような者だと思《おぼ》し召《め》されまするな。それがしは常に、松田殿の味方でございますぞ」

（味方、か）

だが、朋輩《ほうばい》の名をわざわざ、貶《おとし》めるために出すのはどうだろう。

この若手家老の語調は、北条への誠意というより、佐久間ら年長の重臣への反発心の方に熱がこもっているようだった。

「それで、いったいなにがあったのです」

「いや、厄介《やっかい》なことになり申した」

よく見ると、宍倉は冬だというのにひどく汗をかいている。急いで駆けて来たから、というわけではないのだろう。

「こういったことは、よくあるのだろうか？」

「滅相《めっそう》もない。自ら申すのは口幅《くちはば》ったいですが、当家は常日ごろより民の慰撫《いぶ》に努め、よく領地を治めております。ただ、恐らくは上杉軍の乱取《らんど》り（略奪）を恐れるあまり、このような騒ぎを起こしたのでしょう」

合戦において、攻め込んだ敵地での乱取りはつきものであり、どの武家でも当たり前に行なわれている。

なかでも上杉軍の乱取りの凄《すさ》まじさは有名で、

——輝虎は義などと口にしているが、本当の目的は略奪で、あの関東出兵は冬場の農閑期の出稼ぎなのではないか。

などと半ば本気で口にする者さえいたほどだった。

これまで関東出兵の標的とならなかった臼井の民たちが、この未知なる脅威に怯《おび》えたのも無理はない。

「それで、領民たちは我々、小田原勢に出て行けと？」

「いや、どうもそれだけではないのです」

宍倉大和が言うには、すでに城主の胤貞宛てに訴状が届けられているのだという。

それによれば、彼らの要求というのは、
一、北条家の援軍の追放と、上杉との非戦確約
一、来年の年貢と労役（城や堤の普請《ふしん》などの労働）の半減
一、強制的な徴兵の禁止
の三条だという。

「もし城方がこれを呑まなければ、城門までやってきた五十名はもちろんのこと、城下の百姓たちはそろって臼井を捨てて逃散《ちょうさん》する……とのことです」

「逃散か……」

孫太郎も、さすがに青ざめた。

戦国時代の百姓と領主の関係は、独特である。

長引く戦乱の中で室町《むろまち》幕府の権威が失墜し、その体制下による保護が当てにな

らなくなった時代にあって、百姓たちは武装し、村落で結束・自治を行なうことにより、土地をはじめとする自分たちの財産を自衛するようになった。

しかし、当然のことながら、彼らだけで村落を守り続けることは難しい。

そこで登場するのが、原家のような領主である。領主は村落を武力によって保護し、さらには土地の境界や水源の争いが起こった際には、公平に裁定することを見返りに、彼らを支配しているのである。

このため、領主の権威というのは、決して絶対ではない。

悪政を繰り返したり、領内の問題の裁定に失敗して、一揆や逃散を誘発すれば、彼らは領地から収入を得ることも、充分な兵を集めることも出来なくなるし、もし村落ごと敵方へ寝返りでもされれば、その隙《すき》に付け入られて滅亡をも招きかねない。

戦が日常である戦乱の時代であればこそ、領主と領民の力関係は、奇妙なところで均衡が取れていた。軍権を握る領主の立場が強いには違いないが、領民たちもまた強《したた》かに、一揆や逃散という切り札をちらつかせながら、統治者と交渉し、権益や安全の保障を求めた。

この強訴も決して突飛なものではなく、むしろ領民たちは領主の原家に対し、当然の権限を行使したと言えるだろう。

「まったく、よりにもよって、戦を控えているときに……」

苛立ちのあまりか、宍倉は頭を掻《か》きむしった。敵はせめて上杉だけにしてくれ、とでも言いたげだった。

「しかも、音頭役が臼井八幡社の志津とは……」

「ご存じか?」孫太郎は尋ねた。

「そりゃあ、八幡社は領内の総鎮守ですからな」

「あの娘は、領民にひどく人気があると聞いたが」

「よくご存じですな。たしかに、領内ではあの志津を守り神のように思っている者も少なくありません。とはいえ、普段ならこういう徒党に加わるような娘ではないのですがね」

「……誰かに懇願《こんがん》されたのかもしれんな」

領民たちの中にいる、もう一人の見知った顔——村長の七右衛門を鋭く睨みながら、孫太郎は言った。

原家としては、八幡社を敵に回したくはないはずである。下手《へた》をすれば、領内一帯の百姓が逃散、あるいは蜂起《ほうき》しかねない。

是が非でも要求を通すため、村長は志津という奥の手を使ったのだろう。

（上杉の略奪を、それほど恐れたか）

もちろん、同じことを繰り返せば、いかに八幡社といえど原家に討伐されかねないため、何度も使えるような手ではない。しかし、今ならば戦でそれどころではないため、胤貞も要求を呑みかねない。

「それで、胤貞殿はどうするつもりなのだ？」

孫太郎がそう問うと、宍倉は力なく首を振った。

「まだ、なにも下知は受けておりませぬ。すでに殿の許《もと》へも、事態は伝わっているかと思われますが……」

あの保身家の胤貞のことだ。領民と北条家を天秤にかけて、身動きが取れなくなっているのかもしれない。

「私が聞いてこよう」

「松田殿が？」

「この強訴は、私も当事者だ。胤貞殿の考えを、早く確かめておきたい」

別になにか妙案があるわけではなかったが、胤貞一人に任せていては、いつまでも事態は好転しないだろう。なにか動きがあったらすぐ知らせるよう蔭山に言い含め、孫太郎はその場をあとにした。

孫太郎は一度、自室に戻って服装を整《ととの》えたのち、本丸の胤貞の居室を目指した。

小姓一人だけを連れて、気ぜわしく、早足で歩く。さほど距離もない本丸への道が、ひどく遠く感じられた。

その途上、向こうから家老の佐久間主水が、数名の近習を率《ひき》いて歩いて来た。

「松田殿か」

こちらに気づいた巨漢の家老は、ただでさえ厳つい面貌《めんぼう》をさらに険しくした。先の評定での一件以来、孫太郎のことを敵視しているらしい。

「佐久間殿、聞かれたか。城外に百姓たちが……」

「強訴に来ているのだろう」

佐久間は、不愛想に鼻を鳴らした。

「すでに、訴状が臼井へ届けられている。家老のわしが、知らぬはずはなかろう」

「知っておられるのなら話は早い。実は、そのことについて、胤貞殿にお会いして話を伺いたいのだが……」

「余所者のお主が、なにゆえ？」

「私も当事者なのでな。訴状には、北条家臣の追放についての一条があったはずだ」

「ふむ」

佐久間はうなずきつつ、

「しかし、殿はお主にお会いにならぬだろう。今朝より、急な病で寝込んでおられるゆえ」

「なんだと？」

目を見開き、聞き返す。それは孫太郎にとって、まるで想定し得なかった答えだった。

「本気で言っているのか、佐久間殿」

「本気もなにも、殿がそう仰《おお》せなのだ。我ら臣下が、それを疑うわけなどどこにあろう」

すでに城外にもこのことは知らされている、と佐久間は仏頂面《ぶっちょうづら》で言った。

だが、そんな都合の良いことがあるはずはない。まず間違いなく、胤貞は仮病であろう。あの保身しか頭にない初老の城主は、偽《いつわ》りの病で矢面に立つことから逃げ、事態をただ先延ばしにしているのだ。

「ふざけるな！」

柱が震えるほどの大音声《だいおんじょう》で、孫太郎は叫んだ。怒りのあまり、血液が逆流しそうになる。

「百姓たちの心からの懇願を、なんだと思っているのだ。お主らは、それでも武士か」

北条家を裏切ろうとしたことは許しがたいが、立場として理解は出来る。しかし、自分の領民に対して、我が身可愛さに責任逃れを決め込むような卑怯者に、人の上に立つ資格などあるはずがない。

「もはや、お主らには付き合いきれぬ」

そう言い捨てると、孫太郎は佐久間の脇をすり抜け、再び歩き出そうとしたが、

「どこへ行く」

背後からすかさず、佐久間がこちらの肩を摑《つか》んだ。孫太郎は、背中越しにこの巨漢を睨み、

「力ずくでも胤貞殿を連れ出す。そうでもしなければ、収拾がつかぬ」

「余所者が、分かったような口を利くな」

肩を握る手に、佐久間が力を込める。

「これは領内の問題だ。いかに小田原の旗本であろうと、首を突っ込むことなど許されぬはずだ」

「ならば、どうする」

孫太郎は佐久間の腕を振り払い、改めてこの家老と対峙《たいじ》した。

「このまま、城外の領民に対し沈黙し、返答を誤魔化《ごまか》し続けるつもりか？　よもやそんなことを、上杉軍が来るまで続けるつもりではあるまいな」

「お主の知ったことではない」

佐久間は取り合わず、

「勝手な動きは慎んでもらおうか。さもなくば……」

と言って、刀の柄に手を掛けた。近習たちもそれに従い、次々と鯉口《こいぐち》を切る。

「殿、やりますか」

小姓の橋本伝左衛門《はしもとでんざえもん》が、腰を沈め、刀を引き寄せる。

敵は佐久間、それに近習が四人。対する孫太郎は伝左衛門を入れても二人だったが、狭い廊下であることを加味すれば、この程度の人数の差は必ずしも不利とは言えない。

（……だが）

ここで斬り合ったところで、なんになるというのか。

戦えば、恐らくは勝てる。小田原の鬼孫太郎と呼ばれた己が、こんな田舎侍ごときに遅れを取るはずもない。しかし勝ったところで、家老を斬れば、もはや城にはいられないだろう。

「おい、人を呼んで来い」

視線を孫太郎に向けたまま、佐久間は近習の一人に命じた。

「念のため、この廊下を固めておくように伝えろ。無論、殿の御部屋の前もだ。許しのない者は、たとえ誰であっても通すなと、そう言い含めよ」

「はっ」

近習はうなずき、一目散に駆け去って行った。これでもはや、胤貞に会うことは不可能になったといっていい。

「さて、いつまで続ける？」

佐久間が勝ち誇ったように笑った。今の孫太郎はその不遜さよりも、自分自身の無力に腹が立って仕方がなかった。

こうして為す術もなく、孫太郎は大手門の物見矢倉に戻って来た。

薄暗かった早朝の空は、すっかり明るくなっている。だが、城外の様子は先ほどからほとんど変わらず、領民たちは一人も欠けることなく門前に居座り続けている。

ただ、矢倉の上では少し変化があった。原家家老の宍倉大和がどこかへ去り、代わりに浄三が来ている。

「よう」

痩身《そうしん》の偽《にせ》軍師はいつものように、嫌らしくにやつきながら、孫太郎を迎えた。

「起きてみれば、ずいぶんと面白いことになっているじゃないか。二度寝をするか迷ったが、やはり見に来てよかった」

「抜かしていろ」

この男の軽口につき合うだけ時間の無駄である。孫太郎は相手にせず、

「蔭山殿、なにか変わったことはあったか」

と、この場に残しておいた補佐役に尋ねた。しかし、やはりというべきか、蔭

山は、

「先ほどまでと、変わりありませぬ」

と肩を落として答えるばかりだった。

「ああ、されど、『胤貞殿は病により出られぬ』と城中の使者が伝えたときは、さすがに荒れましたな」

「荒れたというと、どのように？」

「それはもう、ひどく怒って、口汚く城方を罵《ののし》って来ましたな。……ただ、たとえば使者を殺したり、門に打ちかかったりすることはありませんでした」

「ふむ……」

彼らにとっても、これは必死の交渉である。恐らく村長あたりが、軽挙や独断は慎むよう同志たちに厳命しているのだろうが、しかし、それが軍規のように厳粛に守られている点は、百姓の強訴としてはいささか異常ではあった。

（私は、余計な後押しをしてしまったのか？）

領民の中でひと際目立つ、神職姿の娘を見据えながら、孫太郎は思った。この結束の固さは、志津の求心力があってこそだろう。

いずれにせよ、百姓たちは救いを求めてここまでやって来た。だというのに、誰もその心を汲《く》もうとせず、無視を決め込んでいる。

（だが、私は）

　知らぬ顔は出来ない、と孫太郎は思った。

　訴状の要求に自分が関わっているからだけではない。北条家の武士の範たろうとする孫太郎にとって、窮した弱者を前に見て見ぬ振りをするなど、決して受け入れられるものではなかった。

「やめておけ」

　浄三が声を掛けた。孫太郎がなにをするつもりなのか、この悪知恵の働く偽軍師は見抜いているらしい。

「今、あんたが出て行ったって、なにも変えられんよ。それに、奴らは気が立っている。殺されるかもしれんぞ」

「心配してくれるのか？」

「迷惑だと言っているんだ。今お主に死なれては、俺はまた、あのあばら家で冬を越すはめになる」

「……そのときは、諦めてあばら家に戻ってもらうしかないな」

　くすりと微笑し、孫太郎は矢倉を下りた。胤貞や佐久間のひたすら責任を逃れようとする態度に比べれば、浄三の身勝手で直截《ちょくせつ》的な物言いの方が、今はよほど快く感じられた。

やがて、大手門の前まで来ると孫太郎は、

「開門！」

と大声で怒鳴《どな》った。

「松田様、困りまする」

門を預かる番士たちが、慌てふためいて殺到する。孫太郎は彼らをゆっくりと眺めまわし、

「門を開けろ。私の言葉は、小田原におわすお屋形（北条氏政）様の言葉である。お主らは、それを分かっていて歯向かうつもりなのか」

口調こそ、滔々《とうとう》と諭《さと》すように落ち着いていたが、それは明らかな脅迫だった。主家の権威を嵩《かさ》に、強引に我意を通すなど好みではないが、ほかに手立てもない。

番士たちも、こう言われてしまっては抗しようがない。彼らはしぶしぶと、この強盗じみた脅しを受け入れた。

大手門の巨大な門扉《もんぴ》が、重々しく軋《きし》みながら押し開かれる。孫太郎はただ一

人、門前に出ると、空堀に掛かった橋の半ばまで進んだ。

「私が北条家の名代、松田孫太郎康郷《やすさと》である」

その名乗りを聴いた途端、橋の向こうに結集している領民たちが、一斉にざわめいた。

──おい、あいつ、この間、志津様を助けた侍じゃねえか。

──小田原の者だったのか。

そんな囁《ささや》きが、こちらにも漏《も》れ聞こえてくる。

そう言えばあのとき、孫太郎は一度も北条家臣だと名乗ってはいなかった。まさか、北条家の援軍の大将ともあろう者が供も連れず、一人きりで馬に乗っているとは思わなかったのだろう。

「お主らの訴え、よく分かった」

言うなり、孫太郎は橋上にどっかりと腰を下ろし、両刀をその場に放り出してしまった。

「この城に、私が邪魔だというのなら、すぐに斬るがよい」

領民たちは、あっと息を呑んだ。背後の城中からも、番士たちがどよめく声が聞こえてくる。

「しかし、これだけは言っておく。関東の秩序を守らんとしているのは、我が北条家だ。上杉輝虎は、ただ北より乱入し、この地を荒らしまわるだけの凶賊でしかない。与《くみ》したところで、臼井に安寧《あんねい》は決して訪れぬ。なればこそ……」

そこで、孫太郎はいったん言葉を切り、

「もしこの孫太郎を生かすのであれば、私は命を賭《と》して、臼井を上杉から守って見せる。この言葉、天地神明に誓って偽りはない」

領民たちを真っ直ぐに見つめながら、そう言った。


「ふざけるな！　なにが関東の秩序だ！」

そう怒声を張り上げたのは、村長の七右衛門である。もとから赤銅色に焼けた顔が、怒りでますます真っ赤に茹《ゆ》だっている。

「お大名様の、大上段に構えた志なんて知ったことか。わしら百姓はただ、冬を越し、来年も生きるための食い物を守りたいのだ。余所者め、さっさと城中へ引っ込め」

「そうだ、引っ込め！」

別の領民が同調する。さらにまた、別の者たちも、

「お前なんか及びじゃねえぞ！　ご城主を連れてこい！」

「引っ込みやがれ、小田原者！」

と口々に唱和した。罵声《ばせい》は止まるところを知らず、門前は興奮と喧騒《けんそう》の渦《うず》に巻き込まれた。

しかし、その雑音の氾濫《はんらん》は、

「静まりなさい」

という一言で、嘘のようにぴたりと鳴り止んだ。

もちろん、その声の主は志津である。歯を剝き、激するままにがなり立てていた領民たちは、この年若い神職姿の娘が言葉を発した途端、飼い犬のように大人しくなり、傅《かしず》くように頭を垂れた。

（これは、思った以上だな）

まるで神通力のような効力に、孫太郎は内心、舌を巻いた。臼井の守り神というのも、決して大袈裟ではない。

志津は、この強訴の中心にありながら、周りから隔絶したかのような空気を纏い、そこに立っている。顔色を変えず、ただ物静かにあり続ける人形のような娘は、美しく、冷たく、人離れしたほどに透き通っている。

「松田様」

りん、と鈴の音が鳴るような澄んだ声で、志津は孫太郎の名を呼んだ。

「なんだろうか」

「斬るならば斬れ、と申されましたね。その言葉、偽りはございませんか」

「ない」

腕を組み、傲然《ごうぜん》と孫太郎は答えた。

「他家では知らず、我ら北条家は家祖・早雲公以来、敵に対して策を講じることはあっても、民に対して謀《はかりごと》を用《もち》いたことは一度もない。その民に、武士として一度吐いた言葉だ。出したり引っ込めたりするつもりはない」

「よく分かりました」

志津はうなずき、一歩、二歩と踏み締めるように、おもむろに前へ歩き出した。

「志津様！」

「なにをなさるのです、志津様！」

領民たちが声を上げたが、志津は振り返らずに進み、やがて孫太郎の前まで来ると、その傍らに転がっている太刀を手に取った。

抜き放ち、鞘を捨てた。

白く薄い膜がかかったような冬空の下で、むき出しの刃が、陽光を淡く照り返す。その刀を、志津はゆっくりと振り上げると、

「――――！」

肩口に向けて、無言で斬り下げた。

激痛とともに、孫太郎の逞しい長軀が、ぐらりと揺らいだ。しかし、死んではいない。志津は、頭上で刃を返し、峰で打ったのである。

「ぐっ……」

いかに女の腕力とはいえ、鋼《はがね》の棒で強《したた》かに打たれたのである。骨まで染みるような痛みに、孫太郎はつい呻《うめ》きを漏らした。

その様子を冷ややかに見下ろしながら、志津は言う。

「次に下らぬ真似をすれば、容赦なく斬り殺します。たとえそのことにより、我らが討伐されることになろうとも、譲るつもりは一切ありません」

そうして、今度は城門の番士たちに視線を向け、

「さあ、さっさと城中へ、この者を連れて行きなさい。これは原家と我らの問題、余所者の口出しは無用です」

毅然とした態度で、そう言い放った。

三

むっつりと黙り込んだまま、孫太郎は宿所で酒を呷《あお》った。胸の内のもやつきはまるで晴れず、いくら呑んでも酔えなかった。

「ざまあないな」

いやらしくにやつきながら、浄三が言った。

「日ごろから、さも武士の鑑《かがみ》のような面をしているお主が、女に殴られ、すごすごと帰って来る姿は実に無様《ぶざま》で笑えたよ。どうだね、少しは懲《こ》りたか」

しかし、孫太郎はその軽口には答えず、

「分からないことがある」

独り言のように、ぽつりと呟いた。

「なんだね、急に神妙な顔をして」

「彼らは、私に引っ込めと言った。だが、おかしいではないか。訴状によれば、彼らは私を追い出したかったはずだ」

訴えに従うのなら、彼らは引っ込めではなく、出て行けと孫太郎に言うべきだろう。だが、領民たちはあれほどまでに興奮しながら、ただの一度もそのようなことは言わなかった。

「なにかが、おかしい。しかし、そのわけが分からぬのだ」

「阿呆らしい」

浄三は言った。

「松田殿よ。お主はよもや、民草《たみくさ》は誰も彼も弱くて、純朴で、なにも考えずに生きているとでも思っているのではあるまいな」

「なにか知っているのか?」

「ただでは言えないな」

「お主はこんなときにまで……」

孫太郎は眉をひそめた。この男は、人の弱みに付け入ることしか考えられないのか。

「おいおい、怒る筋合いがどこにある」

浄三は涼しい顔で空とぼけた。

「この世は利害で回っている。それゆえ、なにかを欲するならば、同等の費《つい》えが必要になる。俺が言っているのは、そういう当たり前の理《ことわり》だ。それとも、小田原では市で物を買っても、なにも払わずに去るのかね」

（愚にもつかぬことを）

詭弁《きべん》にさえなっていない。詐欺師どころか、童でさえ言わないへ理屈である。

「銭でも取ろうというのか」

「なにも欲しいのは銭だけではないさ。そうだな……」

浄三は、孫太郎の手元を指差した。

「その酒でも貰おうか」

「ふん」

仏頂面《ぶっちょうづら》で、孫太郎は碗に酒を注ぎ、浄三の方へ差し出した。

「持っていけ」

「悪いな」

浄三はにっこりと笑い、

「こんなに沢山《たくさん》くれるなんて」

と言って、碗ではなく徳利《とっくり》の方をひょい、と取り上げた。

（あっ、こいつ！）

孫太郎は声を上げようとしたが、そう思ったときにはすでに、浄三が徳利に口をつけて、そのまま直《じか》に酒を呑み出してしまっている。

「…………」

無言で浄三を睨んだが、もはやどうしようもなかった。苦い顔で、自分の碗をすすりつつ、

「まあいい。教えろ、浄三。彼らは私を城から追い出したかったのか？　それとも追い出したくなかったのか？」

「引っ込めなどと言ったのは、追い出すつもりがないからに決まっているだろう」

浄三は酔いがまわってきたらしく、赤くなり始めた顔に、締まりのない笑みを浮かべている。

「胤貞はたしかに、かつて内通を企《くわだ》てたが、それはあくまで『心は北条にあるが、上杉の圧迫に抗しきれず、やむを得ず降《くだ》った』という形にしなければまずい。しかし、入城前ならともかく、今さらお主らを追い返せば、原家は明確に北条と敵対することになる。そんな恐ろしいことは、なにがあっても避けたいと考えているはずだ」

あんな訴状など、胤貞が呑めるはずがない。領民たちはそれを充分に承知した上で、強訴を起こしたのだと浄三は言う。

「初めに大きく吹っ掛けるのは、交渉の初歩だ。百姓どもは、胤貞が呑めないと知っていて、お主らの退去を要求した。だが、本当の狙いはおそらく年貢の減免、それも半分どころか一、二割も減らすと言えば、納得して帰っていくだろう」

「では、あの百姓たちは……」

戦を前に窮している領主に、これ幸いと付け入ってきたというのか。目を丸くする孫太郎の前で、浄三はけらけらと笑っている。

「百姓は百姓で、強かに生きている。戦だろうと、領主だろうと、利用出来るものはなんでも利用する。そうでなくては、こんな時代を生き延びることは出来まいよ」

その点、胤貞は利口さ、と浄三はさらに言葉を紡ぐ。

「ここで、城主がすぐに折れてしまっては、要求をさらに吹っ掛けられるかもしれんからな。病などと称しているが、今ごろは密かに近臣たちを寝屋に招き、落としどころを相談しているだろう」

「では、この強訴は」

「領主と領民、互いに事情をよく分かった上での茶番に過ぎん。お主のしたことは、余計な邪魔でしかなかったというわけだ。自分がどれほど愚かだったか、これでよく分かっただろう」

なるほど、浄三の考えは筋が通っている。

たとえこの通りでなかったとしても、百姓たちはただ窮したから短絡的に行動を起こしたのではなく、なんらかの思惑があったことは疑いようがない。

(それに、志津殿も乗った。村のために、己の信じるところを為そうとした)

孫太郎の脳裏には、志津と共に馬上で見た、青く広がる麦畑が浮かんでいた。

あの麦は、此度《こたび》の戦で全て駄目になるだろう。

戦が始まれば、上杉軍は当然の慣習として、妨害のための「刈り働き」(農作物の収奪、破棄)を行なうに違いない。城方でも、どうせ敵に刈り取られてしまうならと思い、青麦を城中へ取り入れ、馬の飼葉《かいば》にするだろう。

本来は、領民の胃を満たすはずだったあの麦は、結局、誰の口にも上ることはない。

（その分を、どこかで埋め合わせなければならない。それが出来ねば、村は立ち行かなくなる）

　領民たちは、そう考えたのだろう。

　今ならば、評定の場で、胤貞や佐久間が臼井城にこだわった気持ちも分かる。戦に勝つことだけを考えるのなら、防備に難のある臼井城で戦うよりも、堅牢な佐倉城へ退いた方が、道理に適《かな》っている。

　だが、もしそれで勝ったとしても、臼井の領民たちはどう考えるか。端《はな》から戦おうともせず、自分たちだけ安全な場所へ逃げ込んだ原家の面々を、再び領主として、容易《たやす》く迎え入れるだろうか。

　だからこそ、胤貞は初めから臼井を捨てられない。捨てれば、領主の座から転落しかねない。彼の立場を通せば、勝ったところで得るもののない佐倉への移動よりも、万が一の勝機に懸け、死を覚悟して臼井で防戦を演ずる方が、遥かに理に適っているのである。

　孫太郎は、その点を見誤った。いや、深く見通し、彼らを理解しようとする努力を怠《おこた》った。

　それぞれの立場には、それぞれの利害があり、目的がある。北条家にとって関束の秩序や大義がそれであるように、原家にとっては領主としての立場の維持が、志津たち領民にとっては作物が、なによりも重んじられる。

(たしかに、私の見方は甘かった)

しかし、その一方で、孫太郎は思うのである。人を繋げるのは、それぞれの立場と利害だけなのだろうか、と。

つい先ほど、領民たちの前で志津に刀で打たれた。

だが、刀を振り下ろすその刹那《せつな》、孫太郎は聞いたのだ。あの娘が、そっと囁いたのを。

——ありがとうございます。

聞き取れないほど小さな声ではあったが、志津はたしかにそう言った。なにに対しての礼であったのか、孫太郎には分からない。しかし、たとえわずかであろうと、己の誠心は、きっと彼女に届いたのだ。

(やはり、私は諦めたくない)

利害は重要である。だが、それだけでこの世が回っているとすれば、いよいよ人間に救いがなさすぎる。

いずれ胤貞や佐久間にも、正面からぶつかってみようと孫太郎は思った。これまでのように、頭ごなしに自分の正義を押し付けるのではなく、共に戦う者として、彼らを理解するために。

——よくもまあ、無意味なことを懲りずにやるものだ。いよいよ本当の阿呆だな。

などと浄三は嘲笑《あざわら》うかもしれない。だが、孫太郎にはきっと、それしか出来ないのだ。生き方は、そう容易く曲げられるものではない。

そのとき、

「孫太郎殿」

大手門に残してきたはずの蔭山新四郎が、息をきらして宿所に飛び込んで来た。

「どうした。なにか、城外で動きがあったか」

「それどころではありませぬ」

蔭山は呼吸を整える暇も惜しみ、かすれきった声で次のように告げた。

「先ほど、報《しら》せが入りました。上杉輝虎が、陣割《じんわ》りを関東中に布告したとのこと」

ついに、動き出すか。孫太郎は、ごくりと唾を呑んだ。

陣割りを発したということは、すでに出兵の準備が、ほぼ整ったとみるべきだろう。それにしても関東中に、わざわざ手の内を明かすように布告するとは、輝虎は此度の戦によほど自信を持っているらしい。

「臼井攻めの大将は？」孫太郎は尋ねる。

「河田豊前守《ぶぜんのかみ》長親とのこと」蔭山は答えた。

「河田か……」

まだ若いが、『輝虎の懐刀《ふところがたな》』と称されるほど、主君からの信頼の厚い智将である。この一事だけ見ても、輝虎がこの田舎城の攻略を、よほど重く捉えていることは明らかだった。

そのとき、ふと

「……浄三？」

隣に座っている男の様子が、明らかに違っていることに気づいた。

浄三は、両目を大きく見開いたまま、まるで金縛りにあったように身を強張《こわば》らせている。酔いのせいで赤かった顔色は、すっかり蒼白になっていた。

「どうした？」

孫太郎は、なにげなく肩に触れようとした。だが、浄三はその手を無言で振り払い、逃げるようにその場から立ち去ろうとした。

「おい、浄三！」

返事はない。あるいは、言葉自体が聞こえていないのか。これまで、どんなときでも余裕に満ちた態度を崩さなかったこの男が、まるで別人のように動揺している。

浄三は、そのまま部屋を出て行ってしまった。

（いったい、どうしたのだ）

孫太郎たちは、ただ呆然とするほかなかった。

第三章　ありふれた地獄

一

その記憶は、いつも血だまりの中から始まった。

全身をひたしている赤黒い液体は、ひどく生臭く、鼻腔《びくう》を不快に刺激した。しかし、それと同時に、奇妙な安らぎも感じていた。まるで、羊水《ようすい》の中で揺られているようだった。

考えてみれば、それは当然であったのかもしれない。なぜならその血は、隣で横たわる母の屍《しかばね》から流れ出たものだったのだから。

民家の土間。血の中で倒れ伏す自分の周囲で、母も、父も、兄弟たちもみな死んでいた。生きているのは、幼い自分だけ。だが、はたしてそれは幸福だったのか。胴を切り裂かれ、臓物と糞尿を床にまき散らし、苦しい苦しいと呻きながら死んでいった父の方が、あるいはそれでも、己《おのれ》よりは幸福であったのではないか。

一人の男が近寄って来る。男は下卑《げび》た笑みを浮かべ、なにごとかを仲間たちに喚《わめ》いたあげく、その手をこちらへぬっと伸ばしてきた。

手が、視界を真っ暗に塞《ふさ》ぐ。なにも見えず、なにも聞こえない。ただ、鉄錆《てつさび》のような血の臭いだけが、ずっと鼻の奥にこびりついている。

そこで、ようやく浄三は目を覚《さ》ました。

冬だというのに、首筋に寝汗がじっとりとにじんでいる。

何度繰り返し見たことか、分からない悪夢。そこから目覚めるときは、いつもこうだ。どれほど味わおうと、慣れることのない倦怠《けんたい》と不快さに苛《さいな》まれながら、浄三は立ち上がり、部屋の外へ出た。

夜はすっかり更《ふ》けている。宿直の番士をのぞけば、誰もが寝静まっているであろうことは、城中を歩いているだけでも感じることが出来た。

浄三は門の前まで来ると、番士に「寝付けないので、少しあたりを歩きたい」

と断りを入れて外へと出た。初めてのことではなかったので、特に咎《とが》められはしなかった。

暗い気分とは裏腹に、月の明るい夜だった。霜《しも》の立った土を踏みながら坂道に沿って台地を下り、振り返ると、臼井城の形がはっきりと分かる。

(もうじき、この田舎《いなか》城でも戦《いくさ》が始まるのか)

下らぬ時代だ、と浄三は心底思った。日ノ本《ひのもと》六十余州《よ》、その津々浦々《つつうらうら》で、誰も彼もが戦に明け暮れている。こんな醜《みにく》く苦しい世の中を、なぜ自分は、まだ生きているのだろうか。

自問するまでもない。その答えは、分かりきっている。

浄三には、果たしきれていない使命がある。それだけが唯一《ゆいいつ》、今の自分の生きる理由だった。もし、それさえ果たすことが出来たのならば……。

「今しばらく、お待ちください」

浄三は夜空を見上げ、月に向かって独りごちた。

「私もすぐに、あなたの許《もと》へ参ります。――公方《くぼう》様」

二

その数刻前。

城中の宿所で、孫太郎は蔭山と話し込んでいた。

「先日の強訴の一件、無事に片付いたようですな」

「ふむ」

領民の強訴は、大筋で収束した。細かい取り決めにはさらに数日を要するだろうが、来年の年貢と労役の減免を城方が呑み、領民たちは城下を去った。

ところが、蔭山の顔は晴れず、

「どうも、妙にござる」

思いつめた様子で、そう切り出してきた。

「浄三のことか」

「臼井攻めの大将が、河田長親だと聞いたとき、あの男は明らかに動揺しておりました。あれは、なにか隠しておりますぞ」

「なにか、とは？」

「上杉の間者《かんじゃ》やもしれませぬ」

たしかに、浄三の態度はおかしかった。河田という名を聞いた途端、これまでのふてぶてしさが一変し、顔からはすっかり血の気が引いてしまっていた。

しかし、孫太郎はむしろ、

「答えを急《せ》くな、蔭山殿」

この中年の補佐役を、なだめるように言った。

「なるほど、浄三の態度は奇妙だった。お主の申すように、なにかを隠しているかもしれん。されど、間者というのは行き過ぎではないか」

「そうでしょうか」

「たしかに胡散臭《うさんくさ》く、謎の多い男ではある。だが、そもそも間者など、怪《あや》しまれれば仕事にならぬだろう。浄三が、さような役目に向いているとは思えぬ」

「あえて裏をかき、怪しげな男を送り込んだということもあり得ましょう」

「どうだろうな」

それならば、そもそも援軍である孫太郎たちでなく、城主の胤貞に近づこうとするだろう。今のところ、自分の部屋にいるか、さもなくば孫太郎たちと行動を共にしている浄三が、大した情報をつかんでいるとは思えない。

しかし、蔭山は譲らず、

「あやつを、探るべきです。部屋や荷物を調べれば、なにか出てくるやもしれませぬ」

とあくまでも主張した。

浄三は、

——仕事のないときまで、お主らの顔など見たくはない。

などと言って、城中の物置部屋を借り受け、宿所代わりにしている。蔭山に言わせれば、その点も不審に思えるらしい。

「なぜ、そこまで頑《かたく》なになる」

「孫太郎殿こそ、なにゆえあの男をかばうのです」

「別にかばっているわけではないが……」

間者かどうかは別にしても、浄三に疑念がある以上、それを探る必要はあるだろう。しかし、空き巣まがいの家探しをするというのが、どうにも孫太郎の性分に合わない。

「孫太郎殿、あなたはあくまで、この臼井で戦うつもりなのでしょう?」

「もちろんだ」

孫太郎はうなずく。

「私は臼井など、いかに交通の要地とはいえ、数ある拠点の一つに過ぎないと思っていた。ゆえに、辺りが開け、大軍に囲まれやすいこの城よりも、要害の佐倉に拠《よ》った方がいいと、単純にそう考えていた」

しかし、戦の勝敗を決するのは、防備だけではない。この数日で、孫太郎はそれを痛感していた。

「城主の胤貞は保身ばかり考えている男だが、それだけに、己の立場を守ることには必死だ。家老の佐久間主水をはじめ、ほかの諸将も似たようなものだろう。彼らは、命に代えても臼井を守ろうとするに違いない」

士気や勢いだけで戦に勝てるわけではないが、それらはときに、多少の防備の差をも覆《おお》し得る。

「彼らが最も力と結束を発揮出来るのは、この臼井城に拠《い》ったときだろう。なればいっそ、それを活かした方が勝ちの目が出てくるのではないか。そう思ったのだ」

「さすがは、鬼孫太郎」

蔭山は穏やかに微笑した。

「あなたは、こんなときでも戦うことを諦《あきら》めないのですな」

「それが役目だからな」

「しかし、惜《お》しい。孫太郎殿は、もっと報《むく》われて良いお方です。その武辺《ぶへん》に鑑《かんが》みれば、松田の本家並みとまでは言わずとも、せめて一城なりとも与えられ、千や二千の兵を任《まか》されてもおかしくないはずです」

「無茶を言うな」

孫太郎は眉尻を下げた。

「蔭山殿、私は現状に満足している。北条家臣として、関東の秩序を築き上げる一石になれるのならば、ほかに望みなどはない。まして立身など、考えもしないことだ」

「そうでしょうとも。されどそれがしは、孫太郎殿にもっと高いところへ上って頂きとうございます」

「だから、間者は許せぬというわけか」

戦陣での武功を妨《さまた》げかねぬ懸念は、なにがなんでも――多少、強引な手段を用いてでも除いておきたい。それが、孫太郎の立身を望む、蔭山の考えであるらしかった。

にするようになった。ここ三、四日、浄三はほとんど日課のように、深夜

「それに、浄三にはもう一つ、疑わしい話があり申す」

蔭山が番士などに聞いたところによれば、浄三はほとんど日課のように、深夜になってから、城外を出歩いているらしい。

「妙ではござらんか。人の寝静まった夜更《よふ》けに、なにゆえ一人出歩くのか」

「たしかに、少々気になるが……」

「なれば、我らの目で、しっかと確かめねばなりませぬ」

名目上、浄三は北条家の軍師ということになっている。まさか臼井城の城士たちに、「あの男は間者の疑いがあるので、見張って欲しい」などと言えるはずがない。

「まず、それがしが浄三のあとをつけましょう」

と蔭山は己の計画を語った。

あらかじめ門前の番士に、浄三が来たら知らせるよう言い含めておき、あの男のあとを尾行する。

その間、孫太郎は浄三の部屋へ行き、荷物を探る。

もし、浄三がすぐに引き返してくるようなら、そのときは蔭山が接触して足止めし、なんとか時間を引き延ばす。

正直なところ、孫太郎はあまり気が進まなかったが、

「疑いを断つことは、浄三自身のためにもなり申す」

と言って譲らぬ蔭山に、結局は押し切られた。

それから数刻後、子《ね》の刻《こく》（深夜零《れい》時頃）にさしかかったころ、浄三は物置部屋を出て、城の外へと向かった。

孫太郎は、尾行を蔭山に任せ、自らは浄三と入れ違うように、その部屋へ踏み入った。


暗闇に包まれた部屋からは、酒と干物の臭いがした。手にした油皿の灯りであたりを照らしてみると、部屋の隅《すみ》に風呂敷《ふろしき》包みを見つけた。浄三の荷物である。

（さて……）

孫太郎は包みを解き、中身を探った。

紙、矢立《やたて》、替えの下帯、手ぬぐい、占い道具の類……旅の易者の荷物としては、特に珍しいものは見当たらないようである。

ところが、

（おや……？）

手ぬぐいの中から、妙なものが転《ころ》がり落ちた。拾い上げてみると、刀の鍔《つば》だった。なぜ無腰のあの男の荷物から、鍔だけが出てくるのか。孫太郎は首を傾げた。

「――探し物は見つかったかね」

背後から、聞き覚えのある声がした。

はっとして、振り返る。しかし、そのときにはもう、孫太郎の鼻先に白刃が突きつけられていた。

「浄三、お前……」

そこに立つ総髪の男の手には、抜き放たれた仕込み杖が握られていた。

三

蔭山の尾行に、浄三はすぐに気がついた。

それを撒《ま》くのも、容易《たやす》かった。月が雲に隠れた瞬間を見計らい、浄三は即座に駆け出して蔭山の視界から外れ、そのあとは悠々と城門から戻った。

そして、部屋の前まで来てみると、人の気配がした。音を立てないように襖《ふすま》を開けると、案《あん》の定《じょう》、孫太郎が自分の荷物を探っていた。

「大方、俺のことを間者とでも疑ったか。どうだい、なにか見つかったかね」

いつものようににやけながら、冗談めかしく浄三は言った。しかし、その手に握られている仕込み杖の刃は、孫太郎に向けられ続けている。

「上杉に繫《つな》がるものは、なにもなかった」

と、孫太郎は答えた。

「それは良かった」

「だが」

孫太郎は、自分が手にしている鍔を示した。

「これは、なんだ」

「ああ、それか。道中、変に警戒されてもつまらんと思ったのでな。旅に出る前に、刀を仕込み杖に拵《こしら》え直した。だが、鍔は気に入っていたので、手元に残しておいたのだ」

「見え透《す》いたことをいうな」

孫太郎は、眉をひそめた。

「この鍔にあしらわれている紋は、将軍家の『足利花桐《あしかがはなぎり》』ではないか」

見られていたか。浄三は小さく舌を打った。

ただの桐紋なら珍しくないが、『五七桐《ごしちのきり》』は、幕府や朝廷の許可なくして用いることが出来ない特殊な紋様である。そして、その五七桐にさらに意匠を加えた『足利花桐』は、将軍の持ち物にしか許されない、足利宗家累代の家紋であった。

「浄三、お前は何者だ」

「どうも、己の立場が分かっていないようだな」

浄三は、仕込み杖を握る手に力を込めた。

「松田殿、部屋を荒らした無礼は問わない。このまま、お主が黙って部屋を出て行くのなら、それでこの話はおしまいだ。俺も、宿所を失わずに済む」

「逆らえば?」

「宿所を失うだろうな」

浄三は臼井から、そして孫太郎はこの世から。

深夜であったのが不幸中の幸いだと、浄三は思った。闇《やみ》に紛《まぎ》れ、虚《きょ》をついて関所に斬り込めば、封鎖された街道を抜けることも、まったくの不可能ではあるまい。

「さあて、どうするね、松田殿」

　もっとも、出来得ることなら浄三は、この男を斬りたくはない。別に温情からではなく、人を斬るなどということ自体が、非力な浄三にはひどく億劫《おっくう》だったし、北条方の追手から逃げ続けることも、考えただけでうんざりした。

「浄三」

　孫太郎は、口元に微笑を浮かべた。

「なんだね」

「私のあだ名を忘れたか」

　言うなり、孫太郎はふっと息を吹いて、手元の油皿の灯を消した。

　あたりが、闇で満ちた。

　そう思ったときには、

「ぐ、うっ……」

　一瞬で距離を詰めた孫太郎によって、浄三は腕を取られ、その場にねじ伏せられていた。

「鍛《きた》え方が足りないぞ、軍師殿」

　鬼との異名《いみょう》を取る歴戦の武士は、浄三の痩身《そうしん》の上でそう言った。

　驚くべきは、その武勇や機転ではない。この男は即座に、斬られても構わぬと覚悟したかのように、なんの躊躇《ちゆうちょ》もなく突っ込んで来たのだ。

「もう一度、聞くぞ。お主は何者だ」

右腕を絞め上げながら、孫太郎は問うた。すでに、立場は逆転してしまっている。しかし、それでも浄三は、

「それを聞いてどうする」

と、あくまで突き放すように言った。

「俺がなにを言おうと、話の真偽など確かめようがあるまい。こんなことに、なんの意味がある」

「意味ならあるさ」

そう言うと、孫太郎は浄三の身体《からだ》を解放し、改めて正面に座った。

「正直に申さば、私はお主のことが好きではない」

「奇遇だな。俺もあんたの正義面が嫌いだよ」

口元だけで笑いながら、ひどく冷え切った声で答える。さらに付け加えるのなら、孫太郎と違って浄三は己さえも好きではなかったが。

浄三の軽口にはつき合わず、孫太郎は言葉を続ける。

「しかし、人には表面からでは分からない、様々な事情がある。そんな当たり前

のことを、私はこの城に入るまで、本当の意味では分かっていなかった。気づけたのは、お主の助言のおかげだ」

「助言だと？」

いったい、孫太郎はなにを言っているのだろう。浄三がこれまでこの男に対して吐《は》いてきた言葉は、その大半が皮肉か、さもなくば宿所なり酒なりを得るために、その場で捏《こ》ね上げた戯言《ざれごと》に過ぎないではないか。

「あんな口から出まかせを、ずいぶんと都合よくとらえるものだな。俺の稼業がなんであるか、もう忘れたのかね」

「お主が易者だろうと鳩《はと》ノ戒《かい》だろうと、この城では私の軍師だ。だが、よく考えてみれば、私はお主のことをなにも知らない。それを聞きたいと思ったことが、それほどおかしいか」

「同じことを何度も言わせるな」

浄三は腹が立ってきた。

「俺がなにを言ったところで、その真偽など確かめようがないだろう。そんなもの、聞いても聞かなくても同じではないか」

「そうかもしれん」孫太郎はあっさりと認めた。

「しかし、私はこうして正面から相手にぶつかる以外に、やり方を知らないのだ」

（話にならん）

愚直過ぎるというべきか、さもなくば単に愚かと称すべきか。いずれにしても、孫太郎はもはや、少しも譲るつもりはないらしい。

「嘘《うそ》なら嘘で構わぬが、ただ、このままでは私はともかく蔭山殿が納得しないだろう。せめて納得出来るだけの言い訳がなければ、あれは、お主を間者とみなして斬りかねぬぞ」

「……冗談だろう？」

「私は冗談など言えぬ」

孫太郎は、『足利花桐』の鍔を膝の前に置いた。

「話してくれ、浄三。お主は何者なのか。なぜ、こんなものを持っているのか。それを話してくれれば、今夜はそれで引き下がろう」

「人の留守を漁《あさ》っておいて、好き勝手抜かしやがる」

浄三は腹立たしかったが、どうも孫太郎の意思は固そうである。このまま放っておけば、平気で朝まで居座っていそうに思えた。

「……分かったよ」

まったく、これだから侍は嫌《いや》なのだ。浄三は深くため息をついた。

「いつまでも、お主のような図体のでかい男におられては、寝苦しくて仕方がない。話を聞いたら、さっさと帰れよ」

もっとも、話といっても、別に面白いことなどなにもない。どこにでもある、ろくでもない、ありふれた地獄についての記憶だ。

そう、あれはたしか——。


自分がどこで生まれたのか、浄三にははっきりと分からない。年齢も正確には知らないし、本名も忘れてしまった。

ただ、どこかの村落で、百姓の子として生まれたことだけは、なんとなく覚えている。顔まではっきりと思い出せなかったが、父と母、それに幾人かの兄弟と共に、幼少の浄三は故郷で暮らしていた。

その故郷が、戦に巻き込まれた。

いや、巻き込まれたというのは、正確ではないのかもしれない。戦というのは、なにも領主の都合ばかりではなく、むしろ村落同士の境界や利水のいざこざから、領主間の争いに発展することも多い。

とにかく、それがどういう経緯で起こった戦なのか、少年の浄三には知る由《よし》もなかった。

分かっていることは、ただ一つ。浄三の故郷は戦火に侵され、家族は皆殺しにされた。

そして、乱取《らんど》り（略奪）が行なわれた。

村落に侵攻した軍勢によって、食物は根こそぎ奪われ、抵抗するものは殺され、女たちは犯された。合戦における乱取りは、兵たちにとって当然の権利だった。

（いっそ、あのとき自分も殺されていれば）

どれほど幸福であっただろう、と浄三は幾度も思った。

しかし、それは叶《かな》わなかった。生き残った浄三はその後、雑兵に捕らわれ、人買いに売り払われたのである。

人身売買。これもまた、物資の略奪や強姦と同様に、戦場で横行する「乱取り」の一つだった。

「俺が売られたのは、坂本《さかもと》だった」

浄三は言った。

「坂本とは、近江の？」

孫太郎が聞き返す。

「ああ。頭痛がするほど人の多い、騒がしいところだ」

この当時の坂本は、京《きょう》や堺《さかい》に次ぐほどの大都市だった。

坂本は、比叡山延暦寺の門前町であり、琵琶湖《びわこ》の水運によって賑《にぎ》わう港町であり、北国や東国と京を結ぶ陸上交通の要所でもあった。自然、この町の経済は大いに発展し、諸国から商品や人が大量に流れ込んだ。

自分の買い取り先は、その坂本に住む土倉《どそう》（金融業者）だったと、浄三は語った。

「それは、つまり労働のために雇われたのか？」

「まさか」

孫太郎の問いを、浄三は一笑に付した。

「そんなことのために、大して力もない餓鬼《がき》を買ったりするものか」

「いや、それはそうかもしれないが、ほかに理由など……」

そこまで口にしたところで、孫太郎は、

「あっ……」

と小さく声を漏《も》らした。この生真面目《きまじめ》な男はようやく、もう一つの可能性に気づいたらしい。

「まあ、そういうことだよ」

浄三は、慰《なぐさ》み物として買われた。

男色自体は、慣習としては珍しいものではないが、特に坂本の土倉の場合、金貸しである反面、比叡山に僧籍を置く下級僧侶である場合が多く、稚児灌頂《ちごかんじょう》に代表されるような少年愛の気風が、伝統的に根強く残っていた。

「土倉というのは、たいてい羽振りのいいものだが、俺を買った男の屋敷も、まるで大名のもののように広く、多くの手代が住み込みで働いていた。……そして、その人数に『応《こた》える』ため、俺のような稚児が、何人も飼われていた」

初めて屋敷へ連れてこられた夜、自分がされたことの意味を、浄三は幼少の身ながら、おぼろげに理解した。

鈍い痛みと、嫌悪と、屈辱《くつじょく》。この屋敷の者たちを、いつか残らず殺してやると、そのときは本気で思った。

だが、それらの感情が萎《しぼ》み、心が乾ききってしまうまでに、そう月日はかからなかった。どれほどの苦しみにも、尊厳を踏みにじられることにも、人は慣れられるように出来ているらしい。

労働力として買われた奴隷よりも、恐らく暮らしは楽だったのだろう。飢《う》えることがないという点では、故郷にいたころよりも恵まれていたのかもしれない。

しかし、自分はもはや、人より家畜に近しいのではないかという疑いを、そのときの浄三は、思わずにはいられなかった。

「おや、どうしたね、松田殿。なにやら顔色がよくないじゃないか」

浄三は、意地悪く笑った。こんな話を聞かされて、平然としていられる者などいるはずもない。孫太郎の精悍《せいかん》な顔立ちは沈鬱《ちんうつ》に曇《くも》り、眉間《みけん》には深いしわが刻まれている。

「どうする、もうやめるかね」

「いや」

孫太郎は、かぶりを振った。

「辛《つら》いかもしれないが、聞かせてくれ。私は、お主のことを知らなければならない」

自分の方が辛そうな顔をしているくせに、ずいぶんと頑張《がんば》るものだ。

（よくも、まあ）

孫太郎にとって、浄三の過去は他人事《ひとごと》ではないはずである。この若き勇将は、その輝ける戦歴の中で、浄三と同じような戦災孤児を、何人も生み出してきたに違いないのだから。

理屈の上では、それは乱世の常であり、やむを得ないことであると割り切ることも出来るだろう。だが、生きた犠牲者を前にして、はたして同じ姿勢を保っていられるものだろうか。

（さて、どこで音《ね》を上げるかね）

どうせならこの男の、正義面した化けの皮を剥《は》いでやろうか。そんなことをひそかに思いながら、浄三は話を続けた。

四

土倉屋敷には浄三のほかにも、取り飼われている稚児たちがいた。彼らは名目上、土倉の弟子の小坊主ということにされ、僧形となり、「浄三」のような法号をつけられた。

ところが、その中でただ一人、髪を剃《そ》らず、俗体《ぞくたい》を許されている者がいた。

名を、岩鶴丸《いわつるまる》といった。

——容貌華麗《ようぼうかれい》
と、古記録にもあるように、その容姿は並外れて美しかった。目鼻立ちは娘のように優しげで、透けるほどに白い肌といい、華奢《きゃしゃ》な骨柄といい、髷《まげ》さえ結っていなければ、とても男には見えない。

屋敷の主である土倉は、この岩鶴丸を溺愛《できあい》し、自分の愛人として珍重した。この点、屋敷内の「共有物」である浄三たちよりは一段上の身分であるとも言えたが、この少年がそれを喜んだ節はなく、普段から暗い面持ちで、うつむいていることが多かった。

「私は、近江の土豪の子なのだ」

と、岩鶴丸はあるとき、浄三に語った。

「父が、ここの土倉に借銭を重ねたあげく、その抵当《かた》として、私は差し出された」

だから、逃げられないのだと、岩鶴丸は語った。逃げれば必ず、土倉は岩鶴丸の実家に報復をするだろう。もっとも、屋敷を逃げ出したところで、行く当てがあるわけでもないが。

「だから、耐《た》えるしかないのだ」

「うらやましいな」

「えっ？」

浄三の返答が意外だったのか、岩鶴丸は目を丸くした。

「いや、こう言われるのは心外かもしれないが、正直なところ、俺にはお前がうらやましく思える」

家に待つ父母を、守るために耐える。そう心の奥底で思っていれば、たとえどのような目に遭《あ》おうとも、人としての尊厳を失わずにいられるだろう。

だが、浄三にはなにもない。家族も、故郷も、行く当ても。では、なにを思って生きればいいのか、そもそも、なぜ未だに生き続けているのか、そんなことすらも分からなかった。

ところで、この屋敷の主は、金貸しだけにひどく吝嗇《りんしょく》だった。

それは、浄三たちに対しても変わらない。夜の務めのみならず、昼間は昼間で、この稚児たちになにごとか仕事をさせようとした。

それが、書物の写本作りだった。

下剋上《げこくじょう》の横行する戦乱の時代、各地では成り上がりの有力者が次々と台頭してきている。こうした出来星《できぼし》の大名や国衆たちは、自分たちの権威の箔付《はくづ》けを欲した。

書物も、その一つだった。『武経七書《ぶけいしちしょ》』『四書五経《ししょごきょう》』といった古典の写本を彼らは求め、支配者として充分な教養を身につけていることを、周囲や家中に示したがった。

特に、地方の領主にとっては「叡山から写本を取り寄せた」ということも一種の箔になるらしく、比叡山延暦寺にはこの種の依頼が数多く持ち込まれた。

もっとも、そんな田舎侍相手の写本など、まず叡山では取り扱わず、大抵は、坂本に住む土倉のような下級の僧侶へ下請けに出す。

そうして回ってきた仕事を、この屋敷では浄三たちにやらせた。

ただ、それは浄三にとって苦痛ではなかった。この作業を通して、浄三は字を知ることが出来たし、意味は半分も分からないながらも、多くの古典に触れることが出来た。

浄三は写本に没頭し、ときに自分と同じ立場の稚児たちと、字義や内容について意見を交わしたりもした。それでも分からないことがあれば、岩鶴丸に頼んで、屋敷の土倉や手代に聞いてきてもらった。この美貌の少年が尋ねると、彼らは親切になんでも教えた。

そうして写本を作っている間は、取り飼われている立場を忘れることが出来た。自分がまっとうな学僧であるかのように錯覚することが出来た。

しかし、現実は変わらない。ひとたび陽が沈めば、浄三たちは再び、ただの慰み物である自分たちを受け入れなくてはならなかった。

縄で繋《つな》がれた家畜のように、囲いの内で飼われ続ける、いつまでも終わりの見えない日々。

ところが、あるとき、そんな生活に大きな転機が訪れた。

土倉屋敷に買われてから六年目——永禄二年（一五五九）四月、ある大名が五千の精兵を率いて、坂本の地へと訪れたのである。

目的は、上洛。

詳しい事情は浄三には分からなかったが、なんでも幕府の要請によるものらしく、坂本への駐屯《ちゅうとん》は、その途上のことであるらしかった。

大名の名は、長尾景虎《ながおかげとら》。「軍神」との異名で知られる、越後国主である。

長尾景虎の着陣以来、坂本の町は、火鉢をひっくり返したような騒ぎになった。この有力大名の機嫌を取り結ぼうと献上品を運び込む商人もいれば、「軍勢を率いてやってきたということは、この坂本も戦場になるのではないか」と恐々としている住民もいる。

そんな時期である。

浄三が、主の土倉に呼び出されたのは。

「困ったことになった」

と、土倉はまず言った。肥え太ってはち切れそうな顔面に、びっしりと脂汗が浮かんでいる。落ちくぼんだ両目は、あちこちに泳いで定まらない。

「お師匠様」

と、浄三は自分の飼い主に声を掛けた。形の上では、浄三はこの、僧侶とは名ばかりの金貸しの弟子ということになっている。

「本日は、いかなる御用でしょうか」

「う、うむ。浄三よ、お前、易は出来るか？」

「は？」

「なんでも、お前は『易経《えききよう》』の文面を、全て覚えているというではないか」

たしかに、浄三は易経――易占の経典であり、『四書五経』の一つに数えられる重要な古典――を何百回と書き写してきたため、文面だけなら全て覚えている。また、ほかの稚児たちに比べ、浄三は特に覚えが良く、今まで写してきた書物の大半は、即座に暗唱することが出来た。

ただ、易経は記述自体が、ひどく抽象的で難解な書物である。浄三などはとても、その内容を十全に理解しているとは言い難い。

（まして易占など、出来るはずがない）

書物の知識から、それらしく仕草を真似《まね》たところで、その道に通じた者に一目見られれば、すぐに看破《かんぱ》されてしまうだろう。

浄三は、そのような事情を説明したうえで、

「私よりも、岩鶴丸の方が詳しいかもしれません」

と言った。事実、岩鶴丸は浄三以上に聡明な少年で、易経についても、その文面をすっかり記憶している。

ところが、土倉は、

「い、いや、岩鶴丸は駄目だ」

と言って、慌てて首を振った。浄三には、まるで意味が分からない。

「どういうことでございましょう？」

「今、長尾景虎が坂本に来ているのは、お前も知っているだろう」

「はあ、長尾」

たしかに、坂本の町は、その一件で連日、大きな騒ぎになっている。だが、屋敷からほとんど出ることのない浄三にとっては、いかなる事件であれ、別世界の出来事に等しかった。

「それで、その長尾がどうかしたのですか」

「あの男」

土倉は忌々《いまいま》しげに歯嚙《が》みした。

「御本山（比叡山）に厄介な注文を押しつけてきよった」

——軍師を一人、譲り受けたい。

それが、景虎の要求であった。

土倉の話によると、これまで長尾家で易占の類は、宇佐美定満《うさみさだみつ》という老臣が一人で切り回してきたが、すでに七十過ぎの高齢であり、戦地への従軍が年々難しくなっていた。そのため景虎は、諸国の寺院や足利学校などに声を掛け、代わりとなる軍師を募《つの》っているのだという。

——叡山からもぜひ一人、人材を譲り受けたい。才質さえ確かなら、ほかの条件は問わない。

と景虎は言ったそうだが、

「あの男、まるでこちらの都合というものが分かっておらぬ」

土倉は苛立たしげに言った。

「わざわざ坂本での暮らしを捨てて、北国の山の中まで行きたいものなどおるはずがない。まして軍師など、戦場を引きずり回される上、敗戦に巻き込まれれば命さえ危ういというに」

しかし、まさか日本屈指の学林である比叡山が、軍師の一人も出せないとは言えない。下手《へた》に断って、この軍神と名高い越後国主を敵に回すのもまずいだろう。

「結局、面倒事はいつも、わしらのような末端に回ってくる」

「それは、つまり……」

どうやら土倉は比叡山から、この難題の始末を押し付けられたらしい。

「とにかく、どんな形であれ、軍師を差し出したという事実さえあればいい。もし、その者の腕が期待外れでも、当方の知ったことではない。叡山はあくまで寺院であり、学問として易を学ぶことはあるが、易者や軍師を育てるための場所ではないのだからな」

だが、少なくとも書物としての易には、それなりに通じている必要がある。あまり極端な無学者では、さすがに叡山としても体裁が悪い。

「まさか、それで私が？」

浄三は息を呑んだ。いかに叡山が易者を育てていないとはいえ、たかが齢《よわい》十六、七の、書物で易を読みかじっただけの小僧を差し出すなど、どう考えてもまともではない。

だが土倉は、丸い頬を満足そうにほころばせ、

「常々、わしはお前の才気を買っておった」

などと、白々《しらじら》しく言った。

「浄三よ、お前のような若き才人を、こんなところで朽《く》ちさせるのは惜しいと、わしは日ごろから心苦しかった。どうじゃな、広い世間へ出て、あの名将のもとで知恵を活かしてみるつもりはないか？」

あまりの厚顔さに、浄三はあきれ返った。

要するに、戦場から売られてきた浄三を、我が身の保身のため、今度は長尾景虎に売ろうとしているだけではないか。

だからこそ、土倉は気に入りの岩鶴丸を出し渋り、浄三の方を選んだ。なんのことはない、この男にとって自分は今も昔も、人ではなく物なのだ。浄三は、反吐《へど》が出る思いだった。

(しかし)

考えようによっては、これは好機だった。

この家畜のような暮らしから、抜け出すことが出来る。それどころか、長尾家中で上手く立ち回れば、一城の主《あるじ》になることさえ夢ではない。

長尾景虎がどんな男かなど、浄三は知らない。だが、そんなことはどうでもよかった。この地獄から抜け出させてくれるのならば、誰でも構わない。

――承知仕《つかまつ》りました。

浄三は、そう答えるべきだった。

だが、どうしたわけか、その一言が出てこない。

「どうした、浄三」

「いえ、その……」

返答せずにいる浄三の顔を、土倉が訝《いぶか》しげにのぞき込んでくる。

うなずけばいい。

そもそも、初めから拒否権などありはしない。もしこの話を断れば、浄三はただちに殺されるだろう。

それでも土倉が下手《したて》に出ているのは、長尾家に引き取られたのち、浄三が破滅覚悟で「実は自分はただの稚児で、あなたは私を飼っていた土倉に騙されたのです」などと言い出さないよう、機嫌を取っているからに過ぎない。

（だが、なぜだろう）

本当に、このまま受け入れてしまっていいのか。理由の分からぬ躊躇《ちゅうちょ》が、浄三の中で引っかかり続けている。

「……しばらく、考えさせてください」

「ほう？」

土倉は、ほんの一瞬、不機嫌な顔をした。自分の「所有物」が、意にそぐわぬ答えを口にしたのが気に入らなかったのだろう。しかし、すぐに愛想笑いを浮かべ、

「おお、そうじゃな。急な話ゆえ、心の準備というものがあるだろう。なにぶんそなたの一生に関わること、よくよく考えねばなるまいて」

と、思ってもいないであろうことを、次々と並べたてた。

「だがな、浄三。分かっていると思うが、長尾殿が上洛を果たし、越後へ戻るまでには、きちんと決めてもらわねばならぬぞ」

土倉は、最後にそう釘を刺《さ》した。

はたして、自分はどうするべきなのか。長尾景虎に付いて越後へ行くべきか、否《いな》か。

なかなか、答えは出なかった。いや、答えは分かりきっているはずなのだが、どうにも踏ん切りがつかない。これは、単に未知への躊躇に過ぎないのか、それとも全く別の理由なのか。

「どうした、浄三」

横合いから声をかけられ、はっと我に返った。今は写本作りの最中だったが、つい思索に没頭してしまっていたらしい。

隣には、岩鶴丸が文机《ふづくえ》を並べている。

「珍しく、手が遅いではないか。なにか、あったのか」

「いや……」

浄三は適当に誤魔化《ごまか》そうとした。しかし、ふと思い立ち、

「岩鶴丸」

「なんだ」

「お前、易が出来るか？」

と尋ねてみた。

「いきなり、なにを言い出すのだ」

岩鶴丸は、形のいい眉をひそめた。

「私は、書物を読みかじっただけだ。易など、出来るはずがないだろう」

「まあ、それもそうだな」

浄三はくっくと笑いを漏らした。

そう、この才気あふれる美貌の少年でさえ易など出来るはずがない。まして浄三など、形を真似る以上のことは出来ないだろう。重要なのは、そこではないのだ。

もし、仮に易が出来たとしても、自分は軍師などにはなれないだろう。いや、

それどころか、誰かに仕えることさえ、ままならないように思える。

（俺には、なにかが欠けている）

と、浄三は思っていた。なぜなら、もし浄三と岩鶴丸が反対の立場で、この隣の少年が何事か思い悩んでいたとしても、

（きっと俺は、声などかけないだろうな）

些細《ささい》な違いである。しかし、それこそが、人間を人間たらしめる、最も重要な心の部品なのではないか。

守るべきものなどない。拘《こだわ》るべきものなどない。笑っていようと、苦しんでいようと、浄三の心の奥底にはただ、空っぽの器が一つ置かれているだけだった。

この六年、そうあるべく己を訓練してきた。自分が「なに」をされようと、他人が「なに」をされていようと、傷つかずに済むように。天涯孤独の浄三には、それ以外に、自身の心と尊厳を保つ術がなかった。

（だが、こいつは違う）

と、浄三は岩鶴丸の横顔を見やった。

この少年には、守るべきものがあった。それゆえ、どんな目に遭っても、浄三が失ってしまったなにものかを、手放さずに済んだ。

浄三にとって岩鶴丸は、遠い昔に自分が手放してしまった、人間としての良心のように思えてならなかった。

自分には、きっと誰も救えない。しかし、ここでこの少年さえも見捨てて一人逃げ出せば、いよいよ浄三は人ではなくなってしまう。そんな気がした。

だから、これは救済ではない。

自我を保つための、身勝手な都合の押しつけだ。

「なあ、岩鶴丸」

意を決し、ゆっくりと言葉を絞り出す。

「今度はなんだ?」

岩鶴丸が不思議そうに聞き返す。

「いや、大したことじゃないんだが……お前、寒さには強い方か?」

その数日後、浄三は屋敷を脱走し、坂本から姿を消した。

土倉はやむを得ず、長尾景虎に岩鶴丸を差し出した。あの男にしてみれば苦渋の選択であっただろうが、屋敷には易経を諳《そら》んじられる者などほかにいなかったし、比叡山の命令に逆らっては、坂本で商売が出来なくなる。

長尾家に出仕した岩鶴丸は、その才気を見抜いた長尾景虎によって、ただの軍師ではなく武将として抜擢され、腹心として重用されるようになった。

岩鶴丸もまた、自分をあの地獄から救い出してくれた景虎に報いるべく、我が身を省みず主家に尽くした。

そうしていつしか、この若者は、

——懐刀《ふところがたな》

と呼ばれ、長尾景虎——今の上杉輝虎にとって、欠くことの出来ない武将となった。

五

「では、その岩鶴丸というのが……」

「河田長親だよ」

呆然とする孫太郎に、浄三は教えてやった。

河田豊前守長親。まだ二十歳《はたち》をいくつか越えたばかりの、上杉輝虎の若き腹心。そしてこの臼井城を攻める、上杉方の大将。

「まったく、皮肉なものさ。俺がいるこの城に、あの岩鶴丸が、敵将として乗り込んで来るなんてな」

もし浄三が、あのとき屋敷を脱走していなければ、武将としての河田長親は、この世に存在していなかっただろう。それが、敵として迫りつつある。なんとも奇妙な因縁である。

「浄三」

孫太郎は、膝を進めた。

「過去を、よく話してくれた」

「おめでたいことだな」

浄三はせせら笑った。

「今の話が嘘ではないと、どうして分かる？」

「いや、分からない。しかし、先ほどの話は、どことなく真実の匂いがした。もっとも、嘘でもいいと言ったのは私だから、全て偽りというのなら、それはそれで仕方ないが」

「そうかね。……それで、どう思った？」

「正直なところ、自分の心に整理がつかない」

孫太郎は、顔をうつむかせた。

「話を聞いていて、痛ましく思った。だが私には、そう思う資格さえないのかもしれない。お主のような者を生み出すのが罪だとすれば、私はこれまでその罪をさんざん重ねてきたし、今後とも北条家の将として、罪を重ねるほかないだろうから」

(整理がつかないなどと言ったわりには)

やけに迷いのなさそうな顔をしている、と浄三は意外に思った。意外と言えば、この男は結局、最後まで浄三の話を止めようとしなかった。

(もう少し、揺らぎやすい男だったと思ったが)

善人面を剝がすどころか、余計に拍車がかかったようで、浄三はあまり面白くなかった。

「それで、浄三よ」

と、孫太郎は床上の鍔を指差し、

「結局、これはなんなのだ」

「ただの鍔だよ。道端で拾った」

「しかし、この紋は将軍家のものだろう?」

「じゃあ将軍が落としたんだろう。そのまま、返しそびれているだけだ」

「見え透いた嘘を申すな」

「嘘でもいいと言ったのは松田殿ではないか」

「ぬう……」

反論の言葉が見つからないのか、孫太郎は口惜しげに黙り込んだ。取っ組み合いならともかく口先では、「鬼孫太郎」も浄三に敵《かな》わない。

「俺も長話で顎がつかれた。もう夜も遅い。今宵は眠らせてくれ」

そう言って、浄三は布団《ふとん》の中にもぐり込んだ。

どうも、余計なことまで話し過ぎた。考えてみれば、もっと嘘を交えても良かったはずだし、早々に切り上げてしまうことも出来た。

だというのに、なぜ浄三は、馬鹿正直に長々と己の素性を語ってしまったのか。その理由は本当に、このいけ好かない侍の、善人面が揺らぐところを見たかったからだけだろうか。

答えが見つからないまま、いつの間にか浄三は眠りに落ちていた。不思議とこの夜は、あの悪夢は見なかった。

そして、年が明けた永禄九年（一五六六）、一月。
ついに上杉輝虎が軍を発し、関東の征略を開始した。

第四章　救済の技法

一

　その部屋は、重苦しいほどの静寂に満ちていた。

　一月中旬、上州沼田城本丸の大広間に、三十名ほどの武将たちが居並んでいる。北関東の冬は長く、根深い。暦の上ではすでに春とはいえ、未《いま》だ城外では残雪が溶《と》けきらず、室内を漂《ただよ》う早朝の空気は、今にも白く曇《くも》りそうなほど冷たかった。

　だが、この場に集《つど》った男たちはいずれも、身体《からだ》を震わすこともなければ、声を漏《も》らすこともない。彼らは息を殺すように押し黙ったまま、上段の男を仰《あお》ぎ見ている。

その男——上杉輝虎は、常人とは明らかに違った空気を纏《まと》いながら、ただ泰然《たいぜん》と、静かに、しかし確かな重みと共に座している。数万の軍勢を従え、無数の戦場を踏み越えてきた人間だけが有するその威厳を前に、この場の誰もが、寒さえも忘れていた。

「各々方《おのおのがた》」

輝虎が口を開く。まるで強張《こわば》ったところのない、しかし低く底響きするような声である。

「思えば、我《われ》が関東へ初めて兵を入れて以来、実に六年にもなる。長く、遠く、険《けわ》しき道のりであったが……しかし、それも終わるときがきた」

呼吸さえもうるさく感じられる。そんな静けさを一人で作っている男は、揺らぐことのない意思を込めて告げる。

「此度《こたび》こそ、小田原の凶賊を討つ。関東の秩序を、義によって正すのだ」

その言葉を受けて、居並ぶ諸将は一斉《いっせい》にひれ伏した。誰に命じられずとも、反射的にそうしたくなるなにかを、この大将の言葉は持っていた。

（まさしく、軍神よ）

輝虎の傍《かたわ》らに控《ひか》えながら、河田長親は改めてそう思った。上杉輝虎は、こと局地戦においては天下無双の武将であった。その強さは、戦術の巧緻《こうち》さもさることながら、この男の天性の将器に寄与するといっていい。

この場に集った武将――関東の大名や国衆、あるいはその陣代《じんだい》たちにも、それぞれに矜持《きょうじ》がある。彼らは北条打倒の意に賛同し、輝虎のもとへ集ったとはいえ、

――我らは上杉家の家来ではない。盟主として輝虎殿の意には従うが、崇《あが》め奉《たてまつ》るつもりはない。

という、独立領主としての意地があるだろう。

そんな彼らでさえ、輝虎の威を前にしては服さざるを得ない。この将としては小柄に属する男の一声で、歴戦の兵たちは猫のように大人しくなり、圧倒されるままに身を縮こまらせている。

だが、その中から不意に、

「お言葉ですが、お屋形様」

ざらついた、耳障《みみざわ》りな声が上がった。

声の主は、平伏していた身体をゆるゆると持ち上げた。

輝虎よりもさらに小さい、矮軀《わいく》の老人である。しわばんだ、しかし油を塗った

かのように艶めいた浅黒い顔の中で、落ちくぼんだ金壺眼《かなつぼまなこ》が異様なほどにぎらついている。髪と同様に真っ白な口ひげを弄《もてあそ》びながら、老人は喉《のど》を鳴らすようにして、不気味に淀《よど》んだ笑い声を漏らした。

由良成繁《ゆらなりしげ》。

上州金山《かなやま》城主を務めるこの男は、もとは岩松《いわまつ》氏という国衆の家来でありながら、下剋上《げこくじょう》によって主君を追い、その地位と領地を奪い取ったという経歴を持っている。

「いかがした、由良殿」

河田は主人に代わって、この怪人じみた風貌の老将に尋《たず》ねた。

「いやさ、お話の腰を折りたくはないのですが、それがしが如《ごと》き小身の田舎《いなか》侍にはどうも、細かなことが気になってしまいましてな」

「と言うと?」

「考えてもみてくだされ。六年という月日は、なにも上杉家にのみ流れておったわけではございません。関東のほかの領主も、そして北条家も、同じだけの歳月を過ごしてき申した。我らはみな、数えきれぬほどの血を浴び、戦塵《せんじん》にまみれ、まさしく兜《かぶと》を脱ぐ間もないほどの……」

「由良殿」

直江景綱《なおえかげつな》という上杉家の宿老《しゅくろう》が、刺《さ》すような目つきで老人を睨《にら》んだ。

「要旨だけを、簡潔に申されよ」

「おっと、これは失礼致した」

由良はわざとらしく首をすくめた。

「まあ、要するにですな、北条の版図《はんと》も、六年前より大きくなっておるのです。特に、房総などはほとんどが北条の手に落ち、同盟者の里見氏も、半島先端の安房に押し込められてしまったわけで、つまりはこの六年で、当方にとって戦況は不利になっておるのではないかと」

だというのに、なにを根拠に、此度こそ北条を倒せるなどというのか。……この老人は、そう言いたいらしい。

「いや、恥ずかしながら、我ら小身の国衆風情《ふぜい》は、己《おのれ》の身上を保つだけで手いっぱいでしてな。まことに恐れ多きことながら、お屋形様のご存念をお聞かせ願えれば、それがしのみならず、この場のご一同の心も安らごうというもの」

由良は態度だけは慇懃《いんぎん》に、しかし油断なくこちらの顔色を窺《うかが》いながら言った。

小領主とはいえ、諸勢力の入り乱れる関東において、巧《たく》みに立ち回って領土を広げてきただけあって、いかにも一筋縄でいかない難物という印象を河田は受けた。

「長親」

輝虎は老人の問いに答える代わりに、河田の名を呼んだ。説明をしろということだろう。河田はうなずき、膝《ひざ》を前に進めて諸将に向き直った。

「由良殿は、お心得違いを為《な》されております」

「ほう？」

とぼけた顔をしてみせる由良に、河田は語る。

「関東を平定するには、むしろ現状の方が好機なのです。なぜならば、六年前より北条が大きくなっているからです」

「はて、それはいったい」

「この六年に渡る北条の跋扈《ばっこ》により、関東の大名や国衆は等しく追い詰められ、その存続を危ぶまれております。中には、抵抗を諦《あきら》め、北条へ降《くだ》った者も少なくありませぬ。……しかし、貴殿らはここに集った。その理由は、言葉にするまでもなきことでしょう」

六年前、輝虎が初めて関東への出兵を敢行した際、領主たちはその壮挙を歓迎しつつも、小田原まで遠征をすることについては、どちらかと言えば非協力的だった。

——目障《めざわ》りな北条に圧迫を加えてくれれば充分なものを、越後のお屋形様は無用に張り切り過ぎる。

というあたりが、関東の領主たちの本心であっただろう。

このため、第一回の関東出兵は、本拠の小田原城を包囲するまでに追い詰めながら、諸将の士気が上がらず、北条家を打倒するまでには至らなかった。

しかし、今日までの歳月がその状況を変えた。北条家のさらなる拡大によって、近隣の領主たちは、この強大な関東の覇者に降伏するか、さもなくば打倒しない限り、自領の存続さえ危ぶまれるほど追い詰められていた。

——北条に屈するのは、御免だ。

と多くの領主たちは考えている。彼らが上杉方に与《くみ》したのは、輝虎を敵に回すのが恐ろしいためでもあったが、実はもう一つ、大きな理由がある。

それは、

——北条は、西国からの乱入者である。

という考えだった。

北条家の初代・北条早雲の前身は、
――伊勢新九郎《いせしんくろう》
という室町幕府の高級官僚であり、八十年ほど前に職務によって京から東国へと派遣され、やがて実力によって国盗《くにと》りを始めたことがこの家の始まりである。「北条」というのも関東での箔付けのため、はるか昔の鎌倉《かまくら》幕府の執権《しっけん》の名字を勝手に称しているだけに過ぎない。

初代早雲は、わずか一代で伊豆、相模を切り取った。その後継もよく家を盛り立て、四代かけてこの新興大名は急速に版図を広げ、関東に一大勢力を築き上げたのである。

だが、未だ北条に抵抗を続ける領主たちに言わせれば、北条家は、
――関東に縁《ゆかり》なき西国の余所者《よそもの》
であり、歴史と誇りを背負う坂東《ばんどう》武者の末裔《まつえい》として、決して屈するべきではない凶賊だった。

矜持と利害の二つを天秤に掛けた結果、彼らはここに集っている。もはや北条を倒さねば明日はない以上、この一戦に懸ける必死の思いは、六年前とは比べものにならぬだろう。

もちろん、河田はそのように直截《ちょくせつ》な物言いはしない。ただ、少年のころより華麗と称された相貌を、涼《すず》やかな微笑で彩《いろど》りながら、

「我らの結束は、この六年のときを経て、より強固なものとなりました。利害のみでか細く繋がる北条方とは違い、我ら上杉方には共に奉じた義があります」

理由に甘い虚飾をまぶしつけ、この場の誰にでも口当たりよく、事実としての結果を述べた。

反北条の一点で強く結ばれた味方とは違い、敵方である北条傘下の領主たちの戦意はまちまちで、「いっそ上杉に寝返ろうか」などと講じているような、腰の定まらぬものも多いだろう。しかし、北条家はそのような連中に対しても、保護する姿勢を示し、援軍を送らなければならない。結果として、途方もなく広い防御線に、兵力を薄く分散しなければならなくなる。

北条家は己が広げた版図によって、自らの首を絞《し》めることになるのである。

「なればこそ、まさに今が、北条を打倒するまたとない好機と言えるのです。ご理解いただけましたか、由良殿」

「は……」

由良は決まりが悪そうに頬《ほお》を掻《か》いた。

「我は、関東管領《かんれい》だ」

輝虎は、諸将にそう述べた。

「我には西国から乱入した凶賊を討ち、関東に静謐《せいひつ》を取り戻す職責がある」

関東管領とは、室町幕府体制において、関東統治を 司《つかさど》る役職である。

京の室町幕府はその成立初期、関東統治のために出先機関である「鎌倉府（関東府）」を設置した。機関の頂点には、足利一門の者が「鎌倉公方」としてその座につき、関東管領・上杉氏はその補佐役として、実質的な政務の運営と統括を担《にな》った。

ところが、この戦乱の中で、鎌倉公方――本拠である鎌倉を追われてからは、古河《こが》公方と称した――も関東管領も、共に没落した。また、彼らの衰退と時期を同じくして、新興勢力である小田原の北条氏は飛躍的に力を伸ばし、関東一円を呑み込むほどの勢いを見せていた。

こうした北条家の圧迫の前に、関東管領・上杉憲政《のりまさ》はもはや自領の維持さえままならぬようになり、やむなく関東から逃げ出し、ある男を頼った。

それこそが、越後国主・長尾景虎――今の上杉輝虎だった。憲政は、上杉の家名と関東管領職を譲る代わりに、北条氏の打倒と関東の平定を依頼したのである。

私戦ではなく、あくまで関東管領の職責として、筋目を無視し、力によってのさばる北条家を討ち果たす。……それこそが、輝虎の関東出兵の大義名分となっている。

（ところが、これがややこしい）

と、上杉家臣の河田でさえ思うほど、この辺りの事情は複雑である。

実のところ、敵である北条家もまた、輝虎と同様に関東管領を称しているのだった。

関東管領は、関東統治を司る役職とはいえ、形式上は古河公方（鎌倉公方）の補佐役ということになっている。

北条家は、この点を利用した。すでに没落し、力を失っている古河公方を握り、担ぎ上げ、己を関東管領に任命させたのである。

こうして、本来は一人しかいないはずの関東管領が、二人も並び立っているという異常な状況が生まれた。

もし、どちらが正統かと問われれば、北条方は、

──関東管領とは本来、古河公方の補佐役だ。古河公方を擁《よう》している北条こそが正統だ。

と答えるであろうし、上杉方は上杉方で、

──関東管領の任命権は、京の室町幕府にある。幕府の承認を受けた上杉こそが正統だ。

と主張するだろう。

いずれにせよ、この一事だけを見ても、乱世というものがいかなる時代であるか明らかである。力によって制度が捻《ね》じ曲げられ、歪《ゆが》んだ秩序がそのまま罷《まか》り通る。

その歪みを、輝虎は正そうとしている。

「此度の出兵は、最後の決戦となるだろう」

輝虎は改めて口を開いた。

「我は、小田原の凶賊を打倒するまでは、二度と越後の土を踏まぬ所存である。したがって、この戦に敗北などというものはない。あるのは勝利か、さもなくば滅亡か、そのどちらかだけだ。各々も、そう心得られよ」

その後、広間に絵地図が広げられ、河田が作戦の詳細を諸将に説明した。

「まずは、この沼田より南東へ進軍し、味方の拠点である下総の古河城に入りまする」

古河城は、下総の西端、北関東と南関東の境に位置する。ここを起点とすれば、常陸にも、房総にも、小田原方面にも兵を繰り出すことが出来る。

「この古河城を本営として、軍を大きく三つに分け申す」

一つ目は、総大将の輝虎自身が率いる本軍。

二つ目は、上杉家一門である古志景信《こしかげのぶ》を陣代とする「常陸方面軍」。

三つ目は、重臣の北条高広《きたじょうたかひろ》を陣代とし、河田長親や直江景綱らを加えた「下総方面軍」。

このほかにも、いくつか細かな部隊があり、すでに方々へ差し向けられ、戦闘を始めているものもあるが、主力はあくまでこの三つの軍である。

「各々がどの軍に属するかは、すでに陣割りによって布告した通りにござる。さて、古河城に至ったのちは……」

三つの軍のうち、輝虎の本軍は古河城に留まり、全体の戦線を統括する。

残る二つの軍は、それぞれ常陸、下総へと進軍し、その先でさらに細かい部隊に分かれ、諸城の攻略に当たる。

そうして両地域を平定したのちは、常陸の佐竹《さたけ》、安房の里見ら友軍と合流し、全軍でもって北条を討つ。つまりは、関八州のうち、上野、下野、常陸、下総、上総、安房の六か国の将兵が、ことごとく小田原へと攻め寄せることになる。

応仁《おうにん》・享徳の両乱以来、百年も続いた戦乱の中でも、これほどの大合戦は例がない。

「各々方は、この壮挙の担い手として、歴史に名を刻むこととなりましょう。かつて先祖たる坂東武者たちが成し遂げたように、今こそ驕《おご》れる西国の無道者を討ち果たすのです」

弁舌さわやかに語りつつ、河田は諸将の顔色をさりげなく覗いた。このかつてない壮大な計画に興奮を露《あら》わにする者、不安を感じている者、ただ呆然としている者……受け取り方は様々だったが、しかし作戦そのものに反対を唱える者は、一人もいないようだった。

「明後日、沼田を発《た》つ。各々、出陣の備えを進めよ」

最後に輝虎がそう述べ、評定を締めくくった。

その晩、河田は輝虎の居室へと招かれた。

「河田豊前守、参りました」

「うむ」

輝虎は脇息《きようそく》に肘《ひじ》を預け、ゆったりと身体をくつろげている。そのわずかな姿勢の緩《ゆる》みは、この厳格な主君がいかに河田に心を許しているかの表れといってもいい。

「長親よ」

「はっ」

「臼井城について、なにか報《しら》せは入ったか」

「松田孫太郎が、援軍として入城したとの由」

「孫太郎？」

輝虎は首をかしげた。

「知らぬ名だな。松田家と言えば、小田原の筆頭家老だが」

「その縁者です」

臼井攻めの大将である河田は、すでにこの敵将について充分に調べている。

「若年なれど、北条家中ではそれなりに高名な旗本です。筆頭家老、松田尾張守の従弟《いとこ》で、一昨年の国府台の合戦でも武功があったとか」

しかし戦場で直接、上杉軍の本軍と戦ったことはないはずである。輝虎が知らないのも無理はない。

「して、その松田の率いる兵は？」輝虎が尋ねる。

「人を放って調べさせたところでは、二千とのこと」

河田は答えた。

「嘘だな」

輝虎は即座に否定した。

「北条方に、そのような兵を割《さ》く余力はあるまい」

「仰せの通りかと」

まず、よくて三百というところだろう。入城の際に孫太郎か、さもなくば城主の原胤貞あたりが、外部に向けて過大に宣伝したに違いない。

もっとも、仮に本当に二千の援軍が入ったとしても、問題はないだろう。調べでは、臼井城というのは交通の要所であるわりに、さしたる要害というわけでもなさそうである。

「……臼井城主の原上総介（胤貞）はな」

わずかに眉《まゆ》を険《けわ》しくしながら、輝虎は言う。

「わしが関東へ入ったと聞くや、いち早く内通を書状で申し出てきた。しかし、一月《ひとつき》もすると、どうしたわけか連絡が途絶えた。これをどう思う、長親」

「変節かと存じます」

あとになってから心変わりし、内通を取りやめ、北条方に付くと決めたのだろう。

「もっとも、いざとなれば、胤貞はたまたま書状が出せなかったなどと言って、当家に許しを請おうとするやもしれませぬが……」

「愚かだな」

「ええ、救い難き愚か者です」

房総地方は関東の外れであったため、原家をはじめとする同地の領主の大半は、上杉軍の恐ろしさを体験したことがない。だからこそ、さしたる考えもなく内通を申し出て、すぐにそれを翻《ひるがえ》すような真似《まね》をしたのだろう。

「わしは、裏切りを否定はせぬ。野心による裏切りは、男子たる者の本懐だ。この輝虎に叛《そむ》き、下剋上を企《くわだ》てるだけの気概ある男であれば、見直しこそすれ、まず殺しはせぬ」

その言葉の通り、輝虎はたとえ謀反《むほん》者であっても、めったに殺すことはなかった。むしろ、降伏させたのちは再び自陣に招き、これまで以上に重用することさえ珍しくない。

「しかし、胤貞は違う。この男は、野心ではなく保身と無知によって、なんの覚悟もなくわしを裏切り、上杉が掲げる義に泥を塗った」

裏切りは許す。だが、己が義を虚仮《こけ》にする者を、輝虎は決して許しはしない。

（無知とは恐ろしいものだ）

原胤貞は、着物の色を変えるほどの気軽さで、己の掲げる旗の色を変えた。それがなにを意味しているか、あの田舎城主はまるで気づいていないのだろう。

「臼井城は、なで斬りにせよ」

輝虎は、そう命じた。なで斬り、すなわち皆殺しである。

「城主の胤貞は言うにおよばず、その妻子、家臣、下男下女に至るまで、身分の上下や老若男女の別を問わず、城に籠《こも》った者はことごとく梟首《きょうしゅ》に処せ」

「しかし、胤貞たちはいよいよとなれば、城に火を放って自害するやもしれませぬ」

「そのときは、その焼けた死体を掘り起こして磔《はりつけ》にしろ。義に叛いた者の末路がいかなるものか、やつらの血肉によって知らしめ、愚者どもの目を覚まさせよ」

「領民はいかがいたしましょう」

「聞くまでもなかろう」

輝虎は優しげに微笑した。

「民は国の宝よ。手厚く保護し、慈愛をもって接せねばならぬ。もし軍令に背き、領民に乱暴を働くものがあれば、たとえそれが如何なる重臣であろうと、その場で首を刎《は》ねよ」

「では、あくまで上杉に従わず、原家を助けようとする民がおれば？」

「それは我が民ではない」

いささかも微笑を崩さず、輝虎は平然と答えた。

「ただの商品だ。越後の上布や砂金と同じく、商人どもに売りさばかせて、戦費の足しにするがよい」

「……承り申した」

これが上杉輝虎だ。

本来の輝虎は、無暗《むやみ》に流血を好む男ではない。また、怒りや憎しみを、戦場に持ち込む男でもない。

ただ、この男は白と黒を曖昧《あいまい》にしない。己の定めた理非を、微塵《みじん》も曲げようとしない。その一線をわずかでも踏み越えたときから、誰であろうと倒すべき敵となり、誅すべき罪人となる。

だからこそ、容赦は許されない。義に叛きし者の末路がいかなるものか、徹底的に知らしめなければ、筋目を無視し、欲のままに相食《あいは》むばかりの下剋上の世は終わらない。

民を全霊で慈しみ、謀反人さえ寛大に許す情け深さと、城中の人間を皆殺しにし、百姓たちを売り払う苛烈さは、この軍神の中で矛盾なく同居している。

(あるいは、このお方は)

狂っているのかもしれないと、河田はときに考える。

輝虎は、義を体現しようとしている。陶酔するでも、振りかざすでもなく、自ら正義そのものになろうとしている。それはもはや、人間の領域を超えた志であり、狂気の沙汰と言うべきだった。

しかし、狂っていると言うのなら、この戦乱の時代こそがすでに万遍なき狂気に満ちている。そんな時代にあって、捻じ曲げられた関東の秩序を正すような真似が、尋常《まとも》なままで為せるだろうか。

　その狂気の沙汰をも為し得る力と信念を持っているのは、目の前の主君ただ一人であると、河田は信じている。また、それを支えることだけが、自身の存在意義だった。

（私は、懐《ふところがたな》刀だ。お屋形様が望まれるままに敵を斬り捨てる、ただの道具であればいい）

　あの慰み物としての暮らしから己を救い出し、才を見出《みいだ》してくれた恩を、河田は決して忘れない。輝虎がもし狂っているとすれば、河田もまた、同じ狂気に身を委ねるだけのことである。

「この河田豊前守長親、誓ってお屋形様の仰《おお》せの通りに致します。臼井城に籠りし者は、一人として生かしてはおきませぬ」

　河田がそう言って深く拝礼すると、輝虎は満足げにうなずいた。

「それでこそ、我が懐刀よ」

　この二日後、上杉軍は沼田城を発ち、進軍を開始した。

二

上杉軍が沼田を発ったとの報せは、間もなく臼井城にも届いた。

斥候《せっこう》の報告によれば、残雪でぬかるんだ街道を藁沓《わらぐつ》で踏みしだいてゆくその軍列は、先頭から最後尾が霞《かす》んで見えるほどに長大であるという。

行路から見て、目的地は古河城らしい。小田原を攻めるには遠回りだが、利根《とね》川《がわ》以東を制圧するための本営としては最適だろう。先だっての陣触れ通り、輝虎は本気で、常陸・房総の諸城をことごとく攻め潰《つぶ》すつもりなのだ。

「ついに、来るか」

居室で報せを受けた孫太郎は、目前に迫りつつある戦に、思わず武者震いを覚えた。ついに、あの上杉軍と矛《ほこ》を交える。その場面を想像するだけで、血が熱く沸きたつようだった。

(まったく、初陣《ういじん》の小童《こわらし》でもあるまいし)

と我ながらおかしくも思うのだが、興奮がどうしても治まらない。

つくづく、自分は武辺一筋の合戦屋なのだろう。補佐役の蔭山新四郎などは、孫太郎を「一城の主も務まる」などと評したが、とてものこと、そんな風には思えない。

もちろん、戦うからには負けるわけにいかない。孫太郎は来たるべき戦に昂《たかぶ》りつつも、あくまで頭の奥底では冷静に、上杉軍を迎え撃つ方策を探っていた。

（上杉方を、正面から破ることは難しい。だが、勝てずとも負けず、敵が退くまで耐《た》え凌《しの》ぐ術ならあるはずだ）

敵はなるほど、精強であり、兵も多いが、なにしろ峠を越えての大遠征である。輝虎は常に、後方の本領を気にしながら戦わねばならず、いずれは越後へと戻ってゆくだろう。

「伝左、縄張《なわば》り図を」

「はっ」

小姓の橋本伝左衛門に命じて、文机に臼井城の縄張り図を広げさせた。まずは自分なりに策を練り上げ、軍評定の場で胤貞たちに披露するつもりだった。

だが、この翌日、思いもよらぬ事態が発覚したことにより、城中は策どころではなくなった。

海野隼人が、脱走したのだ。

海野は、易の名門である足利学校で占術を修めた由緒正しき軍師である。

城主・原胤貞は、かねてからこの男を信頼し、常に自分の周囲に侍《はべ》らせてきた。あの田舎城主にとって、名門出身の軍師を従えていることがささやかな自慢であり、権威の象徴のつもりだったのだろう。

しかし、その自慢の軍師はいとも容易《たやす》く、主人と城を捨てて逃げた。

――軍師でさえ、この城を見限った。

という事実は、城中に大きな衝撃を与えた。兵たちは騒ぎ、家臣たちは原家の上層部へ詰め寄るようにして説明を求め、侍女の中からは印旛沼に身投げしようとする者が出てくるなど、もはや戦う前から、落城寸前のような大混乱に陥《おちい》った。

当初、胤貞はこの事件を伏せようとしたらしいが、すでに噂《うわさ》は広まっており、隠しきれないと悟ったのか、城中の諸将を広間に集め、

「海野が、逃げた」

と正式に表明した。

「とはいえ、たかが雇われの軍師一人、逃げたところでさしたる支障もござら

ぬ」

胤貞は精一杯強がってみせたが、言葉とは裏腹に、顔色は真っ青になっている。もっとも、それはこの城主だけではなく、この場に集った誰の顔も似たようなものだった。

主人に代わって、二番家老の宍倉大和が、この脱走事件の詳細について説明した。

「海野殿は、本日の早朝、印旛沼より舟にて逃げたとの由」

「舟で？」

孫太郎は首をひねった。

「そんなものを、いつから用意していたのだ」

「いや、漁民から無理やり召し上げたそうです」

宍倉の話では、あの蟷螂《かまきり》顔の軍師は、

――殿より密命を受けた。このこと、他言無用ぞ。

と偽《いつわ》って漁民から舟を奪い、そのまま印旛沼より落ち延びたという。いかにも突発的な行動で、深い計画があってのことではなさそうだった。

「上杉に内通していたのか？」

佐倉城の千葉家から援軍として来ている、鏑木長門《かぶらぎながと》という男が問うた。

「それは、難しかったのではないかと思います」

宍倉が答える。

「なにぶん、上杉と連絡を取ろうにも、街道は封鎖されておりましたゆえ……」

「それに、時期も半端ですな」

そう横から口を挟んだのは、浄三である。

「本当に内通していたのなら、上杉方が攻め寄せて来る直前まで、城に残るのではないでしょうか。そうして開戦の際に、寄せ手と連携して内側から火でも放てば、それだけで城は落ちたも同然です」

そのほかにも、城中の家臣を調略するなど、するべきことはいくらでもある。まだ敵も来ないうちから、身一つで城を抜け出すなどというのは、要するに、ただ臆《おく》して逃げただけのことだろう。

「誰しもが、声の大きさと肝《きも》の太さが釣り合うとは限りませぬ」

冷笑さえ浮かべながら、浄三は言う。

「あの上杉輝虎がすぐそこまで迫っている。これまでの小競り合いとは違う、とほうもない大軍勢を迎え撃たなければならない。その実感が日に日に強くなり、ついには進軍を始めたという報せだけで、恐れをなして慌《あわ》てて逃げた。……まあ、そんなところでしょう」

「浄三殿」

家老の佐久間主水が、睨みを利《き》かせた。声に苛立ちが含まれている。

「我が物顔で仕切るのは慎《つつし》んで頂こうか。貴殿は小田原衆の軍師であって、臼井城の軍師ではない」

「愚かな」

宍倉大和が言った。

「佐久間殿、この期に及んで、狭量なことを申されますな。浄三殿は、北条家随《ずい》一《いち》の軍師ですぞ。いったい、なんの不足があるのです」

「狭量で結構」

佐久間の歯が剝き出しになる。顔つきといい、吼《ほ》え方といい、縄張りに踏み込まれた獣のようだ。

「宍倉よ、ご機嫌取りも結構だが、己の主を間違えるなよ。うぬは北条ではなく、原の家臣だ。犬でさえ、二人の飼い主には従わぬ」

「だが、佐久間殿、北条はその原家の屋形で……」

「黙らんか、青二才！　お主の御託《ごたく》など聞いておらぬ！」

若手家老を一喝すると、佐久間は再び浄三を睨んだ。

「臼井のことは、我ら原家が決めることだ。まして、易者が口を挟むようなことではない」

「おや、それはおかしいですな」

浄三もさすがに嫌な顔をした。

「同じく軍師であった海野隼人も、これまで評定にて発言を許されていたではありませんか」

「あれは軍師としてではなく、殿の側近としての役目だ。評定にて、殿に代わって説明することはあっても、あやつ自身の意見などは許していない」

「なるほどね」

浄三は法衣《ほうえ》の袖《そで》で口元を覆い、くすくすと忍び笑いを漏らした。

「こんなときに、なにを細かいことを言い出すのかと思ったが、声と肝の大きさだけでなく、図体と器の大きさが釣り合わぬ者もいるらしい」

「なにっ」

佐久間は腰を浮かせた。怒りで、肩がわなわなと震えている。

「易者風情が、舐《な》めたことを……」

「易者風情、ね。侍の口上は、みな似たり寄ったりで面白みがないな。どうやら、小さいのは器だけではなく、頭《つむり》もか」

「おのれ、抜かしたな」

「いい加減にせぬか！」

今にも取っ組み合いになりそうな両者を、胤貞が一喝した。

「佐久間よ、お前の言いたいことも分からぬではないが、かようなときに、ことを荒立てることをわざわざ申すな。浄三殿も、お怒りはもっともなれど、無暗に人を煽《あお》るような真似は控えて頂きたい」

「煽ったつもりはなかったのですがね」

浄三は白々《しらじら》しく言った。

「しかしながら、胤貞殿のお言葉はごもっとも。ここは一つ、水に流すといたしましょうか。ねえ、佐久間殿」

「…………」

佐久間はしばらく浄三のことを睨んでいたが、やがてしぶしぶ、立ち上がりかけた身体をどっかりと下ろした。

「とにかく、こんなときだからこそ、我らは結束を固めていかねばならぬ。各々、よくよく心得て頂こう」

胤貞は威厳を込めてそう言ったが、緊張のためか、声が裏返りかかっていた。ほかの諸将も落ち着かぬ様子で、周囲と何事かをささやき合っている。

そのざわめきの中で、孫太郎は考える。

(もし、今上杉が攻めてくれば)

とても合戦にはならないだろう。海野を失ったことよりも、あの兵法にも通じた軍師でさえ逃げ出したという事実が、上杉軍来襲の恐怖をより強く、彼らに浸透させている。

そんな中で浄三はただ一人、涼しい顔でいる。

「やけに落ち着いているではないか」

孫太郎が小声でそう尋ねると、

「こんなもの、戦ではよくあることだ」

さも歴戦の兵《つわもの》のように、この偽《にせ》軍師は答えた。今に始まったことではないが、この戦を知り尽くしているかのような自信はどこからくるのだろうか。孫太郎には不思議でならない。

「それより、松田殿は逃げないで良いのかね？」

「たわけたことを抜かすな」

孫太郎は鼻を鳴らした。

「私は、この城を守る」

「ご苦労なことで」

浄三は皮肉っぽく口元を歪めた。

「だが、このままなにもしなければ、とても戦にはならぬぞ。士気を立て直さなければならぬが、大将があれでは期待出来ん」

顎《あご》をしゃくって、上段に座る城主を指し示す。胤貞の顔色は相変わらず優れず、頬は引きつり、身体は強張《こわば》っている。この男なりに、なんとか威厳を取り繕《つくろ》おうと努めているのが端《はた》からでも明らかなだけに、いっそ哀れでさえある。

胤貞は無能な城主というわけではない。だが、この良く言えば配慮が細やかな、悪く言えば優柔不断な小心者の能力は、先の強訴騒ぎのような繊細な調停でこそ活《い》きるもので、大戦に臨む大将などというのは、もともと柄ではないのだろう。

「なにか手を打っておくべきだろうな。それも早い方がいい」

（……なんだ？）

この男にしては、やけに親切な物言いである。皮肉も嫌味も含まれないその助言に、孫太郎は薄気味悪ささえ感じた。

三

その後、いかに士気を立て直すかについて意見が交わされたが、さしたる妙案が出ることもなく、一同は解散した。敵に対抗する手立てどころか、まず味方が戦えるかどうかさえ怪しい。誰も口には出さなかったが、先行きを危ぶまない者はいなかっただろう。

それは無論、浄三にとっても同様だった。

「もはや、この城も潮時か」

己の部屋に戻ってから、浄三はぽつりとそう独りごちた。

だが、自分には関わりのないことである。

そもそも、最初から浄三は、籠城に加わるつもりなど微塵もなかった。軍師を引き受けたのは、冬を越す宿所を得るための方便で、報酬などという話を持ち出

したのは、

——ならば、報酬を受け取るまでは、この城にいるのだろう。

と思い込ませ、脱走を警戒させないためだった。

(鹿島へ行き、約束を果たさなければならない。いつまでも、こんなところで足踏みなどしてはいられない)

もちろん、ここで浄三が逃げ出せば、城中はますます混乱するだろう。ただでさえ、原家の者からあまりよく見られていない孫太郎は、さらに立場を悪くするに違いない。

そうして、彼らは互いに不信を抱いたまま、為す術もなく上杉軍に殲滅《せんめつ》されるだろう。

(……俺の知ったことではない。どうせ、人死になどこの世にあふれている)

遠からず、自分もこの城の者たちと同じところに行くだろう。しかし、約束を果たすまで、浄三は命を投げ出すわけにはいかなかった。

今、城中は海野の脱走で動揺している。国境の封鎖も、かつてほど厳しくはないだろう。逃げ出すには、これ以上ない好機である。

今夜、この城を発とう。浄三はひそかに、そう決意した。

そして、その夜。

城中の者たちがすっかり寝静まったのを見計らい、浄三は荷物を担ぎ、こっそりと部屋を出ると、息をひそめ、そろそろと廊下を渡った。

しかし、その途上、

「どこへ行くのだ」

聞きなれた声に、呼び止められた。

「松田殿……」

向かう先から、孫太郎が近づいてくる。この深夜、偶然ということはないだろう。

「張っていたのか？」

「なんとなく、お主の様子がおかしかったのでな」

(まずいことになった)

どうやって、この場を切り抜けたものか。仕込み杖《づえ》の握りを確かめる。抜いたところで勝ち目は薄いだろうが、いかに孫太郎が武辺者《ぶへんもの》でも、隙《すき》を突けばあるいは……。

ところが、そんな浄三の緊張をよそに、孫太郎の方は、

「案ずることはない」と、拍子抜けするほど気楽に言ってのけた。

「私には、お主を止めるつもりはない。力ずくで引き留めたところで、籠城を邪魔されてはかなわぬからな」

「見え透いたことを言うな」

浄三は、仕込み杖に手を掛けた。

「そんな戯言で、俺が情にほだされるとでも思ったか。止めるつもりがないのなら、なぜここで張っていたのだ」

「鍔《つば》のことだ」

孫太郎は動じずに言った。

「あの、『足利花桐』の鍔の謂《いわ》れについて、まだ聞いていなかった。去る前に、そのぐらいは教えてくれてもいいだろう?」

「教えれば、黙って通すとでも?」

「ああ、いいだろう。私は止めるつもりはないと言った。武士に二言はない」

「笑わせやがる」

浄三の口元が嘲《あざけ》るように歪む。

「この世に武士ほどの嘘つきはいない。どいつもこいつも、平気で前言を翻《ひるがえ》す。武士との約定《やくじょう》など、俺は決して信じない」

「ならば、言い方を変えよう」

孫太郎は、その場にどっかりと腰を下ろし、なんと己の二刀を、がらりとその辺りに放り出してしまった。

「この松田孫太郎に二言はない。お主との約定、必ず守ろう。もし、私が前言を翻したのならば、そのときは好きにするがいい」

「馬鹿の一つ覚えだな」

浄三は鼻で笑った。この男は件《くだん》の強訴騒ぎでも、同じ手を用いて、しかもしくじった。城下に集った領民たちを説得することも出来ず、あの志津という神主の娘に刀で殴られ、なにも得るところなく退散したばかりではないか。

「あんたは、懲りるということを知らないのか」

「そう思われても仕方ないが、私はお主のように口先が上手くない。己の誠意を伝えるには、命を晒《さら》して見せる以外に手立てがないのだ」

(騙されるものか)

浄三には信じられなかった。

こんなものは、侍が往々にして用いる、ありきたりな虚勢に過ぎない。本音では、いかに歴戦の孫太郎であっても、斬られるのが恐ろしくて仕方ないはずである。

「いいだろう」

確かめてやる、と浄三は思った。その薄っぺらいはったりを、どこまで保っていられるのか。この男を斬り捨て、脱走するのは、それを見極めたあとでも遅くはない。

浄三は荷物の中から、件の鍔を取り出した。

「察しの通り、これは将軍家の持ち物だ」

ただし、正確にはこの鍔は「形見」と称すべきだろう。

持ち主の名は、足利義輝《よしてる》。室町幕府の十三代将軍である。

四

坂本の土倉屋敷を脱走してからの浄三が、まず考えたのはどう生き延びるかということだった。

屋敷を抜ける際、いくらかの銭を盗んで路銀とした。だが、そんなものはすぐに底を突くだろう。このままでは、遠からず野垂《のた》れ死ぬ。その現実が目の前にぶら下げられると、これまでのように「己はなぜ生きているのか」などという悩みにふける余裕などはなくなった。家畜同然だった浄三は、少しずつ生き物としての本能を取り戻しつつあったのだろう。

まず思いついたことは、これまでのように写本を作って売り歩くことだった。

実際、浄三はしばらく、それで銭を稼いだ。商売をするなら人が多い方がよかろうと思い、まず京に行き、次いで堺にも足を延ばし、『論語』や『孟子《もうし》』、兵法書や易書の類の写本を作っては、道行く人々に売りさばいた。

だが、長続きはしなかった。理由は簡単で、高値が付かないのである。

もともと、土倉屋敷で写本の仕事が成り立っていたのは、依頼を受諾していた比叡山の信頼と権威があればこそだった。

どこの馬の骨とも知れない、汚らしい小坊主が写した書物など、大した値が付くはずもない。紙や墨の費用、写すのにかけた手間や、売り歩く時間を考えれば、決して割りのいい稼ぎとは言えなかった。

（どうしたものか）

浄三は途方に暮れる思いだった。改めて、自分がなにひとつ持たない、天涯孤独の浮浪児に過ぎないことを思い知らされた。

銭は徐々に目減りし、すぐに米などは買えなくなった。稗《ひえ》や粟《あわ》、芋ばかり食べて食費を切り詰め、それさえも厳しくなると、野草や蛙《かえる》を食べて飢《う》えを凌いだ。

しかし、そんなときでも浄三は、考えることだけはやめなかった。

(俺は華奢《きやしや》で非力だ。たとえば戦場での足軽奉公や荷運びの人足のような、力仕事で身を立てることは難しいだろう)

自分にはなにが無く、そしてなにがあるのか。浄三はしばらく考え込み、そして、ある言葉を思い出した。

——浄三、お前、易は出来るか。

出来るはずがない、とあのときは答えた。しかし、易者なら元手はいらないし、村落でも、武家でも需要がある。

やるしかない。浄三は、手元にあった写本の在庫を半値で残らず売り払い、それを路銀に充《あ》てて、再び旅へ出た。

こうして、一人の偽易者が誕生した。浄三は畿内《きない》のあちこちを渡り歩き、

——白井浄三入道

と名乗り、「叡山で修行した易者である」という触れ込みで、農村や武家で易や祈禱を披露した（白井という名字は箔付けのため、坂本の土倉に出入りしていた近隣の武家から適当に選んだ）。

この新たな稼業は、思いのほか上手くいった。

浄三の用いる易は、書物の文面だけを頼りに仕草を真似ただけの、本物とは似ても似つかぬまがい物ではあったが、堂々とした態度で、持ち前の知恵と口先を駆使しながら演じてみると、領主や百姓は、あっけないほど容易く信じた。

（なんと、人とは容易いものか）

と、浄三ははじめ、彼らの愚かさを嘲笑《あざわら》った。しかし、しばらく続けていくうちに、違う事情が見えてきた。

溺《おぼ》れるものは藁《わら》をもつかむ。人は追い詰められれば、どんなものにもすがりつく。

武家も百姓も変わらない。彼らはみな、一様に追い詰められていた。だからこそ、いとも容易く、浄三のような胡散臭《うさんくさ》い男の言葉を信じてしまうのだ。

たとえば、飢え。

この当時、全国的に冷害が頻発し（戦国時代、北半球は小氷河期であったとされ、気候の極度な寒冷化が冷害の要因になっていたと言われる）、農村ではいつ訪れるとも知れぬ飢饉《ききん》への不安に怯えていた。

そしてなにより、絶えることのない戦乱。

享徳の乱や、応仁の乱などの大規模な争乱により、疲弊した旧支配層の権威は失墜し、室町幕府が布《し》いた体制と秩序は崩壊した。

その結果、各地では実力によって台頭した国衆や大名が争って覇を競い、村落の百姓たちもまた、作物や境界を巡って隣村と絶えず諍《いさか》いを起こした。日本は、大小の合戦が慢性的に横行する、戦国時代へと突入した。

ゆえに、彼らは常に死や滅びを意識しなくてはならず、険しき乱世を生き残るため、すがりつけるものを欲していた。浄三の需要が絶えないのも、当然のことだった。

（つまり俺は、その乱世に巣食うダニのようなものか）

そのことに後ろ暗さを感じるような余裕は、浄三にはない。自身もまた、この明日の見えない乱世の中で、生き残らなければならないのだから。

易者としての浄三の商売は順当であった。所作も充分にこなれ、多少心得がある者が見ても「わしの知っている易とはやや違うが、きっとあれが叡山式なのだろう」と騙せるほどに、堂々としたものだった。

そしてなにより、その易はひどく当たった。

なぜならば浄三は、占いによって将来の結果を見通そうなどとは初めから考えず、「結果を作り出す手段」として占いを用いたのだ。

かつて、土倉屋敷で写本作りをしていたころ、浄三は儒書や易書ばかりでなく、『孫子《そんし》』、『呉子《ごし》』、『六韜《りくとう》』、『三略《さんりやく》』といった兵法書の類も数多く写し、文面が頭の中に記憶されていた。

浄三は、戦で雇われた際に、その知識を元に、自軍が有利になるような部隊配置や戦場の設定を考え、充分に練り上げたのち、

──味方の兵が多ければ、広々とした平野に敵を誘導し、少なければ狭隘《きようあい》な山間で迎え撃つ。

──籠城の際は敵兵よりも兵糧を、攻城の際は城壁よりも水源を攻略する。

──敵の勢いが強ければ、あえて後退を繰り返し、伸びきった戦列の横腹を別動隊で突き崩して分断、前衛と後衛を各個に潰す。

といったようなことを、いくばくか遠回しに、さも占いの結果であるかのように宣《のたま》い、日取りや地取り（陣地、戦場選び）、ときには現地で攻め時や退《ひ》き時さえも献じた。

やがて、狙って当てようもない祈禱は取りやめ、合戦での易者――すなわち、軍師としての仕事に専念し、生き残るために己の技法を磨き続けた。

土地を奪い合う領主、用水を力ずくで確保しようとする村落、そしてときには大名の陣中にさえ浄三は招かれ、請《こ》われるままに易を披露した。ある領主の軍師として敵城を奪ったと思えば、その翌日には奪われた側の陣営に招かれ、己が落とさせた城を取り返すようなこともあった。

兵法の知識と、実戦での経験によって、軍略家としての浄三の能力は研ぎ澄まされていった。

そして、声望の高まりによって、様々な戦場を渡り歩いていた浄三の境遇に、大きな変化が訪れた。

永禄七年（一五六四）――土倉屋敷を脱走してから、五年目の春。

浄三は、三好《みよし》家に軍師として招かれたのである。

三好家とは、単なる大名ではない。

元来、阿波《あわ》の守護代に過ぎなかったこの地方勢力は、ある時期から上方へと進出し、応仁以来、混迷を続ける中央の動乱へ介入するようになった。

そして、諸勢力との激しい抗争の末、三好家は京を中心に十か国にも及ぶ勢力圏を築き、実質的な中央政権——すなわち室町幕府の主宰者となった。

形の上では、従来の幕府体制同様、頂点に足利将軍家を戴《いただ》いているものの、その実態は「三好政権」であり、将軍など飾り物でしかないことは天下の誰もが知っていた。

浄三が招かれたのはそういう家であり、このことは言わば、畿内一の軍師と認められたに等しい。戦災孤児出身の、詐欺師紛《さぎしまが》いの軍師の名声は、いつしか、

——無双の軍配名人
と称されるほど、大きなものになっていた。

もっとも、浄三自身はこの大抜擢について、なんの栄誉も感じていなかった。

感慨と言えばせいぜい、

(しばらくは、飯や銭に不自由しなくなるかな)

ただぼんやりと、そう思ったくらいのものだった。

（所詮《しょせん》、俺に出来るのは、騙し、謀《はか》り、食い物にすることだけだ）

三好家を支えるつもりも、盛り立てるつもりもない。もとより、自分にそのような真似が出来るとは思っていなかったし、興味もなかった。


招きを受けてから数日後、浄三は京に入った。

行き交う人々の喧騒《けんそう》に紛れて、どこからか雲雀《ひばり》の声が聞こえてくる。

かつては戦乱のために荒れ果てていたこの王城の地も、近ごろはずいぶん復興が進んでいる。真新しい板で葺《ふ》き直された家々の屋根が、春の陽光を照り返して、目に眩《まぶ》しかった。

やがて、その中でもひときわ目立つ、大きな屋敷の前に立った。

（ここが、三好日向守《ひゅうがのかみ》の屋敷か）

三好日向守、実名は長逸《ながゆき》。

三好家と言えば、当主の三好長慶《ながよし》が飛び抜けて高名で、文武に長《た》け、風流にも通じた傑物として世に知られており、京の住民からの人気も高い。

その三好長慶を補佐し、実務によって陰ながら三好家の隆盛を支えてきたのが、重臣筆頭の三好日向守であり、浄三を軍師として招いたのも、この男だった。

(さて、どんな男かな)

これから付け入るべき雇い主の人柄を想像しつつ、家人の案内に従い、浄三は屋敷へと入った。

そうして、しばらく別室で待たされたのち、広間へと通され、対面を果たした。

「お主か。浄三入道というのは」

上段に座る日向守は、背の高い中年の男だった。

色の白い肌の上に、さらに真っ白い上等な絹服を纏っている。物腰も上品で、公家の中に交わっても溶け込めるだろうとさえ思えたが、ただ表情が鈍く、垂れがちで眠たげな目つきは、なにを考えているのかよく分からない。

「わしが、三好日向守だ。よく来たな、嬉しく思うぞ」

言葉とは裏腹に、まったく歓迎していないかのような、一切の情動を感じさせない口調で日向守は言った。発音は明瞭で、よく通る声をしているのだが、唇をあまり開かずに淡々と喋る。まるで浄三を相手に、口を動かす労力すら惜しんでいるようだった。

「よく当たる軍師だそうだな」

「もったいなきお言葉でございます」

浄三は恐れ入った体を装いつつ、深く頭を下げた。しかし、日向守は眉一つ動かさず、

「褒《ほ》めてはいない」

と冷淡に言った。

「尋ねているのだ。お主の易は当たるのか」

これには、さすがに浄三もむっとしたが、態度には出さない。ここで日向守の機嫌を損ねては、稼業に支障を来す。あくまで愛想笑いを崩さず、

「己で申すのは憚《はばか》りなれど、これでも畿内では無双の軍配名人と呼ばれております。恐れながら、三好方の軍勢とも、戦場で幾度か相まみえ申した」

「勝ったのか？」

「一度か二度は」

「それはよかったな。誉《ほま》れとするべきだ」

まるで興味もなさそうに、日向守は言った。口先には自信のある浄三だったが、こういう反応の鈍い相手はやりづらい。これ以上、話すようなことも見つか

らなかったため、さっさと本題に入ることにした。

「それで、私はまず、なにをすれば宜《よろ》しいのでしょうか」

戦の日取り、地取り、望気、占星など、軍師の行なうべき仕事は無数にある。浄三の易は出まかせではあったが、それでも、なにを命じられるかで色々と準備が変わってくる。

ところが、日向守は相変わらずの無表情で、

「易は無用だ」

とすげなく答えた。

「わしは、易など当てにせぬ。戦の勝敗を決定づけるのは、なによりも物量とその運用だ。易者の語る陰陽《いんよう》の流れ、気の消沈——すなわち運や勢いというものは、その付随物に過ぎん。小戦であれば、そのようなものに左右されることもあろうが、大局にはまず関わらぬ」

「これは異なこと」

思わぬ返答に、さすがの浄三も面食らった。

「それではなにゆえ、私を招かれたのです」

「お主に、興味を持っているお方がいる。そのお方に側仕えて、話し相手をし

ろ。それが、お主の務めだ」

「私は軍師です。そのような役目は、遊芸者の仕事にございます」

どうも嫌《いや》な予感がした。

軍師として招きながら別の仕事をやらせるなどというのは、いかにも奇怪である。こういうきな臭い仕事には近づくべきではないことを、浄三はこれまでの経験からよく知っていた。

「帰らせて頂きましょう」

浄三は立ち上がり、その場から去ろうとした。ところが、

「そうはいかぬな」

日向守は手を叩いた。すると、広間の襖《ふすま》が一斉に開いた。

（あっ）

浄三は息を呑んだ。十名ほどの兵たちが、槍《やり》を携えて控えている。

「囲め」

「ははっ」

兵たちは日向守の意に従い、浄三の周囲にずらりと槍衾《ぶすま》を作った。

「戦は物量だ。お主もそう思わぬか、浄三入道」

己の備えを誇るでもなく、ただ事実だけを告げるように、日向守は言った。

（やられたな）

こうなっては逃げようがない。浄三は観念し、その場に腰を下ろした。

「誰に会わせるつもりかは知らんが」

上段の日向守を睨みつつ、浄三は普段通りの口調で言った。槍を突きつけられている中で、今さら礼儀に気を遣う必要もない。

「いいのかね、日向守殿。あんたの話しぶりでは、そのお方はあんた自身よりも目上の人のように聞こえるのだが？」

「いかにも、その通りだ」

「しかしどうだろうな、俺のような得体の知れない流れ者の軍師を、そのような高貴なお方に会わせるのは。なにをしでかすか、分かったものではあるまい。いきなり狂を発し、襲いかかるかもしれんぞ」

浄三はせめてもの仕返しに、この男の顔色を少しでも動かしてやろうと思った。しかし、日向守はあくまで無表情を貫いたまま、

「それはそれで、面白い」

まばたき一つせずに、そう答えた。

それからすぐに、浄三は見張りの武士を三人つけられ、彼らに導かれるがままに、日向守が言う、

――あるお方
の屋敷へ向かうこととなった。

「いったい、俺は誰に会わされるのかね」

浄三は見張りに尋ねたが、彼らは、

「言えぬ」

と一向に教えるつもりがないらしかった。

(まったく、どういうつもりだ)

不安と苛立ちを覚えつつ、浄三は足を進めた。

浄三は、京には不案内である。五年前、土倉屋敷を脱走した際、ほんの一時、足を踏み入れたことはあったが、すぐに堺に移り、その後は軍師として各地を渡り歩いたため、洛中の地理はまるで記憶にない。自分がどこにいるのかもよく分からぬまま、見張りの案内に従い歩き続けていると、やがて、

「ここだ」

と、ひどく大きな屋敷の前に通された。

いや、大きいなどというものではない。敷地を囲む築地塀《ついじべい》は、その果てが見えぬほど長大である。正面に高々とそびえる唐門も、ただ大きいばかりではなく、獅子や龍などの精巧な彫刻が柱、梁《はり》、懸魚《げぎょ》などに満遍《まんべん》なくあしらわれている。

三好日向守の屋敷も大きかったが、それさえも比べものにならない。堺や坂本の豪商でさえ、ここまで広壮な屋敷に住んでいる者はいないだろう。

浄三は柄にもなく、呆けたように門を見上げていたが、

「早く行け」

と見張りに急《せ》かされ、邸内へと入っていった。

畳《たたみ》が何畳使われているのかさえ想像もつかない、途方もなく大きな広間で、浄三は待たされている。襖の前や庭先などそこかしこに控える、護衛と思《おぼ》しき武士たちがいなければ、自分が小人になったと錯覚しそうだ。

広々と横たわる庭池には、咲き始めの白木蓮《はくもくれん》が映り込んでいる。驚いたことに、その池にまで護衛が一名付けられていた。水中の鯉《こい》でも守っているのだろうか。

ここはいったい、誰の屋敷なのだろう。

大勢の武士を従えているところを見ると、やはり大名の京屋敷か。だとしても、これほどの屋敷を持てるほどの大名が、天下に幾人いるだろう。

それから間もなく、近臣を伴い、上段に主人らしき男が現れた。作法の通り、浄三は平伏した。

「面《おもて》を上げよ」

声を掛けられ、ゆっくりと上体を起こす。

（これが、「あのお方」か）

年のころは、三十前後といったところだろうか。色白で面長《おもなが》な顔立ちには涼やかな気品が漂っている。全体の印象としては柔和で、いかにも貴人めいているが、肩の肉の盛り上がりは間違いなく武人のものであり、その体軀《たいく》がよほど鍛《きた》え抜かれていることは、服の上からでもはっきり分かった。

「お主が、浄三入道か。よくぞ参った」

「ははっ」

浄三は、慇懃に頭を下げた。

「あの日向守も、たまには味な真似をする。かねてから、お主の噂を聞いて会ってみたいと思っていたのだ」

そう言って、上段の男は居住まいを正すと、改めて次のように言った。

「予が、足利義輝である」

（えっ）

浄三は、息が止まりそうになった。

十三代将軍、足利義輝。目の前に座っている男は、室町幕府の頂点に君臨する、武家の棟梁《とうりよう》だというのである。

（では、ここは）

豪勢なのは、当たり前だった。ここは将軍が住まい、政務を執り行なう天下の中枢――二条御所《にじようごしよ》にほかならない。

「こ、これは」

不遜《ふそん》な浄三でさえ、このときばかりはさすがに狼狽《ろうばい》した。なにしろ、目の前にいるのは、本来なら浄三など口を利くことさえ許されない、雲上の貴人である。

「公方《くぼう》（将軍）様とは露知《つゆし》らず、とんだご無礼を」

「なんじゃ、日向守め、知らせておらなんだのか」

あれも人の悪いことよ、と苦笑をこぼしつつ、義輝は手にした扇《おうぎ》で招く仕草をした。

「近う寄れ」

「いや、しかし」

浄三はますます戸惑った。あまりに、身分が違い過ぎる。将軍や幕府に対して敬慕を抱いたことなど一度もなかったが、かといって、ここでなんの遠慮もなく進み出られるほど野放図でもなかった。

はたして、どうしたものか。浄三が迷っていると、

「公方様」

義輝の傍らに控えていた近臣が、主をたしなめるように言った。

「なりませぬ。仮にもここは御所ですぞ」

「どうも、京は礼式が窮屈でいかんな」

義輝はため息をついた。

「朽木《くつき》にいたころは、もう少し気軽に人にも会えたものじゃが」

「お気持ちはごもっとも。されど京に戻られたからには、相応《ふさわ》しい振る舞いをして頂かなくてはなりませぬ」

「分かっておるわ。あまり小うるさく申すな、兵部《ひょうぶ》」

（兵部というと、まさか）

兵部大輔《ひょうぶのたいふ》……細川藤孝《ほそかわふじたか》ではないか。

室町幕府隆盛のころ、中枢で政務を司ってきた管領・細川氏の分家で、単に名門というだけでなく、和歌、茶の湯、礼法など多岐に渡る分野を極めた当代きっての文化人として、その名は天下に轟《とどろ》いている。

（なぜ俺は、こんなところにいるのだ）

浄三は、このあまりに場違いな状況をどうして良いものか分からず、額からはとめどなく汗が流れた。そんな姿を見かねたのだろうか。

「ならば、こうしよう」

義輝はいきなり立ち上がると、濡《ぬ》れ縁《えん》に腰を移した。

「浄三、これへ」

「は……ははっ！」

浄三は意図を察し、急いで庭先に下りた。庭にいる人間に、たまたま将軍が声をかけたという体であれば、わずらわしい礼式は関係ない。

「さて、浄三よ」

義輝は上品に微笑みながら、

「無双の軍配名人……お主は巷《ちまた》で、そう呼ばれているそうじゃな」

「滅相《めっそう》もございませぬ、私如き」

「そうかしこまるな。それで、易はどこで学んだ?」

「比叡山、延暦寺にて」

口にしたあとで、浄三はやや後悔した。もちろんこれは大嘘で、実際は書物を読みかじっただけのいい加減なものである。

聞かれ慣れている質問なので、つい反射的に答えてしまったが、騙している相手が相手なだけに、腰が引けるような思いがした。

「ほほう、叡山は易も教えるのか」

義輝は素直に感心した様子で、

「では、お主は叡山で、さぞよき師に巡り合ったのであろうな」

「はっ、厳しく仕込まれましてございます」

浄三としては、そう答えるよりほかにない。

「して、生国はどこじゃ?」

「生国……」

浄三は、言葉に詰まった。

これも聞かれ慣れた問いのはずである。いつもの通り、適当に答えておけばいい。

脳裏には、幾百幾千の嘘が次々と浮かんでいる。だが、どうしたわけか、それらの虚言はただの一語として、口から出ようとしない。

義輝は、急かさない。沈黙したまま、切れ長の双眸《そうぼう》をじっと浄三の方へ向けている。逸《そ》れず、揺らがず、真っすぐと注がれるその視線は、まるで全てを見透かしているようだった。

気づけば浄三は、

「……生国は分かりませぬ」

独り言のように、そう呟いていた。

「なに?」

「覚えていないのです。生まれた土地のことは、なにも……」

口にしてから、我に返って青ざめた。生国が分からぬなど、事情を知らぬ者が聞けば、馬鹿にしているとしか思えないだろう。

(俺は、将軍相手になにを……)

ところが、義輝は別に怒った風でもなく、

「分かった」

と言って立ち上がった。

「明日、また話の続きを聞こう。今日はもう下がるがよい」

「は……」

浄三はわけも分からぬまま、そのまま広間から退出した。

その後、浄三は三好屋敷へと戻り、再び日向守のもとへ召し出された。ただし、場所は最初のような広間ではなく、日向守の私室であった。

この雇い主は、常と変わらぬ無表情のまま、書物や書類を次々と文机に広げては、目を通したり、何事かを書き加えたりしている。

「どうであった、初めての対面は」

入り口近くに控える浄三に一瞥もくれず、視線を書物に落としたまま、日向守は言った。

「なぜ、会う相手を教えなかった」

浄三は苦い顔で問うた。よもや将軍の前に引き出されるなど、夢にも思わなかった。

「怖気《おじけ》づいて、逃げ出されても困るのでな」

　日向守は答えた。

「しかしなにゆえ、俺のような者を公方に……」

「公方様は、お主の噂を聞いていたく興味を持たれた。三好家としても、主君の望みを叶《かな》えるべく、こうしてお主を招いたというわけだ」

「嘘だ」

　浄三は声を荒らげた。

「それならばなぜ、俺は公方に直接ではなく、あんたに雇われたのだ」

「格式というものがある。足利将軍家の家中に、お主のような下賤《げせん》の輩《やから》を加えるわけにはいかぬ」

「それは建前だろう」

「いかにも、建前だ」

　そう言って日向守は手を止め、視線を初めて浄三へと向けた。その目の奥にはやはり、なんの感情も見出せない。

「浄三入道」

「なんだ」

「お主の役目は、間者だ」

（えっ）

目を丸くする浄三をよそに、抑揚の少ない声で、日向守は語る。

「といって、気負うようなことはない。お主はただ、公方様の話し相手を務めていればよい。ただし、少しでもおかしなことがあれば、わしに報告せよ。もちろん、その間は三好家の家臣として、俸禄は充分に取らせよう」

「なぜ、話したのだ」

浄三は訝しんだ。今の話を、浄三が義輝に告げるかもしれないではないか。

「告げたければ告げればよい」

日向守は平然と答えた。

「そのときは、お主を斬り捨てるだけのことだ。それに公方様も今さら、三好から間者を送られたぐらいのことで、驚いたりはするまい」

間者は多ければ多いほど良い、と日向守は語った。一つでは信じがたい報せも、ほかの報せと比べることで、輪郭が見えてくる、と。

「お主は、その駒の一つだ。どうする浄三入道。わしに仕えるか、それとも」

そこで日向守は言葉を切り、ちらりと襖に目をやってから、

「ここで死ぬか」

低い声で、言った。

恐らくこの男はまた、襖の向こうに人数を伏せているのだろう。あるいは日ごろから、屋敷にいるときは常に、こうした用心をしているのかもしれない。

気に食わぬ、と浄三は思った。この周到な、しかしいかにも陰湿な備えもそうだが、なによりも日向守が浄三に向ける、その目つきが気に食わなかった。

まるで、蟻《あり》を見るような目だ。

好悪もなく、興味もない。初めから、対等の人間として浄三を見ていない。だからこそ、浄三が不遜な口を利いたぐらいでは、この男は気にも留めないのだ。

(気に入らない。これではまるで)

あの、坂本の土倉と同じではないか。

自分を金で買い、屋敷で飼い殺し、道具として扱った男たちのことを、浄三は未だに覚えている。あの屈辱と絶望は、忘れようとしても忘れられるものではなかった。

三好日向守の瞳の奥にあるものは、あの土倉とあまりに似通っていた。

しかし、浄三は、

「……分かった。あんたに従おう」

あっさりとそう答えると、かしこまって拝礼した。

この男は気に食わない。

だが日向守と、これまで自分が軍師として仕えてきた者たちに、どれほどの違いがあるだろう。

土倉屋敷を脱走して以来、浄三は様々な場所で雇われ、易と偽って軍略の腕を振るってきた。しかし雇い主は誰も彼もが、浄三を便利な道具としてしか見なさず、どれほど高名になったところで、己のような得体《えたい》の知れない流れ者を、仲間として認めようとはしなかった。浄三もまた、自ら進んで道具となることで彼らに取り入り、この乱世を生き延びてきた。

(所詮、俺のような者には、そんな生き方しか出来ぬのだ)

報酬さえ充分に払われるのなら、雇い主など誰でも構わない。誰に従ったところで、浄三の境遇が変わることはない。

「以後、よろしくお頼み申し上げる」

「賢明で助かる」

日向守の言葉が、ひれ伏した頭上へ落ちてきた。

「わしも己が屋敷を、血で汚したくはなかった」

（……血か）

下賤な、という修飾を省略しているのが分かったが、浄三はなにも言わず、この場から引き下がった。

翌日、浄三は再び、義輝に対面すべく二条御所に上った。この将軍の話し相手となることが、当面の己の仕事だった。

「よくぞ参った、浄三」

昨日と同じように、義輝とは庭先で対面した。

「さっそく、話の続きを聞かせよ」

「話、でございますか？」

自分にこれ以上、なにか話すことなどあっただろうか。招かれた理由もそうだが、この将軍の意図がどこにあるのか、浄三には全く分からない。

「ところで浄三よ、軍師という言葉の意味を、お主は知っているか」

（なにを分かりきったことを）

今、庭先に控えている浄三こそが、その軍師ではないか。なにやら馬鹿々々しかったが、答えないわけにもいかない。

「それはもちろん、武家に雇われた易者のことでございましょう」

「ああ、我が日《ひ》ノ本《もと》では、便宜上、そう呼ぶ。……だが、それは厳密には、軍師ではなく軍配者と称するべきなのだ」

「はあ……?」

話が理解出来ずに困惑する浄三をよそに、義輝はさらに続ける。

「そもそも、軍師というのは唐土《もろこし》(中国)の言葉だ。予も書物で読んだり、人伝《ひとづて》に聞いただけのことだが、どうも日ノ本と違い、彼《か》の国の軍師は易占をやらぬらしい」

「そうなのですか?」

どうでもよい話だと思ったが、驚いた体を作って応じる。

「では、唐土の軍師は、いったいなにを」

「もちろん、戦だ。軍の師などと言うぐらいだからな。ただし、自ら大軍を率いるわけではない」

義輝が語るところに拠れば、本来の軍師というのは、自らは一兵も率いずとも、知略に拠って世に立ち、千軍万馬の進退を策によって決定づけ、戦局の行く末をも左右する……そういう役目だという。

「恐らくは、それに近い立場の者が、日ノ本では軍配者、つまり戦場での吉凶を占う易者ぐらいしかいなかったから、いつしか言葉が混ざったのであろう」

「なるほど、左様でございましたか」

少し大げさなほどに顔をうなずかせ、浄三は感心した振りをした。軍師として流浪していた時期、このような機嫌取りはさんざんやってきたから、苦にはならない。

と、そのとき、

「公方様」

例の、幕臣の細川藤孝も、いつの間にか義輝の側へ膝を寄せていた。

「差し出がましきことながら、申し上げます。恐れながら本朝（我が国）にも、公方様の仰せになられるが如き、単なる易者の枠を越えた、戦場で策を献ずる軍師もおらぬではありません」

「誰《た》ぞ、それは」

「武田家の山本勘助《やまもとかんすけ》、今川家《いまがわ》の太原雪斎《たいげんせっさい》、斎藤家の竹中半兵衛《たけなかはんべえ》」

浄三も、名前ぐらいは耳にしたことがある。いずれも軍師でありながら、易占のみならず、兵法にも深く通じた軍略家であり、その知略によって主家の覇道を支えてきたことで、世に知られる男たちである。

もし、義輝の話が正しいのであれば、彼らこそ、日ノ本六十余州において極めて稀《まれ》な、真の軍師と言うべき存在だった。

「しかし、勘助、雪斎はすでに死んだ」

義輝は言った。

「竹中半兵衛も、噂に聞くところでは、代替わりした主家と折り合いが悪く、上手くいっておらぬともいう。彼らのあとに続くほどの軍師の名も、今のところは聞かぬな」

「やむを得ぬことかと」

細川藤孝は首を左右に振った。

「世に名を成《な》すほど才気ある軍略家など、そう容易く生まれるものではございませぬ」

「それは違うぞ、兵部（藤孝）」

義輝はきっぱりと否定した。

「たしかに、当人の才気もあろう。だが、我が国に限っていえば、理由はそれだけではない」

「はて、いかなる事情にございましょうや」

「そもそも唐土では古より、国政を取り仕切る役人の登用さえ、学問の試験によって行なうと聞く」

この一事を見ても、学問に対する捉え方が日本とは根本より異なるのであろう、と義輝は言った。だからこそ彼の国の軍師は、己の知恵次第で諸侯から招かれ、ときには采配さえも託《たく》されたのだろう、と。

（こちらでは、そうはいかぬだろうな）

と浄三は話を聞いていて思った。

もし日本で、兵も土地もろくに持たぬくせに、戦にあれこれ口を出すような「真の軍師」がいたとすれば、それは多くの当主や重臣たちにとって、自分たちの権威を脅かす存在にほかならない。

（ああ、だから）

義輝は、日本で真の軍師が稀なのは、当人の才気だけが理由でないと言ったのか。

山本勘助、太原雪斎、竹中半兵衛らが世に出ることが出来たのは、本人の才質以上に、彼らを登用した、主君の度量と自信に拠《よ》るところも大きいのだろう。

軍師は、一人では生まれない。支えるべき主に見出されることで、初めて己の働き場を得る。

「さて、浄三」

義輝は、庭先に控えている浄三へと視線を戻した。

「少し回り道になってしまったが、そろそろ本題に入るぞ」

「本題、にございますか？」

「そうだ。お主には、まだ聞いていないことがある。——浄三、兵法（軍略）はどこで学んだ？」

心臓が飛び出しそうになった。

自分が易など出来ず、むしろ易占に擬した兵法によって数多《あまた》の戦に勝ち、名を上げてきたことは、誰も知らないはずである。

背筋に冷たいものが走る。浄三は、努めて平静を装いながら、

「兵法など、学んだことはありませせぬ」

と答えた。

（俺は、山本勘助や竹中半兵衛とは違う）

彼らのように軍略家として、仕えた主人の将来のため、知恵を尽くしてきたわけではない。浄三のしてきたことは、戦場を稼ぎ所として利用した、他者の命の冒瀆《ぼうとく》ともいうべき、悪質な詐欺にほかならないのだ。

ここで、その罪を知られるわけにはいかない。

「恐れながら、公方様はなにゆえ、そのようなことを仰せられるのでしょうか。私はただの易者であり、占術のほかにはなにも知りませぬ」

「理由か」

義輝は、わずかに目を細め、

「浄三よ。十七箇所《じゅうななかしょ》の合戦のこと、覚えているか」

と尋ね返してきた。

（十七箇所と言えば、たしか）

もう、四、五年も前のことであろう。

そのころ浄三は、河内高屋《かわちたかや》城の安見《やすみ》氏という武家に、軍師として身を寄せていた。

当時の安見氏は、河内国内でも有数の実力者ではあったが、同国の併呑《へいどん》を目論《もくろ》む三好氏と対立関係にあり、ついには互いに兵を挙げ、一戦に及ぶこととなった。

　その戦場となったのが、河内十七箇所と呼ばれる地域である。

「そのときの風聞で、予は初めてお主の名を知った。安見方の陣営に、浄三なる軍師がいると」

「たしかに、おりましたが……」

　しかし、浄三はあくまで易者として雇われ、陣中で易を行ない、吉凶を占うために参陣したに過ぎない。

「私はただの易者、兵法など与《あずか》り知らぬところでございます。なにより、十七箇所の合戦は負け戦でございました」

　浄三の与した安見氏の兵力はおよそ五千、対する敵の三好氏は二万を越える大軍であり、安見氏は為す術もなく大敗し、これ以降、力を失った。それから間もなく、居城の高屋城からも追われ、河内は三好氏によって平定された。

「易者は、易を外すこともございます。しかし、もし私が、公方様が仰せられるような兵法家であったのならば、そのような言い分は通りますまい」

　兵は勝つことを貴ぶ、などと『孫子』の言を引くまでもなく、戦は勝たなければ意味がない。まして、味方を勝たせられない兵法家に、なんの価値があるというのだろう。

「たしかに、安見方は敗れた」

義輝はうなずきつつ、

「だが、三好方も無傷ではすまなかった。聞くところによれば、三好軍は勝ちながらも被害が大きく、追撃が出来なかったそうではないか。片や、安見軍は敗れはしたが、ある程度の余力は残したまま、ひとまずは居城へと撤退することが出来たという」

「すべては安見様のご武勇によるものです」

「侮《あなど》るなよ、浄三」

義輝はにやりと口の端を吊り上げた。

「予を誰と心得る。武家の棟梁たるこの義輝が、戦のことを知らぬと思ったか。たとえ安見がどれほどの武辺者でも、二万の軍勢を相手に五千の兵が、ただ野戦でぶつかって、それほどの抵抗が出来るものか」

「……なにが仰《おつしや》りたいのです」

「三好を、十七箇所へおびき寄せたのではないか」

「…………」

河内十七箇所と呼ばれる地域は、淀川の左岸に位置する。この辺りは地勢が低く、淀川の水気がしみ出して一面が湿地帯となっており、大軍の進退には不向きである。

――十を以《もっ》て百を撃つは険《けん》より善《よ》きは莫《な》く、千を以て万を撃つは阻《そ》より善きは莫し。

と『呉子』にもあるように、寡兵で大軍を迎え撃つには、地形を利用するよりほかにない。三好勢は、沼のような湿地に足を取られ、軍勢を思うように展開することが出来ず、圧倒的な兵力差でありながら、一千あまりの死傷者を出した。

浄三は、軍師である。雇い主の安見氏が決断した、三好との合戦という方針をひるがえさせることは出来ずとも、その戦場の設定については、「地取りの吉凶を占う」という形で、多少なりとも誘導することが出来る。

「浄三」

以前と同じように、義輝はじっと浄三を見据えた。

「お主、易者ではないな」

「私は……」

必死に言い訳を考えたが、なにも浮かばない。いや、そもそも弁解などしようがない。

いっそ、逃げることも考えたが、この広大な、間取りも分からぬ御所から脱出するなど、いかに悪知恵の働く浄三でも不可能だった。

（……やむを得ん）

腹を決めた。

「いかにも、その通りにございます」

浄三はふてぶてしく笑みを浮かべた。

「私は、ただの鳩《はと》ノ戒《かい》。易占は書物で読みかじっただけで、ろくに存じ上げませぬ」

「だが、まっとうな易者よりも、遙かによく当たるそうではないか」

「当てようとしておらぬのです。私はただ、己の占《うらの》うた答えに適《かな》うよう、戦場の方を捻じ曲げているだけのこと」

「そうであったか」

義輝は、神妙にうなずいている。

「それで公方様、私の身はどうなるのでしょうか」

なにしろ、将軍を騙していたのだ。雇い主である三好日向守も、わざわざ浄三をかばうはずがない。

世間をたぶらかした罪人として、さらし首にでもなるのだろうか。だとしても、言い訳のしようはない。事実、浄三は数多の人間を騙し、そそのかし、食い物にしてきたのだから。

(だが、なぜだろう)

妙に晴れやかな気分だった。

いつか、こんな日が来るような気はしていた。いや、むしろ浄三はどこかで、こうなることを望んでさえいたのかもしれない。

これまで、軍師として多くの戦に携《たずさ》わり続けてきた。それはつまり、己と同じような戦の犠牲者を、自らの手で生み出し続けてきたことにほかならない。

浄三が軍配を執《と》らなければ、戦地として巻き込まれることのなかった村落や、死なずにすんだ人間もいただろう。「無双の軍配名人」の栄光は、そのような顔も名も知らぬ幾千の屍の上に成り立っている。

(しかし、俺はほかに生きる術を知らない)

端《はな》から武士にでも生まれていれば、乱世の常として割り切ることも出来たのだろう。だが、浄三はそうではない。自身もまた、戦によって全てを失った一人の孤児である。

（あるいは、俺は）

ずっと止めてもらいたかったのかもしれない。誰かを食い物にすることでしか生きられない、道具となるほかにこの世を渡る術を持たない、そんな自分のことを。

「浄三、いまいちど尋ねる」

義輝が言う。

「お主はどこで、易や兵法を身に付けた」

もはや隠しても仕方がない。浄三は、洗いざらいぶちまけた。

自分が、戦で略奪され、人買いによって売られた孤児であったこと。近江坂本の土倉に買われ、慰み物として飼い殺されたこと。そして、坂本を脱走し、軍師とは名ばかりの詐欺師として、畿内一円の戦場を食い物にしてきたこと。

義輝はまぶたを閉じ、じっと耳を傾けたまま、その話を聞き続けていた。やがて、話が終わると、

「わかった」

と小さく呟き、

「明日も来い、浄三」

そう言い残すと、さっと立ち上がり、広間を出て行ってしまった。

浄三は、唖然とした。いかなる刑罰が下されるのか身構えていたというのに、あの将軍はなにも告げずに、一方的に対面を打ち切ってしまった。

ただ一人、庭先に取り残された浄三は、ただ困惑するほかなかった。


それからしばらく、浄三は毎日のように御所へ呼ばれ、義輝と話した。もっとも、これまでとは違って、浄三はおもに聞き役に回り、話すのはもっぱら義輝の方だった。

「朽木では、とにかく銭がなくて難儀した。いかに倹約のためとはいえ、破れた下帯さえ使いまわすはめになろうとは、京にいたころは考えもしなかった」

と、義輝は己の身の上について、とりとめもなく語った。

ほんの数年前まで、義輝は京を追われて、近江の朽木という在所へ亡命していた。台頭する三好家と、幕政の主導権を争って敗れたためである。

その後も三好家との対立は続き、ときには戦場で矛《ほこ》をも交えたが、六年前の永禄元年（一五五八）十一月、両者は和睦し、義輝は京へと帰還した。

「和睦といっても、実際は降伏のようなものだ」

義輝はくすりと笑った。

「もはや、朽木で抵抗を続けるのは限界だった。予は三好の勢いと実力に屈し、その傀儡《かいらい》となることを受け入れた。浄三よ、お主の前におるのは、その敗残の将軍よ」

「は……」

どう答えていいものか分からず、浄三は口ごもった。

物腰は貴人らしく上品だが、言いにくいことでも明け透けに語って見せる義輝の態度は、たとえば野盗の頭目が子分に接する様にも似ている。

この将軍は、御所の奥に引きこもり、風雅に沈溺し、外の世界をろくに知らずに生涯を終えるような、生白い貴人とは違う。流浪《るろう》の日々の中で自ら兵を指揮し、膨張を続ける三好家の勢力に挑み続けた歴戦の武将なのである。

(奇妙な公方もいたものだ)

将軍と言えば、ずいぶんと遠い存在のように思っていた。だが、目の前の義輝からは、遠さよりも大きさを感じた。

思えば浄三は、これまで常に外面を保っていなければならなかった。坂本の土倉屋敷で飼われていたときも、軍師として過ごしているときも、本心は深く隠し、嘘《うそ》偽りを並べ立て、いつでも仮面をつけたまま生きて来た。

その賢《さか》しらな仮面を、義輝は片端から引き剝がしてしまった。もはや易者でもなんでもないことが露見した以上、この将軍の前では、浄三は素のままで振る舞うよりほかにない。

だからだろうか。義輝と話す日々は、浄三にとって不思議なほど心が安らいだ。人買いに売られてから今日までおよそ十年、そんな風に思えたのは初めてだったかもしれない。

しかし、ただ一つ、

——自分は、三好家の間者である。

という一言だけは、明かすことが出来ずにいた。

あるとき、浄三はいつものような大広間ではなく、義輝の私室に通された。

広大な広間とは違い、大きさだけなら洛中に用意された浄三の宿所とそう変わらない。もっとも、やはり造りとしては将軍の居室に相応しく、床柱から畳にいたるまで、隅々《すみずみ》まで洗練された清浄さを感じさせた。

浄三は、客人ではなく使用人という体で、この一室に呼び寄せられた。義輝は、それこそ膝を突き合わせるほどの近さで、浄三と向かい合っている。

「初めから、こうすればよかったな」

義輝はにやりと笑った。

「面倒がなくて実によい。儀式の類ならともかく、人と話すのにいちいち礼法通りに振る舞うのは、わずらわしくてかなわぬ。そうは思わぬか、浄三」

「たしかに、私もあまり礼は好みませぬ」

このごろは浄三も義輝に対し、遠慮が少なくなっている。思ったところを、そのまま素直に口にした。

「もちろん礼に意味がないとは申しませぬが、世は乱世にございます。ただでさえ生き残ることが難しい、かような時勢にあって、礼や格式に固執するあまり、人と人との間にわざわざ壁を増やすことは、功より罪の方が多かろうかと存じます」

「乱世か」

義輝は、少し考え込むような顔をして、

「浄三よ」

「なんでしょうか」

「なぜ、乱世は続いているのだろうな」

「それは……」

浄三は黙り込んだ。

なぜ、この乱世は起こったのか。冷害、飢饉の頻発《ひんぱつ》。旧権威の失墜と体制秩序の崩壊。下剋上の横行。理由は様々に、数えきれないほどに考えられる。つまりはそれらの要因の複合によって、戦国時代は到来したのだろう。

それを、あえて一言で表すなら、時代の流れとしか言いようがない。そのような意味のことを、浄三は答えたが、

「違う」

義輝は首を振った。

「乱世が起こった理由は、お主の申す通りであろう。だが、それが治まらずに、今もなお続いているのは、予に力がないからだ」

「力……？」

たしかに、義輝はろくに兵力も持たず、政治を差配する権力も三好家に奪われている。だが、仮にそれらを取り戻したとして、乱麻《らんま》のように絡まり、うねり、

煮詰まったこの乱世を治めることなど、はたして出来るものだろうか。

そんな浄三の疑問を察したのか、

「いや、言い方が悪かったな。力というのは、言葉の綾《あや》だ。武力や権勢のことではない」

義輝はそう言って、天井を仰いだ。

「……幕府では、駄目なのだ。たとえ予に百万の兵があったところで、今の幕府にはもはや、乱世を治めることなど出来まいよ」

浄三は、驚いた。室町幕府の頂点である将軍が自ら、幕府の体制を否定したのである。

「予も、京に居たときは分からなかった。だが、三好に追われ、流浪し、地方の武士や村落の庶民とも交わり、自らも兵を率いる中ではじめて、様々なことが見えてきた。……たとえば、そうだな。浄三よ、なぜ兵たちはわざわざ、誰に命じられたわけでもないのに、わずかな端金《はしたがね》で戦に身を投じる？」

「食っていくためでしょう」

大名や国衆は、基本的に徴兵を行なわない。もし強引に徴兵を行ない、一揆や逃散を誘発すれば、税収の低下につながるからである。

それゆえ、当時の兵というのは大半が傭兵で、百姓の次男三男の出稼ぎや、村落のあぶれ者、足軽奉公を専一とする者たちで成り立っている。だが、命を刃の前に晒さなければならないこの稼業の賃金は、その危険のわりにひどく安い。

「かように、飢饉や冷害があちこちで起こっているような世にあっては、稼ぐ手段を選んでなどおられませぬ。たとえ己の命を叩き売ってでも、彼らは少しでも食い扶持《ぶち》を稼ごうとしているのでしょう」

「だが、実際には」

義輝は、苦々しげに顔をしかめた。

「兵たちはそんな端金だけでは満足しない。そうだろう、浄三」

「…………」

浄三にも、そのことは身をもって分かっている。

戦場の兵たちにとって、命を懸ける代償は賃金だけではない。むしろ、彼らに命を張らしめたのは、もっと別の収入である。

それが、「乱取り」だった。物資の略奪、人身の売買、それらは飢饉に脅かされる村落では決して得られない富を彼らにもたらした。

浄三は無論、家族を奪い、自身の運命をも狂わせた、この略奪を肯定するつもりはない。だが、この慣習が単純な善悪で測れないことも、数多の戦場の経験から認めざるを得なかった。兵たちにも家族があり、故郷がある。彼らの略奪の稼ぎは、その帰りを待つ誰かの命を繋ぎ止めているかもしれないのだ。

「もし、予が圧倒的な武力を持ち、頭ごなしに戦を取りやめさせれば、天下が泰平に落ち着くというのであれば、もっと簡単な話なのだろうがな」

義輝の面持ちに、深い影が差す。

戦を無くしたところで、世は治まらない。この乱世の根底には、各地で頻発する冷害や飢饉が密接に絡んでいる。それゆえ、合戦と略奪は一面では、貧困の受け皿の役割を果たしていた。

人々が日常的に殺し合い、奪い合うことで、ようやく世の均衡《きんこう》が成り立っているのだとすれば、これほど皮肉で、救いのない時代はない。しかしそれは紛れもなく、浄三自身も数え切れぬほど目にしてきた乱世の現実だった。

「誰かが、この乱世を終わらせなければならない。だが、三好にはとても任せられぬ」

「そうでしょうか」

浄三は首をひねった。

義輝が、かつての政敵であり、今もなお潜在的な対立関係にある三好家を好まないのは分かる。

だが、混乱と荒廃に苛《さいな》まれていた京とその周辺を鎮定《ちんてい》し、今や実質的に中央政権を主宰するその実力は、決して軽んずるべきものではないだろう。

「三好では、なぜいけないのです」

浄三が尋ねると、

「田舎者でないからさ」

と義輝は答えた。

義輝の説くところによれば、三好氏は地方勢力とはいえ、はじめから幕府の中枢に近かった。もともと三好氏は管領・細川氏の分家に仕えており、主を補佐する形で中央政界に進出し、動乱の中で台頭した勢力である。

「三好家は、中央に深入りし過ぎた。その素性も、言うなれば幕府の官僚のようなものだ。既存の枠組みや権益から、完全に逃れることは出来ぬだろう」

ゆえに田舎者でなくてはいけない、と義輝はあくまで言った。下らぬ旧弊にも、しがらみにも捕らわれず、なにもかもを根底から破壊出来る者でなくては、新たな世を創ることなど出来まい、と。

「新たな世……」

浄三は、はっとした。

「まさか、公方様は」

「ああ」義輝は静かにうなずく。「乱世を終わらせなければならない。それも、ただ戦をやめさせるだけでは意味がない。この飢饉と争乱の世に対処出来る力を持った、新たな公儀（政府）を創らなければならない」

そこで、義輝は辺りを窺ってから、声をひそめてこう言った。

「たとえ、幕府を潰すことになろうともな」

（なんということだ）

浄三は、自分の身体が震え出しているのに気づいた。

幕府を潰すということは、とりもなおさず、義輝自身もまた将軍の地位を失うことである。自らの地位を擲《なげう》ち、二百年以上続いた室町幕府を滅ぼしてでも、乱世を鎮めようとする。……そんな風に考えた者が、かつて一人でもいただろうか。

（これが、将軍……）

浄三は唾を飲んだ。義輝は野心ではなく、ただ全てを賭《と》して、為政者としての責務を果たそうとしているのだ。

「なぜ、このような大事を、私などに……」

「お主なら、分かってくれると思うてな」

義輝は歯を見せて笑い、

「初めて、噂でお主の名を聞いたときから、なんとなく予感があった。浄三入道なる軍師は、予に必要な男になるのではないか、とな」

単に畿内で高名な軍師というだけではない。その数々の戦果をよく吟味してみると、明らかに単なる易占ではなく、兵法を用いている形跡があった。

優れた兵法家は、ただ多く書物を読み漁るだけでは生まれない。なぜなら、兵法書には、「こうした状況では味方は有利となる」といった類の原則は多く書かれているが、いかにしてその状況に持ち込むべきか、具体的な方法は一行も記されていない。

これは当たり前のことで、古今、まったく同一の合戦などというものは存在しない。味方も、相手も、地形も、条件も、法則化することなど不可能である。それゆえ、兵法の原則を実際の戦場に再現するには、単に知識ばかりではなく、天性の才覚が必要だった。

「お主には、どうやらそれがある」

と義輝は言った。事実、浄三がただの机上の兵書読みでないことは、その戦績と「無双の軍配名人」という異名が、なによりも雄弁に物語っていた。

「はじめは、その兵法の才に期待し、こうして招き寄せた。そして、お主の生い立ちを聞き、予の考えはいよいよ確信に変わった」

義輝は、浄三の目を見据えた。

「力を貸してくれ、浄三」

「し、しかし」

浄三は狼狽した。たしかに、自分はこれまで各地で兵法を振るってきたし、実力についてそれなりの自負もある。

「されど、恐れながら公方様は、率いるべき兵をほとんど持たれぬはず。兵がなくては、兵法など用いようがありませぬ」

「そちらなら問題ない。ある男が、力を貸してくれることになっている」

「ある男？」

「越後の軍神、上杉輝虎だ」

（あっ）

なんという巡り合わせだろう。

そもそも、浄三が土倉屋敷を脱走したのは、五年前、上杉輝虎（当時は長尾景虎）が、上洛し、将軍に拝謁するため、一時、坂本に駐屯《ちゆうとん》したことがきっかけだった。

（あの上洛は、たしか将軍の要請によるものだという話だった。まさか、公方様はそのときには、すでに……）

新たな政権の樹立を目指して、同志をひそかに集めていたというのか。

「輝虎は、義の男だ。かつて上洛した際、あの男は誓ってくれた。ともに戦乱を終わらせ、新たな世を築くと。己が義に懸けて、この約を違《たが》えることはないと。……乱世を終わらすなど、途方もない夢であることは予にも分かっている。だが、あの男の武力と、お主の兵法があれば、決して手が届かぬ志ではないはずだ」

そう熱っぽく語る義輝の瞳は、どこまでも澄みきっていた。

（ああ、この人は）

本気で、この理不尽な世と戦おうとしているのだ。

浄三は諦めていた。殺し合い、奪い合うことしか出来ない乱世の現実の前では、人など誰もが獣《けだもの》と変わらず、醜く浅ましい、血と糞の詰まった皮袋に過ぎない。そう思わざるを得ないような場面を、いくつもこの目で見てきた。

自分にも、他人にも、世の中にも、期待などするべきでないと悟ったつもりでいた。はじめからなんの希望も持たなければ、裏切られても傷つかずに済む。

だが、そうではなかった。

(期待をしてもいいのだ。きっと、このお方になら)

これほどまでに荒れ果てた世界でも、まだ信ずべき人はいる。足利義輝は、浄三が諦め、屈してしまった世の不条理に、あくまで抗おうとしている。

(しかし俺は)

その大業に加わることは許されない。浄三は居住まいを正し、義輝に向き直った。

「公方様、私はこれまで、隠していたことがございます」

明かさなければならない。自分は、三好日向守に送り込まれた間者であると。憎まれ、軽蔑されようとも、この場で斬り捨てられようとも構わない。それでも浄三は、この将軍にだけは嘘をついていたくなかった。

ところが、浄三がその告白をするよりも早く、

「隠していたというのは、三好家の間者だということか？」

先回りするように、義輝が言った。浄三は飛び上がるほどに驚いた。

「なぜ、そのことを」

「甘く見るなよ、浄三」

義輝はくっくと低く笑いを漏らした。

「あの日向守がなんの含みもなく、予の望みを叶えるはずがない。もっとも、そう読まれるのを分かった上で、予を牽制するために、あやつはお主を送り込んで来たのかもしれぬがな」

義輝が語るところによれば、この屋敷の小者や侍女、出入りの庭師なども、三好の息がかかったものばかりなのだという。

「無論、この私室には信頼出来る者を見張りに立て、それらを近づけさせないようにしているが……とにかく、そういった事情だ。一人ぐらい、間者が増えたところで驚きはせぬ」

「し、しかし」

浄三は狼狽《うろた》えた。

「間者だと存じておられたのなら、なにゆえ私に密事を明かしたのです」

「見込んだのさ」

義輝はにやりと笑ってみせた。

「お主は誰よりも、乱世の厳しさを知っている。この時代を変える意義が、いかなるものであるかを知っている。……もし、お主がそれでも三好の払う銭や米を選ぶと言うのなら、予の見る目がなかったということだ。そんな将軍には、どうせ大業は成せぬだろうよ」

そうして、義輝は笑みを消し、浄三の手を取った。この細長い指をした、しなやかな手のどこにこれほどの力があるのかと思うほど、義輝は強く、浄三の手を握り締めた。

「予の軍師になれ、浄三。共に、乱世を終わらせよう」

「共に……」

そのような言葉をかけられたのは、初めてのことだった。道具として扱われ、見下されるか、さもなくば気味悪がられるばかりだった自分を、この将軍はあくまで対等に、正面から見ている。

乾ききった己の心に、なにかが染み渡っていく。気づいたときには浄三は、柄にもなく涙をこぼしていた。

「……不肖、白井浄三入道」

嗚咽《おえつ》を嚙み殺し、浄三は声を上げた。

「数にもならぬ我が身なれど、公方様が御為《おんため》、役立たせて頂きたく存じます。なにとぞ御陣の端に、私もお加えください」

「ああ」

義輝は、静かにうなずいた。

「そのときが来れば、存分に働いてもらうぞ」

軍師は、一人では生まれない。支えるべき主に見出されることで、初めて己の働き場を得る。今ここに、山本勘助、太原雪斎、竹中半兵衛に続く「真の軍師」が、人知れず誕生した。

だが、この軍師の前にようやく開けた道は、名を世に知らしめるどころか、力を振るう間もなく閉ざされることとなった。

五

「このあとのことは、言わずとも分かるだろう、松田殿？」

浄三は、気だるげな笑みを浮かべた。

「……永禄の変、か」

孫太郎はうつむいた。

浄三が、義輝に招かれた翌年——永禄八年、五月。

突如として、三好家は兵を挙げ、足利義輝の居所である二条御所を攻め立てた。義輝は自ら剣を取って抵抗し、奮戦の末に死んだ。世にいう「永禄の変」である。

なぜ、三好家がこのような反乱を起こしたのかは分からない。もっとも、分かったところで、理由などはどうでもよかった。

いずれにせよ義輝は死に、あの日、浄三に語ってみせた夢もまた、二条御所で露《つゆ》と消えた。

「そのとき、俺は京にいなかった」

と言って、浄三は仕込み杖を手に取った。

「公方様は、あの変の直前、急に俺を使いに出した。鹿島へこの刀を届けろと仰せられてな」

「では、その刀は」

「見てみるかね」

浄三は、仕込み杖の鞘を払った。身が厚く武骨な、しかし優美なほどの輝きを放つ白刃が露わになった。

「『鬼丸国綱《おにまるくにつな》』、足利将軍家累代の宝刀だ」

義輝は、もし己の計画が失敗した際、この宝刀までもが世から失われてしまうことを惜しんだ。このため、自身の剣術の師であり、現在は鹿島に隠遁《いんとん》している塚原卜伝《つかはらぼくでん》に託すよう、浄三を使いに出したのだ。

「まさか、その心配りがこんな形で実を結んでしまうとは、公方様とて思いもよらなかったろうがな」

浄三は、鹿島へ向かう道中で、義輝の死を知った。

それから半年近く、己がなにをして過ごしていたのか、浄三には思い出せない。虚脱したままなにも考えられず、浮浪者同然に近隣をさ迷い続けた。

——なにが、無双の軍配名人だ。

靄《もや》のかかったような意識の中で、取り返しのつかない後悔と絶望が、黒く渦巻いていたのを覚えている。

死んだ方が、ましだと思った。自分の最も大事な人さえ守れず、危機を察することも出来なかった、そんな最低の軍師になんの価値があるのか。なにより、義輝を喪《うしな》ったこの世界で、これ以上、生き続ける意味などあるのか。

だが、それでも浄三は死ねなかった。

この刀を、鹿島へと届けよと義輝は命じた。その最後の命令を果たすまでには、なにがあっても死ぬわけにはいかなかった。

己の使命を思い出し、浄三は再び鹿島へと歩き出した。もっともその道中、上杉軍の出兵の影響で街道が封鎖され、臼井で足止めを食らってしまったが。

「なあ、松田殿よ、義とはなんだろうな」

「義……？」

「輝虎は、最後まで来なかったよ」

上杉輝虎は義の男だと、義輝は言った。浄三も、敬慕する将軍の言うことだけに、その評を無邪気に信じていた。

だが、実際の輝虎はどうか。一刻も早く三好を追い、義によって公方様を援《たす》け参らせる……などと調子のいいことを言っておきながら、関東への出兵を繰り返すばかりで、上方には見向きもしなかった。義輝は半ば、あの男に見殺しにされたようなものだった。

関東でも、似たようなものである。

輝虎は、やはり「義」のためだと言って、毎年のように関東へ出兵し、北条家に抵抗を続ける領主たちに「北条を討ち、関東の秩序を取り戻す」と希望を与え、その圧倒的な強さによって、北条方の城や軍勢を散々に打ち破った。

しかし、輝虎はそのまま、関東に留まり続けることはなく、すぐに「本国、越後を守るため」「北陸の同盟者から救援を要請されたため」などと言って、三国峠の向こうへ帰ってしまう。その後、輝虎が奪った拠点は、すぐに北条家に取り返されて元の木阿弥《もくあみ》となり、領主たちは再びこの関東の覇者の脅威に侵されることとなった。

この六年、関東はその繰り返しだった。

輝虎の言う、「義」とはなんだろう。私欲や野心を持たず、他者を援ける姿勢を貫くことが義だというのなら、たしかにあの男は義の将だろう。

しかし、義のためであれば、なにをしても許されるのだろうか。出来もしない約束を誓い、ありもしない希望を見せ、周囲をさんざんに振り回した挙句、最後には見捨てたとしても、「私心なく、他者を救おうとした」という金看板を掲げていれば、全ては肯定され、賞賛にさえ値するというのだろうか。

足利義輝もまた、そんな輝虎の汚れなき義の、尊い犠牲でしかなかったというのか。

（……どうでもいいことだ）

結局は自分も、そして義輝も間違っていたのだ。

他人など、信じるべきではなかった。まして、武士の言う義や約定など、決して信じてはならなかった。

そんな分かりきったことを、浄三は忘れていた。義輝のような人間がいるのなら、世間には自分が知らないだけで、ほかにも信ずべき人がいるのかもしれない……などと、うかつにも思い違いをしてしまった。

（もし、俺がそのことに気づいていれば）

義輝を救えたかもしれない。たとえ救えずとも、自分だけおめおめと生き残るような、不甲斐ない末路だけは避けられただろう。

「話は終わりだ」

浄三は立ち上がった。

「松田殿、約束を守ってもらおうか」

「臼井を去って、どうするつもりだ」

「何度も言っているだろう。鹿島へ刀を届けに行く」

「そのあとは？」

「それも、すでに述べたはずだ」

刀を届けるという最後の使命さえ果たせば、あとは、己の生涯に始末をつけるだけである。義輝を喪った救いのない乱世など、これ以上、生きていたところでなんの意味があるだろう。

「しかし、浄三よ。義輝公は、生き残ったお主が、今になってわざわざ死ぬことを望むような人物なのか」

「知った風な口を利《き》くな」

あのお方のことなど、なに一つ知りもしないくせに。

「退《の》いていろ、松田殿。話すことなど、なにもない」

「ふむ、退いてやってもいいが」

さがった。

孫太郎はのっそりと巨体を起こし、自分の二刀を拾い上げて、行く手に立ちふさがった。

「その前に、一つ言っておきたい」

「約束が違うぞ。さっさと退けよ」

「そう慌てずともよかろう。それに、武士との約束は信じないのではなかったのか?」

「それは……」

他人など信じない。武士など信じない。それらはみな獣で、歩く糞袋に過ぎない。呪文を唱えるように、浄三は己に言い聞かせた。誰も信じない、なにも期待しない。裏切られるのは、もう御免だ。

だからもう、やめてくれ。獣のくせに、人のように振る舞うのは。

「浄三よ、私はお主のように、死ぬことばかり考える男は嫌いだ」

「俺だって、あんたのような嘘つきは嫌いだよ」

「こんなときでも、減らず口は衰えぬな。その口の利き方も気に食わぬ。……だが」

孫太郎はぐっと眉を寄せた。先ほどまでの軽口とは違う、いたって生真面目《きまじめ》な表情だった。

「だが、今この城にはお主の力が要る。海野隼人が逃げ、城中は混乱している。兵を纏め、士気を立て直すためには、新たな求心の象徴が必要だ」

「……松田殿、まさか」

「軍師になってくれ、浄三。私ではなく、この城のための軍師に」

浄三は呆れ返った。

白井浄三入道は、軍師でも易者でもない、ただの詐欺師である。人を騙し、食い物にすることしか出来ない、ただそれだけの男ではないか。

そんな男に、孫太郎はなにを期待しているのだ。

「俺には、他人など救えない。救おうとも思わない。まして、軍師など務まるものか」

「浄三よ」

孫太郎は眉を上げた。

「きっと、それでいいのだ」

「なんだと?」

「私はこれまで、己が救わねばこの城は立ち行かぬと思っていた。だからこそ、臼井の侍や領民の蒙《もう》を啓《ひら》くつもりで、己の正義を押し付けてきた」

しかし、そうではないことを、この二か月の間、さまざまな者たちと交わることで知ったのだと、孫太郎は語った。彼らはそれぞれ違った思いと複雑な立場を抱えながら、各々のやり方で、この戦を乗り越えようとしている、と。

「私が戦うのは、北条家の臣として恥じぬ男でありたいからだ。味方を見捨てるような真似を、したくないからだ。……しかし、それはあくまで、私一人の理由だ」

戦う理由は一つではない、ということを孫太郎は言いたいらしかった。蔭山も、胤貞も、佐久間も、宍倉も、ほかの諸将も兵たちも、あるいは志津のような領民たちも、それぞれの理由で戦っている。

「お主が、臼井の者たちを救うのではない。ほかの誰かが救うのでもない。たとえ手を借りることがあったとしても、人は最後には自ら立ち上がり、自ら戦うよりほかにない」

しかし、今城中は混乱し、彼らはまともに戦えない状態にある、と孫太郎は言った。

「この城を戦えるように出来るのは、お主だけだ」

「味方を、騙せというのか?」

「そうだ。海野などとは比べものにならない、天下一の軍師が軍配を執ることになったのだと、城中の将兵を騙して欲しい。それは、どれほど名高い軍師にも決して為せない。鳩ノ戒の、まがい物であるお主にしか出来ないことだ」

そう言って孫太郎は、ごつごつと節くれだった厳《いか》つい両手で、浄三の手を包んだ。

「共に戦ってくれ、浄三」

「……嫌だ」

浄三はにべもない。

「そんなこと、誰が引き受けるか。俺になんの得もないではないか」

「そうかな? 鹿島まで行くには路銀が要るだろう。関所で留められて以来、お主もずいぶんと長逗留《とうりゅう》になったが、銭は足りているのか? そう言えば、私とはじめに会ったときも、たしか易占の代金をむしりとろうとしていたな」

「それは……」

痛いところを突かれた。

懐の路銀はすでに幾ばくもない。易や祈禱で稼ごうにも、上杉の出兵で動揺する関東の村落に、易に銭を落とすほどの余裕はあるまい。

「私自身はさしたる物持ちではないが、松田の本家は北条の筆頭家老だ。軍師としてしっかり働けば、本家にかけあって、望むだけの報酬を用意しよう」

「話にならん。そんなもの、もしお主が敗れればご破算ではないか」

「万が一、左様なことがあらば」

孫太郎は、己の首筋を撫で、ひどく気軽な口ぶりでこう言った。

「この首級《くび》を、お主にくれてやろう」

「戯言を抜かすな」

「戯言でこんなことは言えぬ。上杉方に従っている関東領主にでも持ち込めば、自分の手柄にするため、そう悪くない値で引き取ってくれるだろう」

その口ぶりは、まるで他人の首級の話をしているように軽々しい。そのくせ、態度は真剣そのものだった。

「とはいえ、これはあくまで、お主を納得させるための担保だ。私は、この城も、己の首も、上杉なぞにくれてやるつもりはない」

「勝てると思うのか」

たとえ士気が立て直されたとしても、臼井城はもとから不利なのだ。防備の拙さや兵力の乏しさ、武将たちの頑迷さや結束の脆《もろ》さなど、敗北の予測に繋がる材料ばかりであふれかえっている。

「あんたは本当に、こんな田舎城に拠って、あの上杉軍に勝てると思っているのか」

「勝つさ」

拍子抜けするほどあっさりと、孫太郎はうなずいた。

「臼井には、この鬼孫太郎がいる」

この馬鹿め、と腹の底で罵る。そんなものが、なんの根拠になるというのか。

「そういうことを、平気で言うから嫌いなんだよ」

浄三は手を振り払い、踵《きびす》を返した。あまりの愚かさに、頭痛さえ覚える。首を巡らし、背中越しに孫太郎を睨みつけると、

「『明日』からは、俺の前でそういう口を利くなよ。虫唾《むしず》が走る」

そう吐き捨て、歩き出した。

一拍遅れて、言葉の意味に気づいた孫太郎が、あっと声を上げる。

「浄三、それでは」

「言っておくが、俺は高いぞ。……首級のこと、忘れるなよ」

浄三は振り返らず、そのまま己の宿所へ向かって進んだ。

「共に、か」

そんな言葉を自分にかける人間など、もはやいないと思っていた。

なぜ自分が孫太郎を気に食わないのか、分かった気がした。

あの男は、いつも正面から、人の心にずかずか入り込もうとする。外見も、器量も、なにもかも似ていないくせに、その遠慮のなさや行き過ぎたほどの真っ直ぐさが、亡き義輝のことを思い出させるのだ。

（ほんの少し、銭のために力を貸すだけだ。危なくなったら、逃げればいい）

上杉軍に勝てるなどと、浄三は思っていない。まして、こんな城と心中する義理など、どこにもありはしない。

（だが、ほんの少しなら）

ふと、浄三は足を止め、濡れ縁から夜空を仰ぎ見た。暗雲でも立ち込めていればうってつけだと思ったが、頭上は皮肉なほどに晴れ渡り、星が眩しいほどに瞬《またた》いていた。

本物の軍師であれば、占星の術によって、この空からなにごとかを見出してみせるのだろう。だが、まがい物でしかない浄三には、この戦の行く末などなにひとつ分からない。

「……まあ、やれるところまでやるだけだ」

そうひとりごち、浄三は再び歩き出した。

第五章　干戈《かんか》交わる

一

浄三を、北条のみならず、臼井城全体の軍師に推挙したい。――そう孫太郎が申し出ると、城主の胤貞は一も二もなく了承した。

ただでさえ、上杉軍がそこまで迫っているというときに、軍師の海野隼人までもが脱走し、城中は動揺している。この状況が鎮《しず》まる可能性が少しでもあるなら、藁《わら》にも縋《すが》りたい思いであったのだろう。

胤貞は早速、城将らを本丸に集め、事の経緯を説明した。

「――かような次第ゆえ」

説明を終えた胤貞は、居並ぶ諸将たちに向き直り、

「本日よりは、これなる浄三入道殿が、当城全体の軍師と相成った」

と、力強く言った。

すぐ傍《かたわ》らに、浄三が控えている。偽《にせ》軍師はまるでずっと以前から、そこが己《おのれ》の定まりの座であったかのごとく、堂々と、澄ました顔で座っている。

（肝《きも》の太いことだ）

原家の家臣らに入り交じって、その様子を見ていた孫太郎は少し感心したが、考えてみればあの男の本職は詐欺師《さぎし》である。感情や本心を容易に悟らせない術が、職能として染みついているのだろう。

胤貞はさらに語る。

「察するに、海野が城を脱走したのは、浄三殿を妬《ねた》んでのことであろう。許し難きことではあるが、足利学校を出たあやつでさえ嫉妬《しっと》に狂うほど、浄三殿の腕が優れているのも事実。なにしろ、北条家きっての軍師というばかりではなく、その才気を将軍家にも認められたという話じゃ」

自らの不安を振り切るように、胤貞はさらに声を大きくする。

「もはや、上杉軍など恐るるに足らず。こちらには天下一の軍師が味方している

のだ。浄三殿の軍配の下、一丸となって戦おうぞ」

「殿！」

野太い声を張り上げ、佐久間主水が険《けわ》しく主君を睨《にら》む。

「軍配の下、というのは如何《いかが》なることにござるか。この、余所者《よそもの》の軍師の易占に、我らも従えとでも申されるのか」

「そうだ」

胤貞はうなずく。

「今こそ、我らは心を一つにせねばならぬ。浄三殿の易は、その標《しるべ》となろう」

「得心がいきませぬな」

佐久間は腕を組み、傲然《ごうぜん》とした態度で言った。

「だいたい、将軍家から認められたなどと申すが、足利学校を出たわけでもない軍師風情《ふぜい》を、公方様が直々《じきじき》に賞されることなどあり得ようか。……小田原では左様《さよう》な巧言で取り入ったのやもしれぬが、わしは誤魔化《ごまか》されぬぞ」

「無礼であろう」

孫太郎は声を上げた。

「今の言葉は、浄三のみならず、我ら北条家への侮辱《ぶじょく》だ」

「松田殿の申す通り」

親北条派の宍倉大和が、ここぞとばかりに加勢する。

「佐久間殿、いい加減、分をわきまえなされ。筆頭家老と言えど、北条家への暴言は、この宍倉が許しませぬぞ」

「左様なつもりはない。わしはただ、そこな軍師の言葉には従えぬと申しているだけだ」

佐久間は譲らない。いや、佐久間だけでなく、ほかの家臣たちも、北条家臣である孫太郎への遠慮からはっきり口にこそ出さないものの、その態度には不満や不審がにじみ出ている。

戦を前に、彼らと敵対するわけにはいかない。しかし、浄三の推挙を取り消しては、元の木阿弥《もくあみ》だ。

(どうしたものか)

孫太郎が窮《きゆう》していると、

「やれやれ、仕方ありませんな。……これは見せたくなかったのですが」

そう言って、浄三は懐《ふところ》をまさぐり、なにかを取り出して目の前に掲《かか》げた。

「あっ」

と声を上げたのは佐久間である。

それは、件の足利花桐の鍔《つば》であった。

「な、なんぞその鍔は！」

「十三代将軍、足利義輝様より賜《たまわ》ったものです。はじめは、太刀をくださるということでしたが、私ごとき一介の軍師には畏《おそ》れ多いと辞退申し上げたところ、それではせめて、と鍔をくださり申した」

「本物だというのか？」

「お疑いならば、どうぞその目で確かめられよ」

「よこせっ」

佐久間は浄三の側へ歩み寄り、その手から鍔を奪い取った。巨漢の筆頭家老は慎重な手つきで、ためつすがめつ、なめ回すようにそれを見た。

孫太郎は、刀の装具や美術品について、さしたる知識はない。田舎《いなか》領主の家老に過ぎない佐久間も、似たようなものだろう。

(しかし、知識などなくとも明らかだ。あれは、本物だ)

表の意匠は簡素である。

将軍家の定紋である足利花桐が一つ、金象嵌《ぞうがん》であしらわれているだけだ。だが、裏地の方はえらく凝っており、長い尾をなびかせて舞う鳳凰《ほうおう》が活き活きと、精巧に彫り込まれている。しかも、その細やかな羽の一枚一枚が、金銀や七宝で彩《いろど》られ、虹を塗り込んだように眩《まばゆ》く輝いている。

大名や貴族でも、これほどの逸品を持っているものなどまずおるまい。室町幕府が隆盛なりし頃より、代々将軍家に伝わってきたものなのだろう。

「もうよろしいかな？」

「………………」

佐久間は、無言で鍔を突き返し、もといた場所に座り直した。

「なぜ、初めからこれを見せなかったのだ」

「好きではないのですよ、人の威を借りるような真似《まね》は」

これ以上ないほど将軍の威を借りておきながら、ぬけぬけと浄三は言った。

「しかし、佐久間殿のお気持ちも分かります」

「なに？」

「いかに易占の結果であろうと、他所からやって来た易者風情に指図をされることに、抵抗を抱くのはもっともにございます。それを、北条家や将軍家の権威で抑えつけたところで、さような歪《いびつ》な結束では、上杉軍に勝つことなど叶《かな》わぬでしよう」

そこで、浄三は今度は胤貞の方へ身体《からだ》を向けた。

「胤貞殿」

「うむ？」

「ひとまず、私はこれまで通り、小田原勢だけの軍師で結構です。評定には口を出させて頂きますが、ここに居並ぶ城将の方々は、無理に私の易を聞き入れることはない」

「い、いや、しかし、それでは……」

「なに、案ずることはありませぬ」

にやりと口元を歪め、浄三は不敵な微笑を浮かべた。

「戦が始まれば、皆さまの方から、私を頼って来るようになりましょう」

そのあとは大変な騒ぎだった。

浄三の不遜な一言に家臣らは騒然となり、佐久間主水などは、今にも刀を抜きそうなほど激怒した。こうなってしまっては、もはや評定どころではない。やむなく、一同は解散し、それぞれの居室に戻って行った。

「おい、浄三」

孫太郎は、浄三の部屋で詰め寄った。

「あんなことを言って、平気なのか」

「同じことを何度も言わせるなよ」

騒ぎの原因であるこの偽軍師は、まるで他人事《ひとごと》のように言った。書類や衣類、食器などで散らかった部屋の中、孫太郎に視線さえ向けず、文机《ふづくえ》の上でなにかを書いている。

「佐久間たちは、いずれ向こうから俺に泣きついてくる。案ずることはない。俺は、この道の玄人《くろうと》だ」

「たしかに、お主は戦場で場数を踏んでいるのかもしれないが……」

「戦の話じゃない。玄人だと言ったのは、本業の方さ」

自分は詐欺の玄人だ、と浄三は言いたいらしい。

「さて、書けた」

浄三は筆を置き、先ほどから書き綴《つづ》っていた書状を折り畳《たた》んだ。

「それは？」

「ん？　ああ、策の仕込みだよ。さて」

浄三は立ち上がると、どうやって場所を把握しているのか、散らかりきった床の中から、先ほどとは別の紙を取り上げた。臼井城の縄張り図である。

「小田原勢の受け持ちは、仲台砦《なかだいとりで》だったな。ちょっと検分《けんぶん》に行ってくる」

「なんだか、急によく働くな」

「敵がすぐそこまで迫っているのだ。いくら俺でも、少しは急ぐさ」

すでに、残された猶予《ゆうよ》はわずかである。北条方の拠点がいかに多くとも、まず一月《ひとつき》か二月《ふたつき》ののちには、臼井城へ攻め寄せて来ることだろう。

「俺はな、この戦の勝ち負けがどうなろうが、原家や北条家が潰《つぶ》れようが、どうでもいい。だが、仕度《したく》が不充分であったために、なし崩しに敗れるようなことだけは御免《ごめん》だ」

「畿内一の軍師の、矜持《きょうじ》というやつか」

「まさか。俺はただの鳩《はと》ノ戒《かい》、詐欺に矜持もなにもないさ。……ただ、成り行きとはいえ、評定で公方様の名前を出してしまったからな。たとえ負けるにしても、足利義輝から認められた軍師が、無様《ぶざま》な戦ぶりを晒《さら》すわけにはいくまいよ」

軽口めかしく浄三は言ったが、恐らくは本心であったろう。少なくとも、孫太郎にはそう感じられた。

臼井城は、臼井台地の上に築かれた「丘城」である。地形を利用した、天然の要害などと言えば聞こえはいいが、ただの平地に築くよりはましという程度で、さほど高くも険《けわ》しくもない。

もちろんその程度のことは、城主である原胤貞も承知している。胤貞はこの城の主となって以来、防備の拡張を繰り返し、台地の外縁にいくつもの砦（出丸）をしつらえてきた。

小田原勢が任された、「仲台砦」もその一つだ。

「なんとも、貧相だな」

砦の検分に訪れた浄三の、最初の一言がそれだった。

「声が高いぞ、浄三」

孫太郎はそう言ってたしなめたが、この山伏姿の軍師は、

「どうせ誰にも聞こえんだろうさ」

と、気にもとめない。

たしかに、孫太郎たちの会話など聞きとめられぬほど砦の内部は騒がしかった。

辺りでは大勢の人夫たちが、ある者は木材を運び込み、防備強化のための普請《ふしん》に邁進《まいしん》している。ある者は土嚢《どのう》を積み上げ、

——そっちの柵《さく》は、東に持って行ってくれ。

——もう何人か、麓《ふもと》にまわれ。堀底を掻《か》き上げる人手が足りんとよ。

——たわけ、土だけじゃ脆《もろ》くなると言っただろう。こうして腐らせた藁を入れるのよ。

あちこちから休みなく飛び交う声や、慌《あわ》ただしく働く人々の様子は、これが戦の前でなければ、祭の準備にでも見えたかもしれない。

だが、これらの普請も所詮《しょせん》は、気休め程度に過ぎない。

浄三が「貧相」と指摘したように、仲台砦は簡素な造りだ。

臼井台地の西端に、ささやかな小屋と矢倉をしつらえ、その周囲に柵を一重、土壁を一重、麓に空堀を一重巡《めぐ》らせただけで、防備になんの工夫もない。今さら、少しばかり柵を増やしたり、土塁を高くしたところで、たかが知れている。

「ほかの砦も、似たようなものなのかね」

「恐らくはな。そちらも見るか？」

「ああ。しかし、その前にまずは……おい、そこの」

浄三はふと、孫太郎に付き従っている家臣の一人を呼びつけた。

「名前は？」

「松田家家臣、橋本伝左衛門にございます」

急に話を向けられ驚きながらも、伝左衛門はかしこまって答えた。蔭山以外の小田原勢には、浄三は北条家秘蔵の軍師だと伝えてあるため、緊張しているらしい。

「小田原勢は、たしか二百五十ほどだったか」

「二百六十七名にございます」

「そうか。じゃあ伝左衛門とやら、そいつらをみんな、城門の前へ連れて来てくれ」

「なにをなさるので」

「歩くのさ、みんなで仲良くな」

「へえっ？」

意表を突かれた伝左衛門の口から、奇妙な声が漏《も》れた。

「どういうことだ、浄三」

「佐久間主水の言い分じゃないが、俺たちは余所者だよ。砦を知るよりも、城を知るよりも、まずはこの臼井の地を知らなければならない」

「それはそうだが……」

しかし、周囲の地勢の検分なら、入城以来、孫太郎が何度も行なっている。今は、もっとほかにやるべきことがあるのではないか。

「まずは一日中、城の周囲を隅《すみ》から隅まで歩いてもらう」

「い、一日中にございますか……」

頰《ほお》を引きつらせる伝左衛門に、浄三はさらに続ける。

「歩くのに慣れたら、次は駆けてもらう。日が暮れたら、今度は夜の闇の中だ。その中でも、一人も脱落せずに駆《か》けられるようになるまで、何日でも続けるぞ」

「おい、浄三」

たまらず孫太郎が声を上げる。

「さすがに、それはやり過ぎではないのか」

「嫌なら、俺は降りるよ」

（こいつ）

弱みを突かれ、孫太郎は押し黙った。今、この男に去られれば、二度も軍師に逃げられた臼井の城中はどうなってしまうのか、想像もつかない。

「……兵たちを連れてこい」

やむなく、孫太郎は伝左衛門にそう命じた。

「じゃあ、松田殿、そちらは頑張《がんば》ってくれ」

「私も歩くのか？」

「当たり前だろう。まあ、騙《だま》されたと思ってしっかりやることだ」

この詐欺師まがいの軍師が言うと、本当に騙しかねないから笑えない。孫太郎は渋い顔でうなずき、そこで浄三と別れた。

年が明け、暦の上では春となったが、曇天の下を流れる風はひどく肌寒い。


孫太郎と別れてから、浄三はある場所へ向かった。

それは、小ぶりな神社であった。

境内《けいだい》に生い茂る木々が、ざあっと音を立てて揺れる。それが合図であったかのように、社殿の奥から、「彼女」は姿を現した。

「……どなたですか？」

狩衣《かりぎぬ》を纏《まと》った神職姿の少女が、鳥居の下に立つ浄三を見とがめた。

この神社——臼井八幡社の女宮司、志津だ。

「お初にお目にかかる。北条家の軍師、浄三入道と申す」

「ああ、あなたが」

と、うなずいたからには、すでに浄三が臼井城の軍師となったことは、領民の間まで広まっているのだろう。

ただ、その割には志津の態度はおかしい。臼井を救うため、大任を引き受けた軍師に対し、彼女は柳眉《りゅうび》を険しく逆立て、嫌悪感に満ちた眼差《まなざ》しをこちらに向けている。

「噂の通り、小汚いお方ですね」

「うん？」

「同じ小田原の方でも、松田様とはずいぶん違うのですね」

たしかに浄三は、伸ばし放題の総髪に無精ひげ、破れだらけの法衣《ほうえ》という、ともすれば浮浪者と見紛《みまご》うような外見をしている。

「いや、そなたは存じぬかもしれんが、『論語』によれば、孔子という偉いお方がこう言ったのだ。悪衣悪食《あくいあくじき》を恥じる者は……」

「それが、どうしたというのです」

志津の態度が、ますます頑《かたく》なになる。

「誰がなんと言おうと、左様な薄汚い身なりで、当社の境内に踏み込まれるのは迷惑です」

　くそ、これはやりづらい。腹の底で、浄三は嘆息した。

　口先で丸め込む際は、相手の利欲を刺激するか、さもなくば詭弁《きべん》で論点をずらすのが基本だが、この娘にはいま一つ、そのような手管が通じづらいようだった。

「身なりのことは、謝ろう。だが決して、ここの神を侮辱する意図はないのだ。それだけは、信じて頂けないだろうか」

　まるで品定めをするように、志津はしばしこちらをじろじろと眺めていたが、やがて腑に落ちるところがあったのか、

「いいでしょう。あなたの上役の松田様に免じて、立ち入りを許します」

「かたじけない」

　浄三は深く頭を下げたが、胸中は複雑だった。こういう役目こそ、孫太郎にやらせればよかったのかもしれない。

「本日は、志津殿に頼みがあって参ったのだ」

「私に、なんのご用でしょう」

「実は籠城《ろうじょう》のため、臼井の領民たちよりあるものを募《つの》りたい。恐らくは、原家が呼びかけるよりも、そなたが声をかけた方が集まりやすかろう」

「なんだというのです」

ほんの少しだけ、警戒が緩《ゆる》んだかに見えた志津が、再び華奢《きゃしゃ》な身体を強張《こわば》らせる。

「もし、民《たみ》から財産を差し出させるような真似であれば、協力は出来ませぬ」

「そう怖い顔をするな、銭金の類ではない。……欲しいのは、肥《こえ》だ」

「なんですって？」

志津は目を丸くした。

「そんなもの、なんに使うのです」

「まだ言えぬ。ただ、これは絶対に必要なものだ」

そう言って、浄三はまた頭を下げた。ただし、今度は立ちながらではなく、膝《ひざ》を地につけてのことだった。

「どうか、頼む。そなたの力を見込んでのことだ」

頭を下げることに抵抗はない。

だが、このような説得の仕方は、己よりも孫太郎の流儀だろう。さんざん馬鹿にしてきたあの男の真似をしなければならないのは、浄三にとって面白いことではない。

（これでは、まるで）

自分があのような男から、なにかを学んだかのようではないか。

「それで、臼井の地が救えるのですか」

そう志津に問いかけられ、浄三は答える。

「俺には分からない」

それは、まったくの本音だった。

「だがあの男は、本気で救うつもりでいる」

「……分かりました」

志津はうなずき、

「すぐにでも、我が名において、領内に触れを出しましょう。あなた方に、弓矢《ゆみや》八幡《はちまん》の加護《かご》があらんことを」

凜然《りんぜん》と澄まして、そう答えた。

その効果は、すぐに表れた。翌日以降、肥壺《こえつぼ》を担《かつ》いだ領民たちが次々と、臼井城へやってきたのである。予想していたことながら、二十歳にも満たないあの女宮司が持つ影響力に、さすがの浄三も舌を巻いた。

ところで、城中へ運ばれるのは、肥桶《こえおけ》ばかりではない。普請用の土嚢、木材、合戦のための兵糧、矢玉、飼葉はもちろんのこと、籠城の役に立つものはなんでも運び込まれた。

たとえば、石。

投石というのは、単純だが充分に殺傷力がある。籠城戦では、特に重宝される武器だ。

そして、なによりも食料。

とにかく、食べられるものはなんでも運び入れる。稗《ひえ》、粟《あわ》、黍《きび》、蕎麦《そば》搔《がき》、長芋、山菜、干した魚に鳥獣、柿、梅などといった日持ちのする保存食は当然として、野草、木の皮、木の根の類でさえも、いざというときのために集められた。

浄三は仲台砦にあって、その荷をいちいち確認している。

「あのう、軍師様」

領民の一人が、遠慮がちに尋《たず》ねてくる。

「本当に、あれも運んできて宜《よろ》しかったんで？」

「ああ」

領民が指差した先では、小舟が四人がかりで担《かつ》がれている。

印旛沼周辺の漁民の舟のうち、運び込めるものはことごとく城内で保護する、という浄三の指示によるものだった。

「上杉軍が来れば、なにをどう利用されるか分かったものではないからな。お主らには、手間をかけて済まないが……」

「滅相《めっそう》もない、わしら漁民にとってはありがたいかぎりですわ。さすがに、小田原の方々は早雲公以来、民にお優しいとの評判通りですな」

「いや、これについては原家の面々も同様の思いでおられた。提案したのは小田原勢だが、それはきっかけに過ぎぬ。みな、心は同じだ」

思ってもいないことを、淀《よど》みなく浄三は語った。

慈悲など、あろう筈《はず》がない。

ただ、この程度のことで領民に恩を売れるのなら、安いものだと思っただけだ。

戦が始まれば慣習上、城下の民はこの城へ、遠地の者は山中へと逃げ込む。領主たる原家には、彼らを保護する義務がある。

無論、非戦闘員をただ収容するようなことはなく、民は保護を受ける代わりに、籠城中の様々な労務を請け負《う》う。ここで彼らの心を獲っておくことは、籠城を戦い抜く上で必要不可欠と言えた。

（そして、いよいよ戦が長引けば……）

これらの舟は、非常用の薪《まき》になるだろう。

そんな企《たくら》みなど知らぬ漁民たちは喜々として列をなし、続々と小舟が運び込まれている。そんな中、先ほどの漁民が突然、

「長兵衛《ちょうべえ》、お前、なにやってんだ」

と大声で仲間を怒鳴《どな》った。

「その舟は虫に食われてんだから、持って来るなと言ったろう」

「ああ、すまねえ、忘れてた」

穴が開いていても薪ぐらいにはなるが、それを口にして止めるわけにもいかない。虫食いがあるという舟を担いだ民たちは、とぼとぼと来た道を戻って行った。

「舟も、家のように虫に食われるのか？」

「なんだ軍師様、そんなこともご存じないので？」

問われた漁民は本気で驚いている。彼らの間では常識らしい。

「舟も、家と同じで、木で出来ておりますゆえな。海の舟にはその名の通り舟食虫が、川の舟には木食虫なんかが棲《す》み着いて、穴を開けちまうことがあるんでさ。虫は木の中に入り込んで、内側から食い荒らすから分かりづらい。ああ見えて、さっきの舟は内がボロボロですよ。もう、使い物になりません」

「なるほど。一目では分からないものだな」

「ただ、持ち主がね、ああ、わしの親父なんですが、初めて持った舟だからって言って、なかなか処分したがらないんですな、あんな木屑《きくず》を」

（親父、か）

浄三にとっては、遠い響きだ。父母について、懐《なつ》かしく思うほどはっきりとした記憶はない。

しかし、ひょっとしたら自分も、なにかが少し違っていれば、この男たちと同じように、父親への愚痴をこぼしながら、舟を運び込む一人であったかもしれない。

こんな、誰かを騙すことでしか生きられないような己ではなく……。

（……下らねえ）

感傷に苛《さいな》まれたところで、時間は戻らないし、敵も待ってはくれない。

今はただ、やるべきことをやるだけだ。害虫が木材を食い荒らすように、人知れず、着実に。


浄三たちが防戦の備えを進めている間も、上杉軍の征略は続き、北条方の版図はみるみる侵されていった。

その武力もさることながら、恐るべきは略奪の激しさだった。食料、金銭、衣服から鍋釜に至るまで、上杉軍は征服した敵地であらゆるものを奪い、生きている人間すら、老若男女を問わずその対象となった。特に、常陸小田《おだ》城という拠点を攻略した際は、落城後の城下で、総大将たる上杉輝虎が直々に、人買いの市場を取り仕切ったほどである。

上杉軍という、厳格に統率された狂気と暴力の群れは、野に放たれた火のように関東中へ燃え広がっていった。


そして、およそ一月後――三月初旬。

河田長親率いる臼井攻めの軍勢は、古河を発ったのち、金野井《かなのい》、大谷口《おおやぐち》（小《こ金《がね》）などを経て、下総船橋《ふなばし》の宿に入った。臼井城との距離はおよそ四里半（約一八キロ）、目と鼻の先である。

　戦機は、すぐそこまで迫っていた。

二

　昨年の暮れ、冬の峠を越えて関東入りしたときから、ずいぶんと経ったものだ。分厚い藁沓《わらぐつ》で雪を踏み締めてきた上杉の兵も、今はみな、草鞋《わらじ》に履き替えている。

　船橋郷に入った河田長親は、本営を郷内の意富比《おおひ》神社（船橋大神宮）に定めた。

　ここは船橋のみならず、房総でも有数の大社であり、宮司は武装した神人《じにん》を従え、実質的な領主としてこの地を統治している。

　しかし、いざ上杉軍が船橋に入ると、この宮司は社殿に拠って抵抗するようなこともなく、すぐさまその馬前に参上し、

「どうぞお好きにお使いください。不足のことがあれば、なんなりとお申し付け

を」

と、ひれ伏さんばかりの丁重さで、河田たちを迎え入れた。格式高き古社名刹《めいさつ》でさえ荒廃する戦乱の最中、実力によって自治を守って来たこの宮司も、上杉の武威と略奪の恐怖の前では為《な》す術《すべ》もなかった。

河田はこの申し出を殊勝とし、自らの名で禁制を出し、全軍に当地での略奪を禁じている。

生温《なまぬる》い雨が降りしきる中、冬眠から目覚めた蛙たちがやかましく鳴いていた。人間たちが怯《おび》えているのを尻目に、彼らだけが純粋に、春の訪れを喜んでいるようだった。

河田は、客殿に与えられた一室に、配下の武将たちを集めた。

顔ぶれの中心は、長尾知龍斎《ながおちりゆうさい》、長尾但馬《たじま》、由良成繁、富岡対馬《とみおかつしま》、酒井中務《さかいなかつかさ》、相馬孫三郎《そうままごさぶろう》といった上州や房総の国衆たちであり、これに同盟者である安房里見氏の陣代として、家老の加藤伊賀《かとういが》という者も加わっている。

「じきに、臼井に至る」

河田は言う。

「田舎城とはいえ、臼井は房総半島の入り口であり、諸道の行き交う交通の要所だ。これをいかに早く攻め落とすかということは、房総の平定、ひいては関東一円の戦況にも関わってくる。我らの責務は重いぞ」

「堅苦しいのう」

一人の武将が口を挟《はさ》んだ。齢《とし》は河田とそう変わらない、二十歳前後の若武者である。ただ、河田の秀麗な容貌に比べると、この男のそれは野盗のように粗暴だった。

「河田殿よ、さように責務だのなんだのと申さずとも、どうせ臼井が如《ごと》き田舎城、我らにかかれば一息で揉《も》み潰せようぞ」

「戦の前に、敵を侮《あなど》るようなことを申すべきではない」

「なんの、戦の前など、侮ってかかるぐらいが丁度よいのよ」

男はげらげらと、下品なほどに声を立てて笑った。

男の名は、五十公野源太《いじみのげんた》という。河田と同じく上杉家の家臣だが、この男はいわゆる、

――阿賀北衆《あがきた》
の出身であった。

阿賀北とは、越後北部を流れる阿賀野川《あがのがわ》の北岸地域の通称であり、阿賀北（揚《あが》北《きた》）衆と呼ばれる大小の領主たちが、古くから割拠してきた。彼らは領主としての独立意識が強く、主家である上杉家に対しても、恐れ入るということを知らない。

この五十公野源太などはまさしく典型で、戦場では、野に放たれた猛獣の如き抜群の働きを見せるのだが、反面、非常に我が強く、自らの武勇を恃《たの》みすぎるところがある。

（まあいい）

戦に餓えるあまり、細かいことに突っかかって来るのだろう。臼井攻めという餌さえ宛《あて》がってやれば、この獣のような猛将は真っ直ぐそちらへ駆けてゆくだろう。

「さて、まずはこれを見て欲しい」

そう言って、河田は懐から一枚の紙を取り出した。

「臼井城周辺の絵地図だ」

「ほう」

諸将は床に広げられた絵地図をのぞき込んだ。

「これはずいぶんと、詳細でござるな」

「いや、詳細どころではない」

諸将は口々に感嘆の声を上げた。なにしろ、絵地図には周囲の地形はもちろんのこと、敵方がどの曲輪《くるわ》や砦を守るかに至るまで、まるで見てきたかのように、細かく記されているのである。

「どういうことじゃ、これは」

五十公野源太も、目を丸くしている。

「かようなものがあっては、臼井城は丸裸も同然じゃ。なぜ、こんなものがここにある？」

「大した理由ではない。……入られよ」

河田がそう言うと、その声を待ちかねていたかのように襖《ふすま》が開き、一人の男が部屋へ入ってきた。

ひどく痩《や》せた、肌の青白い男である。輪郭が、頬から顎《あご》にかけて鋭く尖《とが》り、その上には大きな三白眼《さんぱくがん》が乗っている。体つきも相まって、その異相は蟷螂《かまきり》のようだった。

「海野隼人と申しまする」

蟷螂顔の男は、そう名乗った。

三

西の山並みへ夕日が落ちていく。このところ雨が続いていたが、この日は午後になってから雲が晴れた。臼井城下の町家や田畑は、燃えるように赤く染まり、印旛沼のほとりに咲く菜の花や山桜は、やわらかな春の風に揺られていた。

しかし、物見矢倉からその風景を見ていた浄三は、それを特に美しいとは思わなかった。

夕焼けは好きではない。色が血や戦火に似ているということもあるが、陽が落ちかけ、薄暗くなれば軍兵の影が見えづらくなる。その隙《すき》をついて、いつ敵が仕掛けて来るか分からない……そんなことばかり考えてしまう。

「なにをたそがれているのだ」

と言って矢倉に登って来たのは、孫太郎である。屈強な長身を、厳《いか》めしい赤具足に固めている。

「気を引き締めてもらわねば困るぞ、軍師殿」

「分かっているさ」

物見（斥候《せっこう》）の報告によれば、上杉軍は、ここからわずか四里半の船橋の宿にいる。おそらく明日か明後日には、臼井城まで攻め寄せて来るだろう。

「敵将の河田長親は、お主の旧知だったな。どのような男だ」

「岩鶴丸か」

と、浄三は敵将の幼名を呟《つぶや》いた。

坂本で別れたのは七年前、今は二十二、三にもなっているだろう。その若さで一軍を任されるというのは尋常なことではない。

「思えば子どもの時分から、ずいぶんと聡《さと》い男だったな」

「聡いとは、お主よりもか？」

「聡さの質が違うのさ。俺は、早い話が悪知恵に長《た》けている。人の裏をかき、謀《たばか》り、騙くらかす術にかけては、自慢ではないが、そうそう他人に遅れは取らぬ」

「ほう、それは」

孫太郎は、揶揄《やゆ》するように口元を歪めた。「本当に自慢にならんではないか」とでも言いたいのかもしれない。

「だが、岩鶴丸はなんというべきかな、あの男は、なにが起こっても動じないのだ」

「豪胆というわけか？」

「そうではない。要するにあの男は、自分に幸運があるなどということを、微塵《みじん》も信じていないのさ」

「よく意味が分からぬが……」

「つまり、こうだ」

河田は偶然を信じない。というより、偶然が敵を利することはあっても、自分に味方することはないと考えている。

恐らくは幼少のころの、希望も救いもなかった歪んだ環境が、あの若者をしてそのような考えを抱かせるに至ったのだろう。

河田はどのような事態が起こってもよいように、あらゆる問題を常に予測し、周到に備える。しかし同時に、必ずしも自分の狙い通りに事が進むとも考えていない。不測の事態は起こるのが当然で、全てが都合よく運ぶなどという幸運は期待するべきではない、というのがその理由だった。

「だから、あの男は動じない。たとえなにが起ころうと、常に冷静に対処する。そういうやつだ」

「なるほどな」

孫太郎はうなずきつつ、

「しかし旧知が相手というのは、やりづらくはないか」

「そうでもないさ」

旧知といっても、互いに懐かしみたいような過去などない。

過去へのこだわりや因縁という意味では、むしろ浄三にとって重要なのは、上杉輝虎の方である。

（あいつは、義輝様を見殺しにした）

そのことを思うと、腹の底から怒りが湧き上がってくる。しかし、だからといって、輝虎のことを仇《かたき》だとは思えなかった。

被害者のような顔をして、責任を一方的に押し付けてしまうには、浄三の罪悪感や無力感はあまりに大きく重かった。自分のせいで、義輝を救えなかった。その後悔は今も、心の奥に深い傷として残っている。

「ところで松田殿よ」

浄三は、話題を変えた。

「また説得に行ってきたのだろう？　首尾はどうかね」

「相変わらずだ。胤貞殿は少しも譲らぬ。あくまで、敵は南から来ると思っているらしい」

孫太郎は、うんざりした顔をした。

この仲台砦以外にも、臼井城の周囲にはいくつもの砦がしつらえられている。ただし、その砦は主に南方に集中している。理由は簡単で、臼井城は、西を流れる手繰川と、北に広がる印旛沼が、天然の水堀の役目を果たしており、敵を阻《はば》んでいるからである。

攻め寄せる敵は、南に回り込むしかない。これを砦で迎え撃つ、というのが臼井城の設計思想なのだった。

「とはいえ、南方の砦群に防兵を集中させるというのは、あまりに極端だ」

腹立たしげに、孫太郎は言った。

「西方の手繰川は、さほどの大河ではない。敵が、橋でもこしらえて渡って来ないと、どうして言えよう」

「橋の工事を邪魔するだけなら、自分の手勢でも足りると思っているのだろう」

城方の総勢は、およそ二千五百。その大半は、南方の砦へと割り当てられており、西方への備えに残されているのは、胤貞自身の三百ほどの手勢、それに孫太郎らの小田原勢のみである。

「まあ、胤貞の考えにも、まんざら理がないわけではない。敵があくまで橋を掛け、川を渡ることにこだわるようなら、その間に南方の兵を呼び戻せばよいと、そう考えているのだろうな」

「敵が並みの将兵であれば、そうかもしれないが」

「上杉軍は、計り知れないと？」

「そうだ」

孫太郎は、うなずいた。

「もし、敵が川を渡って西から攻め寄せれば、最前線はこの仲台砦になる。……どうだ、浄三。お主からも胤貞殿を説得してくれないか。せめてもう少し、南方以外の守備兵を増やせないものかと」

「無駄だよ、松田殿」

浄三はかぶりを振った。

「上方《かみがた》で軍師をしていたころ、ああいう手合いは腐《くさ》るほど見た」

浄三の見るところ、胤貞が恐れているのは敵の上杉方だけではない。

「胤貞はな、味方である俺やお主に、城中の主導権を奪われるのが恐ろしいのだ」

「この期に及んで、まだ我らを疑っているというのか」

「疑いとは少し違う。とにかくこればかりは、理屈ではどうにもならん」

城主というのは、皆そうしたものだ。城が危機であっても、いや、危機であればこそ、己のわずかな権力が損《そこ》なわれるのが、恐ろしくして仕方がないのである。

「たとえ、口先で上手く丸め込んだとしても、あとになってから揉め事のもとになる。籠城戦において、味方同士の軋轢《あつれき》ほど面倒なものはない。今は放っておくしかあるまいよ」

「そういうものか」

「負ける戦はしないのが、兵法の極意だ。敵に対しても、味方に対してもな」

しかし、浄三はひそかに思う。

(兵法の道理に従うならば、そもそも、こんな戦はするべきではないのだろうな)

『孫子』は、

――善く戦う者の勝つや、智名も無く、勇功も無し（真の戦巧者の勝利には、

智謀に優れた名誉もなければ、武勇に優れた手柄もない）

という。なぜならば、本当に優れた将というのは、絶対に味方が勝つような状況が整ってから、初めて戦を仕掛け、当たり前に勝つ者のことだからだ。

もっとも、それはあくまで理想で、現実には不利な状況であっても、戦わなければならないときもある。いや、むしろ、浄三が上方で携わってきた戦はほとんどが、流れ者の軍師などにすがらねばならぬほど、追い詰められたものばかりだった。

その戦の日々の中で、浄三は多くの勝ちを重ねてきた。だからこそ、無双の軍配名人などと呼ばれもしたし、今日まで生き延びてこられた。

（使える手勢はわずか、味方の援護もあてにはならん。拠《よ》るべき城も、守るべき砦も、さして堅牢とは言い難い）

そして、敵は天下に名だたる上杉軍である。

改めて考えるまでもない。笑いたくなるほどの窮状である。しかし浄三は、手の施《ほどこ》しようがないとも思わなかった。

（策はある）

沈みゆく夕日を見つめながら、浄三はふてぶてしく笑った。

四

そして、翌早朝。

白み始めた空の下、朝霧に包まれる臼井の野に、その軍勢は姿を現した。

悠然と近づいてくる朧《おぼろ》げな騎影は、歩を進めるたびに濃さを増してゆく。青草の生い茂る地面を荒々しく踏む無数の足音が、幾重《いくえ》にも折り重なって潮騒《しおさい》のように辺りの空気を震わせる。

――総勢、一万五千。

と上杉軍は公称しているが、物見の報《しら》せによれば、その実数はまず七千といったところだった。しかしそれでも、近隣との小競り合いばかり繰り返してきた、この田舎城の城兵たちにとっては、見たこともない大軍勢である。

孫太郎は城壁の狭間《さま》から、その敵影をじっと見つめている。霧のせいで、はっきりとはとらえられないが、それがよほどの大軍であることは明らかだった。

「恐れることはない」

兵たちの前で、浄三が言った。どこで用意したのか、骨董品《こっとうひん》のような大鎧《おおよろい》を着込み、手にはいつもの仕込み杖《づえ》の代わりに、梵字《ぼんじ》をあしらった軍配を手にしている。

「私には、易占でいう『望気《ぼうき》の法』の心得がある。なるほど、敵は大軍である。しかし」

と言って、浄三は城壁の上へと登り、さっと軍配をかざした。

「敵陣に立ち上る気は、いずれも望気でいうところの『殺気』であり、これは『囚老《しゅうろう》』に消ゆる――すなわち、今は勢いが盛んであっても、時とともに衰えるものだ」

対する我が方は、と言って、今度は味方へと向き直る。

「これは『律気《りっき》』であり、『王相《おうそう》』に消ゆる――つまりは、勢いが尻上がりに盛大に高まり、敵を圧倒するという相が出ている。これに依りてみれば、味方の勝利は間違いなし。実に喜ばしいことである」

兵たちは、ざわつき出した。高名な軍師だという浄三の話を、素直に信じているらしい者もいれば、明らかに訝《いぶか》しんでいる者もいる。

浄三はその様子を一通り見まわしてから、彼らの後方へ視線を移し、

「志津殿、いかがだろうか」

（あっ）

いつの間にか、神主装束を身に着けた志津が、そこに立っていた。少女は、華奢な身体をぴんと伸ばし、

「よくぞ申されました」

凛《りん》とした顔つきで、重々しく言葉を紡《つむ》ぎ出した。

「浄三殿の仰《おつしや》られること、いちいちごもっとも。私の目にも、敵陣の気が見て取れます。我が方に八幡神の加護がありしこと、疑う余地はありませぬ」

志津は、ただの小娘ではない。若くして八幡社の主を務め、領民から守り神のように敬慕されているこの少女の言葉には、神仏の託宣《たくせん》を告げるかのような、清浄な響きがあった。

「ありがたや」

息を呑む一同の中で、誰かが呟いた。兵ではない。雑用を務めるために城へ入った、臼井領の人夫である。

「ありがたや、臼井には弓矢八幡のご加護があるぞ」

「南無《なむ》八幡大菩薩《はちまんだいぼさつ》」

「上杉など、なにするものぞ」

人夫たちは口々に声を上げ、手をこすり合わせて拝《おが》む者さえいた。そして、彼らの興奮は見る見るうちに、兵たちにも伝播《でんぱ》していった。

（これは……）

孫太郎ははっとして、志津を見た。少女はその視線に気づいたのか、恥じ入るように目を伏せた。

「茶番も使いようさ」

城壁から下りた浄三は、小声でささやいた。

「無双の軍配名人などという権威や、望気の法などというはったりだけでは、せいぜい半分しか騙せない。もう半分を転《ころ》ばせるには、それなりの工夫が必要だ」

「しかし、これでは」

まるで、詐欺や山師《やまし》の手口ではないか。

志津には――そもそも浄三にも、敵陣の気を観るような真似が出来るはずがない。この男は、あらかじめあの女神主と示し合わせ、このような茶番を演じてみせたのだろう。

「兵の中にもあらかじめ、何人か芝居に乗るよう手を回しておいた。ひとたび火がついてしまえば、あとは燃えて広がるだけさ。……人というのは不思議なものでな、たとえカラスは黒いと分かっていても、周りが白いと言い出すと、自分が間違っているように思えてくる。まして、不利な戦を有利だと思わせるぐらい、そう難しいことではない」

（この男は）

孫太郎は、目を見張った。この胡散臭《うさんくさ》い軍師が、いかに上方で武家に取り入り、その指揮権を巧《たく》みに掌握《しょうあく》し、無双の軍配名人と称されるほどの活躍をしてきたのか、今さらになって理解した。

「味方を騙すなど、汚いと思うか？」

「いや」

孫太郎は、首を振った。

「犬と言われようと、畜生と言われようと、勝つためなら手段を選ばぬのが乱世の武士だ。だがな、浄三」

「なにかね」

「志津殿を、巻き込むことはなかっただろう」

「あれはな」

浄三は、珍しく生真面目な顔を作った。

「あの娘が、望んだことさ」

――私にも、なにか出来ることはないでしょうか。

昨晩、志津はひそかに浄三のもとを訪ね、そう申し出て来た。

浄三としても、自分が考えている茶番は、志津の協力があった方が効果的だと思っていたから、渡りに船だった。

「ただ、あの娘が策を引き受けるかは分からなかった」

味方を騙すだけではない。自身の仕える八幡神の名を騙《かた》ることは、仮にも神職である志津にとって、そう容易《たやす》く受け入れられることではないだろう。

しかし、志津はこれを承諾した。

――分かりました。神罰を受け、地獄に落ちようとも構いませぬ。臼井のため、その悪謀に加担しましょう。

ただしあの少女は、一つ条件を付けた。

「なんだ、その条件というのは」

「……いや、大したことじゃない。引き受ける代わりに、必ず臼井をお守りくださいますよう、と言っただけだ」

「健気《けなげ》な娘だな」

孫太郎は目を細めた。

「まったくだ」

浄三は、身をひるがえした。

とっさに嘘をついた。志津が出した本当の条件は、

――その代わり、松田様を死なせないでください。

というものだった。

もちろん、浄三にそんなことは約束出来ない。戦場の生き死になど、神ならぬ浄三が決められることではないからだ。

志津も、そのことは分かっていたのだろう。それ以上、食い下がるわけでもなく、

――とにかく、よろしくお願いします。

寂しげに微笑みながら、そう言った。

あの少女が、なにを思ってそんなことを言ったのか、浄三には分からない。いや、ひょっとすると、志津自身にも分かっていないのかもしれない。

無意味と言えば、その通りだろう。しかしそれでも、想いをかけずにはいられ

なかったのだろうか。

（まったく、健気なことだ）

かといって、その思いに報《むく》いてやろうなどという殊勝な考えは浄三にはない。

ただ、志津は与えられた役割を、充分に果たした。

（ならば俺も、俺の役目を果たすだけだ）

浄三は、城外の上杉軍に目をやった。


手繰川は下総台地の南方から発し、臼井城の西方を縦断して、印旛沼へと注ぎ込む。まさしく城方にとっては、天然の水堀である。

上杉軍は、その川の前にいる。だが、水かさが連日の雨で増えている上に、橋もあらかじめ落とされているため、渡渉《としょう》は不可能である。臼井を攻めるには、川沿いに南方へと迂回《うかい》するよりほかにない。

ところが、

（あれは――）

浄三は、異変に気づいた。

印旛沼に、小舟が浮かんでいる。それも一つや二つではない。優に三、四十はあろうかという小舟の群れが、こちらへ向かって来ている。

「浄三、あれはいったい」

「取り乱すな、松田殿。大将だろう」

孫太郎を諫《いさ》めつつ、浄三は頭を巡《めぐ》らす。

あの船団は、水軍ではあるまい。臼井攻めに、そんなものを投じるような意味はないし、そもそも小舟ばかり束《たば》ねたところで、水軍としてはまともに機能しないだろう。

ならば、答えは一つしかない。

「やつら、川を渡るつもりだ」

「なに？」

「舟で橋を組む気だ。上杉軍は、城の西側を突く肚《はら》だよ」

城方の防備は、完全に裏目に出た。今、臼井城の主力はほとんど、南方の砦群に展開している。

残っているのは、本丸の胤貞の手勢と、仲台砦の小田原勢である。渡渉を阻むにはあまりに兵数が少なすぎ、南方から呼び戻したとしても間に合わない。

（岩鶴丸め、相変わらず抜け目のない）

　浄三は、敵将の河田長親の周到さに舌を巻いた。

「松田殿、お主、易者に向いているのかもしれんな。敵が西から来たらどうすると、しきりに言っていたじゃないか。あの予言、当たったようだぞ」

「軽口を叩いている場合か」

「違いない」

　茶化《ちゃか》すように笑ったあとで、浄三は顔つきを引き締めた。じきに上杉勢七千は川を渡り、この仲台砦に攻め寄せるだろう。

　三倍近い敵を、この田舎城で防ぐ。だが、その無謀な現実を前に浄三は、ただ一言、

「さて、やるかね」

　庭の草でも刈りにいくような気軽さで、そう呟いた。

五

「……霧が濃いな」

　誰に言うでもなく、河田長親は独りごちた。

すでに上杉軍は手繰川を渡りきり、城へ向けて兵を進めている。しかし、河田のいる本陣からは、敵はおろか、味方の動きでさえ、はっきりとは見えない。気体というより液体で浸したような、乳白色の霧が辺り一面に立ち込めている。春の早朝、しかも印旛沼をはじめ水気の豊富な地域である以上、霧が立つ可能性も予想はしていたが、その濃さは思った以上だった。

本陣では、夜でもないのに大篝火《おおかがりび》を焚《た》かせている。しかし、それでも視界は一町《ちょう》（約一〇九メートル）先さえ覚束《おぼつか》ない。

肝心の臼井城も、ここから見えるのは輪郭だけである。台地上に立つ田舎城の影は、ぼうっと蜃気楼《しんきろう》のように浮かんでいる。

「今ごろ、城中では大騒ぎでしょうな」

傍らに控える痩身の男――かつての原家軍師、海野隼人が言った。

「まさか、手繰川を渡って西側を突かれるとは、城方は考えてもみなかったことでしょう。西側の先端たる仲台砦は、よほど手薄のはず」

「まだ分からぬ」

眉一つ動かさず、河田は言った。

「胤貞は、川を渡られることを警戒し、仲台砦に大軍を込めているやもしれぬ」

「あり得ませぬよ」

海野は、口元を軍配で覆い隠した。その裏から、くっくと笑い声が漏れた。

「あそこは、わずかな小田原勢しかおりますまい。胤貞は、そういう男です」

「……だが、海野殿も心苦しいのではないか。なにしろ、ついこの間まで、軍師として仕えていた城を攻めるのだから」

「左様なことはございませぬ」

海野は冷笑する。

「それがしは、つくづく愛想がつきたのです。かねてから、それがしは上杉様こそ関東の覇者に相応《ふさわ》しいと思っておりましたが、家中の者たちはみな頑迷で、いくら説得しても聞く耳を持ちませんでした」

それゆえ、彼らを見限って臼井を去ったのだと、蟷螂顔の軍師は揚々《ようよう》と語った。

（よくもまあ）

ここまで開き直ることが出来るものだと、河田は感心さえ覚えた。

実際のところこの男は、ただ合戦に怖気《おじけ》づいて、後先も考えずに逃げ出しただけのことではないか。

そして流浪《るろう》の末、上杉軍に身を投じてからは、保護を受ける見返りに臼井の防備や城中の内情について、洗いざらい喋《しゃべ》ってしまった。

これが、人だ。

誰しもが愚かで、醜く、浅ましい。海野がしでかしたような裏切りなど、乱世にあってはありふれている。だからこそ、誰かが導かなければならない。正義を示さなければならない。この狂った世を終わらせ、新たな秩序を打ち立てなければならない。

(いや、「誰か」ではない。お屋形様こそ、それを為すに足る、ただ一人の義士なのだ)

海野は、そんな河田の内心などは知らない。

「ときに、河田様」

上目がちに顔色をうかがいながら、蟷螂顔の軍師は声をかけてきた。

「よろしければ、易をお立ていたしましょうか。すでに申し上げましたが、それがしは足利学校で易占を修めておりましてな」

「いや、遠慮しておこう。易なら私にも心得がある。貴殿の手をわずらわせるまでもない」

「しかしながら、やはり易は足利の……」

「無用だ」

お前のような男は黙って、水先案内だけしていればよいのだ。……喉まで出かった言葉を呑み下し、河田はそれきり沈黙した。


そのころ、上杉軍の先鋒を務める小柄な老将——由良成繁は、田園の広がる城外の畦道《あぜみち》を、五百の兵を率《ひき》いて進んでいた。相変わらず朝霧のせいで、松明《たいまつ》が要《い》るのではないかと思うほどに視界が悪い。由良は細かく斥候を放ちながらそろそろと進み、やがて目指す仲台砦をその目に捉えた。

「思うた通りの田舎城よ」

さして高くもない台地の上に土塁を掻《か》き上げ、麓に空堀を巡らしただけの簡素な砦である。この程度ならば、由良の一手で充分に切り取れるだろう。

（功名の獲り得とはこのことじゃわい）

勝ちの見えた戦の先鋒ほど、美味なるものはこの世にない。由良は、上等な酒を前にしたような気分になり、つい舌なめずりをした。

もとより、輝虎や河田の言う義などに興味はない。物心ついたときから、齢《よわい》六十を過ぎるまで、血みどろの戦乱を生き抜いてきた由良にとって、その種の綺麗事ほど下らぬものはなかった。

由良にすればこの臼井攻めは、武功を漁《あさ》り、上杉からより多くの褒賞を引き出す、ただそれだけの機会に過ぎない。

「ようし、者ども掛かれや」

由良がそう命じると、兵たちは一斉《いっせい》に駆け出し、砦に向かって攻め上った。城方も、弓矢で応酬してきたが、よほど守備兵が少ないのか、その数は小雨のようにまばらだった。

「掛かれ掛かれ、獲り得ぞ」

兵たちは柵を乗り越え、台地を駆け上がり、次々と壁に取りついた。

そのときだった。

「ぎゃっ」

兵の一人が、悲鳴を上げて転げ落ちた。それを皮切りに、あちこちから同様の声が上がり、朝霧の中で反響する。

同時に、凄《すさ》まじい悪臭が辺りを包んだ。その正体に由良はすぐに気づいたが、意味を理解するには時間がかかった。

肥の臭いだ。

敵は、煮えたぎった糞尿を、寄せ手にむかって浴びせかけたのだ。

「な、なんじゃこれは」

由良はうわずった声を上げた。

煮えた糞尿は、誰かがそれを取り払ってやらなければ、肌にべったりと張りついたまま、長く苦しみが続く。

――熱いよお、痛えよお。

――誰か助けて、誰か、誰か。

砦の麓の空堀は、のたうちまわる味方で埋まり、辺りは無数の悲鳴と悪臭で満たされた。その有様は、どう見ても地獄だった。

(狂っていやがる)

愕然《がくぜん》とした。由良は六十年あまりの半生の中で、無数の戦場を経験してきたが、こんな暴挙に奔《はし》るような城は一つとしてなかった。およそ、正気の沙汰とは思えない。

糞を浴びせかけられのたうち回る者、それを助けようとする者、逃げ出す者、あくまで進もうとする者、呆然と足を止める者……それぞれの意図と行動が入り乱れてぶつかり合い、由良隊はまったくの無秩序に陥《おちい》った。

「ひ、退けや」

思考するよりも早く、由良はそう叫んでいた。こんな地獄のような場所にいられない。一刻も早く逃げなければならない。

しかし、そんな由良の思いを打ち砕くかのように、

「今ぞ、掛かれい」

その声が聞こえたときにはすでに、霧の中から城兵たちが現れ、刀槍《とうそう》を掲げ、咆哮《ほうこう》を上げながら、由良の隊へ襲い掛かっていた。

混乱の渦中にいる由良隊に、抵抗の術はない。白い霧を赤く染めるかの如《ごと》く、無惨なほど一方的な戦闘が、砦の麓で展開された。

なかでも、城方の大将と思しき男の働きは凄まじい。

鹿角の兜《かぶと》と赤具足に身を固め、黒毛の巨馬に跨《また》がったその大将は、身の丈ほどもある棒状の得物を手にしている。

槍でもなく、薙刀《なぎなた》でもない。それは、鋲《びょう》を打ち、金輪を巻き付けた樫《かし》の丸太棒だった。

馬上で、大将はその棒を軽々と振り回し、由良隊の兵たちを次々と打ち倒して

ゆく。上部から打ちすえられた者は兜ごと頭蓋《ずがい》がひしゃげ、横薙ぎに振り払われた者は、肺ごと胴を潰《つぶ》されたのか、悲鳴さえ上げられずに転がった。

（赤鬼――）

由良は戦慄した。怪力や武勇などという生易しいものではない。その戦ぶりは、まるで地獄の鬼か牛頭馬頭《ごずめず》のようだった。

「我こそは松田孫太郎康郷、武辺のほどをとくと見よ！」

男は配下と一体となって、真っ赤な辻風の如く吹き荒び、屍《しかばね》の山を積み上げていった。

六

正義面、とあの軍師は自分のことを形容した。善人面、と言ったこともあるかもしれない。たしかに、普段の孫太郎であれば、その表現も当てはまるだろう。

しかし、今は違う。戦場にある己は、ただの一匹の鬼に過ぎない。濃霧と悪臭の中、孫太郎の率いる小田原勢は縦横無尽に暴れ回り、瞬《また》く間に由良隊を潰走《かいそう》させた。

「行くぞ。目指すは河田豊前守の首級、ただ一つ」

孫太郎は配下をまとめると、改めてそう告げた。

上杉軍はたしかに大軍だが、兵七千などと言ったところで、一隊一隊はさほどの数ではあるまい。しかも、その大半は関東から引き連れて来た、国衆たちの寄せ集めに過ぎないはずである。

敵は、決して一枚岩ではない。ましてこの霧の中である。各隊同士、連携を取り合うことさえ難しく、状況も充分には察知出来ていないだろう。

しかし、異常は伝わる。

逃げ散った由良隊の残兵によって、あるいは霧の中に木霊《こだま》した悲鳴によって、何事かが起こっているという、正体の分からぬ不安だけは、上杉軍に浸透し始めているはずである。

不安は、恐怖を生む。突き崩すには、絶好の好機だ。

「我らはこれより、霧に紛れて敵陣へ突き入り、河田豊前守を討ち取る」

まったく、こんな無謀は初めてだ。自ら口にした策に、孫太郎は呆れた。

一度、霧が晴れてしまえば、その瞬間に全てが終わる。わずかに三百足らずの兵は、敵軍の真ん中で孤立し、退くことさえ出来ずに壊滅するだろう。

（浄三め、無茶な役回りをさせるものよ）

しかし、孫太郎にこの策を授けた軍師は、さらに難しい役を担っている。

浄三は、後方で仲台砦を守っている。しかし、小田原勢のほとんどはこの奇襲に充てられたため、今、あの砦は空っぽも同然なのである。守備兵の大半は、保護を求めて入城した臼井の百姓たちであり、その中には足弱《あしよわ》——女子供や老人なども混じっている。

つまり、あの軍師は百姓一揆を率いて、上杉軍の侵攻を凌《しの》ごうというのである。

まさしく、無謀である。だが、そうでもしなくては、臼井方に勝ち目はあるまい。

「蔭山殿」

「はっ」

名を呼ばれた補佐役は馬から下りず、孫太郎の傍らに鞍《くら》を寄せた。

「砦の上から、篝火が見えたな。あれは、どちらだったか」

「向こうにございます」

蔭山は、霧の先を指差した。なにも見えないが、方角は孫太郎の記憶とも合致した。おそらくそこが、河田長親のいる本陣であろう。

「分かった。……いざ、参らん」

馬腹を蹴り飛ばし、孫太郎は駆け出した。配下の兵たちも、それに続く。白く広がる霧の中を、小田原勢は矢のように駆けた。

この奇襲で、敵の総大将の首を攫《さら》う。そのために、何度も夜の闇の中を駆けて、城外の地理を身体に教え込んだ。

無論、それを為し得たとしても、孫太郎らが生きて戻れる保証はない。それでも、やらなくてはならないのだった。

「落伍者は捨ててゆく。私に遅れるな」

孫太郎はさらに馬足を速めた。


わずかな手勢を率い、孫太郎は駆けた。

その行軍は大きく迂回した。真っ直ぐ本陣を目指した方が、霧の中で迷うこともなく、距離も最短であろうが、下手《へた》に敵と接触し、奇襲を察知されてしまっては意味がない。

その慎重さの甲斐もあってか、上杉方の部隊に遭遇することはなく、行軍は順調に進んだ。

(もう少しだ)

距離は身体が覚えている。もう間もなく、本陣に至るはずである。逸《はや》る気持ちを抑《おさ》えつつ、孫太郎は慎重に、しかし速度は緩めずに進んだ。霧は、いつまでもあるわけではない。

ところが、そこで不意に、孫太郎は手綱を引き、馬を止めた。配下の兵たちも、慌てて停止する。

「孫太郎殿、如何《いかが》なされたのです」

蔭山が問う。

「なにか、妙ではないか」

馬を止めたのは、ほとんど本能的な行動だった。戦場の勘《かん》と言うほかないが、どうも孫太郎には嫌な予感がした。

(静かすぎる)

鳥の声さえ聞こえない。不自然なほど、周囲が静まり返っている。これでは、まるで、

(息を殺しているかのような……)

そんなことが、頭を過《よぎ》ったときである。

わずかに、霧が薄れた。雲のように厚く白かった視界の先が、幾ばくか透けて見えるようになる。

そして、気づいた。

（あっ）

孫太郎は、息を吞んだ。敵がいる。目と鼻の先に、一千にも上るであろう大軍が待ち構えている。そのことを知った瞬間、

「全軍、退けえっ」

孫太郎は反射的にそう叫んでいた。

小田原勢は、慌ただしく退却を始めた。奇襲は失敗した。それどころか、もし霧が晴れてしまえば、逃げることさえ出来なくなる。

「汚《きたな》し、なにゆえ逃げる」

敵将は怒声を上げながら追いすがって来る。

「我こそは、越後にさる者ありと言われた、五十公野源太治長《はるなが》ぞ！　取って返して勝負いたせ！」

（冗談ではない）

孫太郎は振り返りもせず、必死に城へ向かって駆けた。

──あの男は、偶然を信じない。

今さらになって、浄三の言葉を思い出す。

河田長親は、偶然も幸運も、己に味方するとは考えない。だからこそ、どのような事態が起こってもよいように、あらゆる問題を常に予測し、周到に備えるのだと、あの軍師は言っていた。

だが、まさかこの策まで、読まれていたとでもいうのか。

（そんなはずはない）

こんな無謀な奇襲を、予測しているはずがない。

しかし、現実として孫太郎たちの進軍路には、まるで備えたかのように敵が待ち構えていた。そしてその敵の足音は、逃げる自分たちの背後へ、凄まじい速さで近づいてきている。

はたして、逃げきれるか。

（……いや）

足音は、いよいよ近づいてくるばかりである。

こうとなれば、やむを得ない。

ここで、戦う。たとえ討たれるとしても、北条の旗本ともあろう者が、背を向けたまま、上杉の手に掛かるわけにはいかない。

孫太郎は、確かにそう決意し、馬首を返そうとした。

ところが、

「者ども、掛かれや」

先ほどとの五十公野なにがしとは、明らかに違う声がした。

しかし、その声に、孫太郎は聞き覚えがあった。

（佐久間――）

霧が晴れた。

そして、状況が露《あら》わになった。

追撃中の上杉方武将・五十公野源太を、佐久間主水の率いる三百ほどの手勢が、横合いから急襲し、突き崩していた。

それだけではない。

五十公野の兵が、思いのほか少ない。一見では、四、五百しかいないのではないか。

（ああ、そうか）

なにしろ、先ほどまで霧の中にいたのである。大軍勢では、落伍者を出す恐れがある。五十公野はそう判断し、わずかな手廻りだけで追撃を行なったのだ。焦りとは恐ろしいものだ。つい先ほどまで、その程度の可能性にすら気づいていなかった。

「佐久間殿、救援かたじけなし」

大声で、孫太郎は言った。

「礼など無用！」

佐久間は一瞥《いちべつ》もくれず、怒鳴った。

「お主らに指図されるのは御免だが、救援は当然じゃ。我らの城を、余所者にばかり任せておけるか」

（なんと、まあ）

いつまでたっても、小さいことにばかりこだわる男である。しかし、この田舎家老の頑なな意地が、今は頼もしい。

孫太郎は部隊を反転させ、

「小田原勢、掛かれ！　押し返せ！」

と叫び、五十公野に向かって攻め掛かった。敵味方、激しくぶつかり合い、武者声と悲鳴、馬蹄の轟《とどろ》きが重奏を織りなす。

孫太郎は、その先頭を駆けている。得物を撮棒《さいぼう》から大薙刀へ持ち替え、次々と敵を斬り伏せては、容赦なく突き崩す。赤い具足は、返り血を浴びる中で、さらにその濃さを増してゆく。

この局地だけなら、兵数は逆転した。

しかし、それでも上杉勢は怯まず、しぶとく食らいついてくる。

「退くな、退く者は殺すぞ」

兜の前立てに福禄寿《ふくろくじゅ》をかかげた五十公野源太は、三尺の長剣を馬上で振り回しながら、割れ鐘《がね》のような声で怒鳴った。そうして配下共々、まるで猟犬の群れの如く敏捷《びんしょう》に駆け、凄まじい猛追を繰り返した。

いくら押し返しても崩しきれず、何度でも襲い掛かって来るその軍勢を、孫太郎と佐久間は必死で斬り防ぎつつ、なんとか城中へと退却した。

その後も、幾度か小競り合いは続いたが、やがて日暮れと共に、上杉軍は一時、後退した。この日の戦闘は、ひとまず終わった。臼井城は、なんとか凌ぎきったとも言えるが、同時に、河田長親の首級を上げる最大の好機も逃した。

「すまぬ、浄三。河田の首は……」

「ああ、それはもういい。終わったことだ」

落胆する孫太郎とは対照的に、浄三の態度は呑気そのものだった。

「策が一つ潰れたぐらいで打ち止めになるほど、俺の名前は安くない。直に次の策を仕掛けるさ」

七

「いったい、この城はどうなっておるのじゃ」

上杉方の本陣では、将たちの怒声が飛び交っていた。陣卓を囲む面々の顔つきは、あふれんばかりの怒りや屈辱で染まっている。

臼井城など、容易く落とせるはずだった。取るに足らない、隙だらけの田舎城のはずだった。

「だというのに、この体たらくはどうしたことじゃ」

長尾但馬という壮年の武将が、太い眉を吊り上げて叫んだ。

事実、上杉軍は城どころか、砦の一つさえも攻略出来ていない。それどころか、先鋒の由良成繁の部隊は、仲台砦で全滅に近い損害を被《こうむ》った。

（由良……）

河田は、小柄な老将に視線を向けた。

今朝まで自信と功名心をみなぎらせていた由良成繁は、別人のように小さく縮こまって震えながら、「鬼が来る、鬼が来る……」と、うなされたようにぶつぶつ呟いている。

この男は、もう駄目だ。兵の消耗も大きいが、しばらくは将として使い物になるまい。仲台砦で、よほど恐ろしい目に遭《あ》ったらしい。

そして、松田孫太郎の奇襲。

たしかに、河田は今朝の濃霧から、本陣奇襲の可能性を予測し、進軍路に五十公野を配した。しかし、まさかたった二、三百の寡兵で斬り込んで来るとまでは考えなかった。

敵の戦術は目茶苦茶だ。およそ、常識から外れたことばかり起きる。そして、その狂気とも暴挙とも言うべき策略に、上杉方は明らかに苦戦させられている。

「海野殿」

相馬孫三郎という、若手の武将が尋ねる。

「原胤貞というのは、このような奇策を用いる男なのか？」

「いや、胤貞ではなかろうかと」

蟷螂顔の軍師は答えた。

「あの胤貞に、さような知恵はありますまい。家臣どもも、似たりよったりかと」

「では、松田か？」

「さあ、それも」

考えづらい、と海野は言う。松田孫太郎は、海野に言わせれば実直さと腕っぷしだけが取り柄の男で、このような奇策を用いるような柄ではない。

「件の奇襲だけなら、まだ分からないでもありませぬが、仮にも小田原の旗本が、糞尿を武器として用いるなどとは、とても……」

「では、誰だというのだ」

河田が低い声で質《ただ》した。

「海野殿、なにも思い当たらぬということはあるまい。もし答えられぬのなら、お主はあえて、策をほどこした者のことを伏せ、城方を利したのだと見なすが、よろしいか？」

「そ、それがしは決して、間者などでは……」

「御託《ごたく》はいらぬ」

そう言って、河田は太刀を引きつけた。答えられないのであれば、この場で手討ちにするつもりだった。

その殺気を察したのであろう。青ざめた顔をうつむかせ、海野は必死に考え込み、やがて、はたと気づいたように、ある男の名を挙げた。

「――浄三」

「なに？」

「小田原勢には、浄三という軍師がついておるのです。この感じは、そう、あの男と対面したときに似ております。なにやら、心の隙を突かれ、いつの間にか陥れられているような……」

「おい、なんじゃそれは」

里見家陣代の加藤伊賀が、胡乱《うろん》げに海野を見やった。

「その名前、今初めて聞いたぞ」

「いえ、決して隠していたわけではないのです。ただ、軍師は本来、策など練る立場にはありませぬし、足利学校の出でもない凡下《ぼんげ》のこと、お耳に入れるまでもないと思い……」

海野は慌てて言い訳を始めたが、その言葉はもはや、河田の耳には届いていなかった。

（浄三だと）

水瓶をひっくり返したように、幼少の記憶が脳裏にあふれる。忘れることなど出来ない家畜の日々、薄汚い土倉たちの脂ぎった手つき、そして自分と同じく慰み物として取り飼われていた少年。

その名前が、なぜここで出てくるのだ。

「おい、いま浄三と言ったか！」

野放図な胴間声に、河田ははっと我に返った。声の主である五十公野源太は、

「それは、上方にいた軍師の浄三入道か」

と畳みかけるように迫った。

「さあ、詳しくは存じませぬが……そう言えば、叡山で修行をしたとか申しておりました。小田原で仕官する前は、上方におったのやもしれません」

「ふうむ」

顎に手をやって、五十公野は考え込んだ。

「なにか知っているのか」

河田が問いかける。

「いや、上布《じょうふ》商人が噂しておったのよ」

上杉家は、特産品である麻織物——越後上布を、京の商家などに下ろしている。五十公野は、上方と越後を行き来しているこの上布商人から、たまたま浄三入道なる軍師の噂を聞きつけたらしい。

「なんでも、その浄三という上方の軍師は、あちこちの戦場で易を立てては幾度も味方を勝たせ、無双の軍配名人とか、畿内一の軍師とか呼ばれているらしい」

どうも、胡散臭《うさんくさ》い話だ。

易はあくまで占いである。神仏への祈願などと同様で、少しでも良き運を招き寄せ、味方の士気を高めるために重視されるが、結果を保証するわけではない。まして、易者一人が味方しただけで、毎回のように戦に勝つようなことが、あるとは思えない。つまり、答えは一つである。

（紛《まが》い物だな、その易者）

易の結果という体で、雇用者に献策をする。上方で戦勝を重ねて来たというのは、まずそのようなからくりに相違なく、臼井でも同じことをやっていると見るのが、この場合は妥当であろう。

はたして、臼井城の軍師が、河田の知る浄三と同一人物なのかは分からない。

しかし、一つだけはっきりしていることがある。

敵は、超常的な力など持たない、ただの人間だということである。

「仲台砦を落とす」

河田は言った。

「ほかの砦はどうでもいい。小田原勢の籠《こも》る仲台砦を、全力で攻め潰す。そこで、松田孫太郎も、浄三入道も共に討ち取ってしまえばよい」

孫太郎と浄三さえいなければ、臼井城は本来の、ただの田舎城に戻るだろう。攻略は容易である。

「そもそも、敵が奇策を多用するのは、兵力と防備に不安があるからだろう。ならば、そこを突いてやればいい。奇策など使う余裕すら与えぬほどの大攻勢で、一気に押し潰すだけのことだ」

各々方、いかがか。……河田はそう問いかけた。諸将に否《いな》やはない。五十公野などは、

「良う言うたわ！」

と何度も膝を打ち、上機嫌でわめいた。

「今日はまんまと取り逃がしたが、あの松田めを、今度こそ血祭りに上げてやれるというわけじゃな」

ところが、そんな五十公野とは対照的に、海野の顔は妙に暗かった。

「いかがした、海野殿」

「あ、いや……」

蟷螂顔の軍師は、なにかを躊躇《ちゅうちょ》しているようだったが、ややあって、気まずそうに、

「実は、勝手ながら易占にて日取りの吉凶を占い申した」

と言った。

「それによりますれば、明日は千悔日《せんかいにち》と申します悪日でございまして、先んじて戦えば負ける日だと言われます。もしこちらから攻め掛かれば、思わぬ痛手を負うやもしれませぬ」

「海野殿」

河田は、冷めた目でこの軍師を見やった。

「易は無用だと申したはずだが」

「承知しております。されど、拙者はただ軍師として……」

「戦の勝敗を決めるのは、運や易占などではない。そんなものに、あのお方の志《こころざし》が打ち砕かれてなるものか」

北条を降し、関東管領として東国に新たな秩序を敷く。だが、輝虎の志は、それで終わらない。あの主君は、関東を平定したのち、

――京へ兵を進め、三好家の賊徒《ぞくと》どもを駆逐《くちく》する。

と言うのだった。これは、すでに亡き将軍・足利義輝との約定《やくじょう》である。

そうして三好を追ったのちは、京より亡命中の義輝の実弟・足利義秋《よしあき》（義昭《よしあき》）の帰京を援《たす》け、新たな将軍の座に据え、幕府を再興する。あの主君はつねづね、そう公言している。

その大志を前に、このような田舎城で足踏みするわけにはいかない。

「上杉の軍は、負けるわけにはいかぬ。義が、不義に敗れてはならぬのだ」

八

翌日、上杉軍による攻撃が、再び開始された。

この朝もやはり霧が出ていたが、昨日と違ってごく薄い。寄せ手からも、城方からも、互いの姿がはっきりと見えている。

「さあ、来たな」

浄三は物見矢倉から、迫り来る寄せ手を見下ろしていた。

昨日と同じ轍《てつ》を踏まぬよう、矢玉避《よ》けの木盾《きだて》を前面に掲げている。これならば、煮えた糞尿をかけられても防ぐことが出来る。

(なるほど、やはりあいつは聡い)

準備が周到で、対応が早い。さすがに、輝虎に厚く信頼されるだけのことはある。

だが、それでも読めないものはある。

浄三は敵をぎりぎりまで引きつけ、充分に接近したと見るや、

「今だ」

と言って軍配を振るった。

その瞬間、驚くべきことが起こった。

先頭をゆく上杉勢の頭上に、急に影が落ちた。彼らははじめ、雲が陽を遮《さえぎ》った

のかと思ったが、すぐにそうではないと気づく。

なぜなら、その影は轟音《ごうおん》を伴い、こちらに向かって落ちて来たのだから。

土だ。

膨大な土砂の波が、うなり声のような地鳴りを響かせ、凄まじい勢いで迫って来る。彼らがそう察知したときには、全てが遅かった。

——片山の岸夥《おびただ》しく崩れて、山際に控へたる越後勢三百人ばかり、推《お》しに打たれて死しければ（『千葉實録』）

仲台砦の土塁が崩れ落ち、その土砂が上杉勢に向かってなだれ込んだのである。

頭上より襲い来る土砂の波に、先駆ける兵たちは逃げるどころか、悲鳴を上げることも叶わなかった。ただ、彼らは為す術もなく押し潰され、一人残らず圧死した。

上杉軍は、色めきたった。もはや、攻城どころではなかった。

その隙を、城方は見逃さない。

松田孫太郎が手勢を率いて、いの一番に飛び出す。佐久間主水ら臼井衆もそれに続く。狼狽のあまり、もはや軍勢の体すらなしていない上杉勢を、孫太郎らは怒濤《どとう》のように攻め立て、昨日と同様、城外を無数の鮮血で染めた。

「へえ、思ったよりうまくいったな」

戦況を冷淡に見下ろしながら、浄三は薄く笑った。

言うまでもなく、これはあらかじめ、土塁を崩すための仕掛けを城方が仕込んでいたのである。

普通なら、こんな策は用いない。城の防備である土塁を自ら崩すなど、敵前でわざわざ鎧を脱ぐようなものである。これで仲台砦は、放棄するしかなくなった。籠城戦の常道に照らせば、これ以上の下策もないだろう。

(しかし、大事なのはそこだ)

なにをするか分からない。常道では推し量れない。そう強く印象づけることが肝要だと、浄三は考えていた。たとえ砦一つを犠牲にしようとも、こちらがいかに狂っているかを、全軍に知らしめてやらねばならない。

さすれば敵は、奇策を恐れて勢いが鈍る。そうして攻めきれずに手間取り、無駄に日数を重ねているうちに、

（上杉勢は、撤退を始めるだろう）

これまでもずっとそうだったように、上杉軍は関東へ出兵したとしても、しばらくすればまた越後に帰っていく。各地に敵を抱えている輝虎は、いつまでも本国を空にしたまま、関東に駐屯《ちゆうとん》し続けることが出来ないのだ。

（つまるところ、これはそういう戦だ）

敵の首をいくつ取ったか、などといったことは些事《さじ》でしかない。この戦の勝敗は、輝虎の帰国という時間切れまでに、いかに主導権を握り続け、相手にこちらの都合を押しつけるかという点にかかっていた。

「あれを出せ」

「へい」

浄三に命じられた百姓は、城外に見えるように、一旒《りゆう》の軍旗を高々と掲げた。隅赤に九曜《くよう》を染め抜いた原家の旗や、黒地に二重直違《すじかい》の孫太郎の旗などに混ざってはためく、その白い幟旗《のぼり》には、

――白井浄三入道
という名が、墨でくろぐろと書きつけられていた。

「聞けい、上杉勢よ」

大きく息を吸い、浄三は声を張り上げた。

「当城の軍師は、白井浄三入道胤治《たねはる》！　天下無双の軍配名人なるぞ！」

まだ足りない。策はまだまだこれからだ。

このさき何度でも、地獄を見せてやる。この名を見るだけで、吐き気をもよおし、震えが止まらなくなるほどの泥沼に、お前たちを引きずり込んでやる。……

浄三は、片頬を大きく吊り上げて不敵に笑った。


この日の戦況も、城方が勇戦し、勝勢を保ち続けたまま終わった。

城主の胤貞はすっかり態度を軟化させ、激励のため自ら前線に出向き、

「小田原の衆、かたじけなし、かたじけなし」

と、孫太郎や浄三らの手を握り、涙を流してその戦功を讃えた。佐久間主水など、当初は小田原勢に反発的だった重臣たちも、胤貞ほど極端ではないにせよ、こちらの指示に、概《おおむ》ね素直に従うようになってきていた。

もちろん、兵や領民たちにとっても同様で、

——勝てるかもしれん。

という声が、城中のあちこちから聞こえてくる。開戦前に予言してみせた通

り、気づけば城中の采配は、浄三の一手にほぼ握られてしまっていた。

「いけるぞ、浄三」

夜半、小姓たちの手で具足を脱がされている最中、孫太郎は感極まったように言った。

「味方が、押しているぞ」

「今日だけで何度、同じことを言うのだ」

陣小屋の床に寝転がっている浄三は、いつもの山伏姿で、ぼりぼりと首筋を掻いている。体勢こそだらしないが、その脳裏では冷徹に戦況を分析し続けている。

たしかにここまでは、算段通りに進んでいる。ただ、兵力差が変わったわけではない。勝勢を保ち続けるには、今後も次から次に手を打たなければならない。

「あまり楽観をしないことだ」

そんなことを話していると、

「ご苦労様にございます」

志津が、小屋に入ってきた。いつもの神主装束ではなく、袖をたすき上げし、前掛けを巻いた炊事姿だ。

手にした箱盆の上には、握り飯が載《の》っている。

「城中の女衆で作りました。どうぞ、お召し上がりください」

志津は盆の中の握り飯を一つ取り上げ、孫太郎へと差し出した。

「おお、これはかたじけなし」

「浄三殿も、食べたければどうぞ。好きに取ってください」

「……扱いに差があるのではないか、神主様よ」

浄三が批難がましい目つきを向けたが、志津は澄ましたまま、

「だって、浄三殿は砦の中にずっといて、松田様のように槍働きなさらぬではないですか。そんなに、お腹は減っておられないのでは？」

「俺の働きは、もっと別のところにあるのだ」

そう言って、浄三はひったくるように握り飯を取った。

米の熱が、じんわりと手のひらから伝わる。敵が攻め寄せてくる日中は、干《ほ》し飯《いい》、干物などをかじるぐらいしか暇がなかったから、温かい食事というだけで、充分過ぎるほどのごちそうだ。

ほおばると、塩が強めにきいているのが分かる。少ししょっぱいが、食べる勢いが止まらないのは、疲れた身体が塩気を求めているからなのだろう。

美味《うま》い。

食事をそんな風に思えたのは、ずいぶんと久しぶりな気がした。そもそも、飯の味などを気にしたことが、これまで何度あっただろうか。

浄三はそのまま、あっという間に握り飯をたいらげた。

(どうも、調子が狂う)

指に残った飯粒を舐《な》める浄三の口元から、理由の分からぬ苦笑がこぼれた。


一方、同じころ、上杉方の陣中では、ある変事が起こっていた。

一人の男が、夜の闇に紛れて、ひそかに逃げ出したのである。

(こんなところに、いられるか)

その男——軍師、海野隼人は、荒い息をつきながら、雑木林の中を必死で駆けていた。

(全て、私の読みどおりだったではないか。千悔日だと、あれほど忠告したではないか)

なにが北条だ。なにが上杉だ。どいつもこいつも、足利学校で易を修めた自分の言うことをろくに聞かぬ、救い難《がた》き愚か者ばかりだ。

瘦せ細った手足が悲鳴を上げ、息の上がった脇腹がじくじくと痛む。それでも、河田長親らへの恨み言は、萎《しぼ》むことなく湧き上がってくる。

（馬鹿どもめ、いつまでもこの田舎城で、糞尿にでも塗《まみ》れていろ）

これは卑怯ではない。自分のような優秀な軍師を全うに評価しないばかりか、その所為《せい》で敗勢をも招こうとしている、愚か者たちが悪いのだ。

やがて、海野はようやく林を抜けた。

開けた視界の前には、印旛沼が広がっていた。

湖水が夜空の星を映し返している。その輝きは、まるで自身の前途を祝福するかのようだ。

いや、事実、祝福されていたのだと、海野の感慨は確信に変わった。なぜなら、印旛沼の湖畔にはただ一艘、このときのために用意されたかのような小舟が残っていた。

「見るがいい。やはり、私の読みどおりだ」

誰に向けるでもなく、陶酔のまま海野は呟いた。やはり自分には、天意が読めるのだ。この海野隼人こそ、最高の軍師なのだ。

ふらついた身体は急に軽くなり、舞うような足取りで湖畔へと降りてゆく。ひどく高揚した気分で、舟へと辿り着いた。

繋ぎ縄を外して、水上へと出てゆく。櫂《かい》を漕《こ》ぐたびに、歓喜で腕が震えるようだ。海野は笑った。これまで発したことがないほど大きな笑い声で、自分の勝ち取った幸運を心から喜び讃え、地獄のような戦場に囚われた哀れな者たちを嘲《あざけ》った。

しかし、このとき彼は気づいていなかった。

自分の乗っている舟が、その運命同様、害虫に食い荒らされていたことに。

海野隼人に関する消息は、この日を境に、いかなる史料からも途絶えている。

九

その後も、十日近くに渡って交戦は続いたが、城方は巧みに寄せ手を翻弄し、妨《さまた》げ、その攻勢を防ぎ続けた。

敵が愚将なら、捗《はかど》らない攻城に苛立ち、損害を省《かえり》みず、たかが一拠点に過ぎない臼井城相手に、猪武者のような力攻めを始めるかもしれない。

しかし上杉軍は、この泥沼のような戦況に呑み込まれまいと、あくまで冷静さを保ち、慎重な姿勢を崩さない。この期に及んでもまだ、その統率と方針を保ち続けていられるのは、河田の非凡さの表れだろう。

(されど、この戦ではそれこそが陥穽《かんせい》よ)

冷静に、慎重に、時間をかけて攻城を続けるうちに、輝虎の帰国という期限は訪れるだろう。浄三が付け入ろうとしているのは上杉軍七千などではなく、ただ一人、河田豊前守長親の理性だった。

勝てる、と浄三でさえ思った。そう考えたのも無理がないほどに、戦況は目論《もくろ》み通りに運んでいた。

だが……。

「申し上げます!」

青い顔をした伝令が、浄三のもとへ駆け込んで来るなり、恐るべき報告を口にした。

――上杉輝虎が、臼井へ向かっている。

と言うのである。

「嘘だ」

浄三は、思わずうめいた。あり得ることではない。なぜ、こんな田舎城にわざわざ、あの男が自らやって来るというのか。

だが、それが現実であることを知るのに、さほど時間は要らなかった。

その日の夕刻、情報の通りに、輝虎の本軍が臼井に着陣したのである。

兵数はおよそ五千、河田長親の軍勢と合わせれば、実に一万を越える。城外、見渡す限りに布陣した、野を埋め尽くすような大軍勢に、浄三だけでなく、城中の者たちは言葉を失った。


雑多な関東領主の寄せ集めとは、まったく違う。敵陣は足軽の端々に至るまで身じろぎ一つせず、空恐ろしいまでの静けさを纏っている。まるで、山だ。人の集まりであることを忘れるほどに、一体となって不動を保ち続けるその統率に、さすがの浄三も畏怖を覚えずにはいられなかった。

あれが、軍神。毘沙門天《びしゃもんてん》の生まれ変わりと称される男の精兵たち。

敵陣の中央では、「毘《び》」の一字を染め抜いた大幟旗が、風を受けてはためいていた。

第六章　最低の軍師

一

「お屋形様、申し訳ございませぬ」

輝虎を迎え入れた河田は、深くひれ伏して詫《わ》びた。

「七千もの大軍を率《ひき》いておきながら、かような田舎《いなか》城に手間取ったこと、面目《めんぼく》の次第もございませぬ」

「お前に落とせぬのなら、誰を寄越《よこ》しても同じことだ」

本陣で床几《しょうぎ》に腰を据《す》えていた輝虎は、別に怒るでもなく、むしろ興深げに、

「長親よ、なんという男だ。お主に、ここまで手を焼かせたのは」

「白井浄三入道という軍師です」

「浄三……」

輝虎は、暮れつつある空を見上げ、

「その名ならたしか、義輝公よりお聞きしたことがある。なるほど、野に人物はおるものよ」

と、懐《なつ》かしげに言った。だが、感傷に浸《ひた》ったように見えたのはほんの一瞬で、この主君はすぐに、次の命令を河田へ下した。

「陣を、城の南方へ移せ」

河田は驚いた。すでに、城の西方の仲台砦は、土塁を自ら崩したことで陥落している。そこを起点に、戦果を拡大していくのが、戦の常道というものではないか。

「敵に隙《すき》があるのは、西の方ですぞ」

「だからこそ、攻めたくなる。それが城方の狙いだ」

輝虎は即座に断言した。

「敵はあえて隙を見せることで、こちらの攻め口を誘導しているのだ。その誘いに乗る限り、我らは浄三とやらの読み筋から逃れられん」

「しかし、南にはまだ敵の砦が」

「構わぬ。我が義を阻《はば》むものがあれば、ことごとく打ち倒し、踏み越えるまでのことだ」

その言葉には、一片の淀《よど》みもなかった。

「……出過ぎたことを申しました」

河田は頭を下げた。自分は、なんと愚《おろ》かなことを口にしたのだろう。

この主君は、いかなる障害をも問題にしない。たとえ人に阻まれようと、砦に阻まれようと——そして、時代に阻まれようとも、上杉輝虎は軍神《いくさがみ》の異名《いみょう》のままに、一切を粉砕《ふんさい》し、己が道を貫《つらぬ》こうとするだろう。

(私は、ただ尽くすだけだ)

河田は退出し、すぐに陣替えの手配を進めた。上杉軍、総勢一万二千。その攻城の始まりが、着々と近づいていた。

二

その夜、臼井の城外では無数の松明《たいまつ》が、星を散らしたように輝いていた。その灯りの群れは、闇の中をせわしなく揺れ動きながら、やがて南方へと移動していく。上杉軍は、陣替えをしようとしているのだろう。

その様を、浄三は城中の物見矢倉から見ていた。だが、とても見続ける気になれず、すぐに宿所へ戻った。

同じ部屋に、孫太郎と蔭山がいる。

「どうだ、浄三」

孫太郎に尋《たず》ねられ、浄三が答える。

「やはり陣替えをしている」

「西方にわざと隙を作っていたことは、確実に露見しているな」

さすがは、上杉輝虎と言うべきだろう。腰を下ろし、頰杖《ほおづえ》をつきながら、浄三は沈痛な面持《おもも》ちで考え込んだ。

臼井城は、たしかに房総における交通の要所である。しかし、そもそも房総自体が、関東全体から見れば僻地《へきち》に過ぎない。だというのに、七千の兵を送るだけでは飽き足らず、輝虎が自ら出張って来たということは……。

（まさか、あの男は）

今度こそ、本気で関東を制圧するつもりなのか。

輝虎は、どうせすぐ越後へ帰る。あの男は、口先だけの義を掲げ、身勝手に他国を荒らすばかりの無責任な暴君に過ぎない……浄三はそう考えていた。

しかし、それが誤りだとすれば——輝虎の覚悟が本物だとすれば、全ての前提が崩れてしまう。

「どうした浄三、顔色が優れぬぞ」

孫太郎が、わざとらしく明るい声で言った。

「まさかお主にも、敵に怖気《おじけ》づくような可愛《かわい》げがあったとはな」

「そういう松田殿こそ……」

言いかけて、浄三は口をつぐんだ。孫太郎も、己《おのれ》の表情が引きつっていること ぐらい、指摘されずとも分かっているだろう。

(赤鬼などと呼ばれる、この男でさえこうか)

だが、無理もなかった。ただでさえ大きかった兵力差が、さらに途方もないほどに膨れ上がったのである。しかも寄せ手の大将が上杉輝虎となれば、動揺しない方がおかしい。

「とにかく、評定《ひょうじょう》へ参りましょう」

蔭山は言った。本丸では、胤貞たちが待っているはずだった。

本丸の広間に集められた城将たちは、みなどこか虚《うつ》ろだった。城外のあまりの大軍勢に、落胆、恐怖などという段はとっくに通り越してしまったらしい。もはや、為《な》す術《すべ》などないという脱力と疲弊が、彼らから感情の弾《はず》みを奪ってしまっている。

落城寸前の城とは、こういうものだ。浄三も長い戦歴の中で何度か似たような光景を目にして来た。

そうした空気の中でも、議論は進む。

「今さら、降《くだ》ったところでどうなるのです」

まず、そう声を上げたのは、親北条派の宍倉大和だ。

「ここまで抵抗した我らを、輝虎が許すとは思えませぬ。降将として首を刎《は》ねられ、家を取り潰《つぶ》されるぐらいならば、運を天に託《たく》し、あくまでも戦うべきではござらぬか」

「いや、輝虎が殿を殺すとは限らぬ」

反論したのは、佐久間主水だった。

「あの男は、裏切り者さえ、降れば許すほどの寛大さで知られている。短慮はおこさず、まずは降伏の交渉を試みるべきではないか。戦を挑むのは、そのあとでも遅くあるまい」

猛将の印象が強い佐久間だが、意外にもその主張は非戦論だった。

弱気になっているのだろうか、と浄三ははじめ訝《いぶか》しんだが、よくよく考えてみれば、この男は開戦前から、主戦や非戦というより、原家のことを第一に動いてきた。主君の生命が助かる可能性があるのなら、降伏もやむを得ぬと言ったのは当然だろう。

(だが、下策だ)

佐久間の論は、基本的には非戦だが、条件が折り合わなければ再び抵抗するというものである。降伏か決戦か、どっちつかずと言うのは、追い詰められている時期としては一番まずい。

もっとも、それは浄三がわざわざ口にするまでもなく、

「交渉が破れればどうするのです」と、宍倉がすかさず問うた。

「あわよくば降って助かろうなどという心構えで、上杉相手に戦が出来ましょうか」

「それは……」

佐久間は苦い顔で黙り込んだ。しかし、宍倉の主戦論が優勢かと言えば、どう

もそういう雰囲気ではない。城将の大多数は、さしたる定見もない様子で、ただ、呆然としている。

（決戦か）

それも、上策とは言い難い。

五倍以上の兵力差、しかも相手はあの上杉輝虎である。決戦、という言葉の響きは勇壮だが、実際にはなにも出来ず、ただ一方的に皆殺しになるだけのことだろう。

「小田原の方々の意見も、聞きとうござるな」

佐久間は反論が思いつかなかったのか、話題を逸《そ》らすようにこちらに水を向けて来た。

「浄三、どうだ」

隣に座る孫太郎が、小声で尋ねた。

「いや、俺はいいよ」

浄三は素っ気なく答える。

「いいとは？」

「評定の結果に従うだけさ」

もはやこれは、どう勝つかという議論ではない。原家と臼井城がどう滅ぶか、その最期を締めくくるための、葬儀の相談のようなものだ。今さら、浄三が口を出すことなどなにもない。

「それより、胤貞殿のご意見はどうなのです」

「わしか」

うつむかせていた頭をのっそりと持ち上げた胤貞は、寝起きのように鈍い表情をしている。先ほどからずっと黙っていたところを見ると、本当に寝ていたのかもしれない。

声をかけはしたものの、浄三はさして期待していなかった。この、小心で優柔不断な城主は、きっと降伏も抗戦も選べぬまま、なんとなく家臣らの流れに引きずられて、やはりなんとなく滅ぶのだろう。

ところが、この城主が口にしたのは、意外な言葉だった。

「……上杉の略奪は、ひどいことになるだろうな」

目を伏せ、思いつめたように、胤貞は言った。

「降伏し、わしの命が助かったとしても、略奪は免《まぬが》れまい」

当然だろう。恨みだけでなく、長引く抵抗によって損なわれた兵糧や軍資金などを、上杉方は少しでも回収しなければならない。目的が関東全土の制圧であるのなら、なおのことである。

臼井の領民には、抗戦か降伏かなどという選択肢さえない。原家がどのような決断を下そうとも、彼らに待っている未来は地獄のような略奪でしかない。

「やむを得ぬことです」

佐久間が言った。

「家と血筋を守ることこそ、武家にとってはなにより肝要です」

「そうだな。お前の申す通りだ。しかし……」

ためらっている。

しかし、この城主のいつもの優柔不断ゆえの迷いとは、様子が違う。すでに答えは出ているが、口に出す決心がつきかねている……浄三には、そう見えた。

そして、胤貞はとうとう、意を決したように口を開いた。

「わしは、降伏せぬ。最後まで、上杉と戦う」

浄三は、ぎょっと目を剝《む》いた。

孫太郎をはじめ、広間の面々の誰もが、驚きを隠せぬ様子だった。

「本気で言っているのですか、胤貞殿」

「かい……なぜ、わしがこの城の主の座についている
か」

「ああ」

胤貞は、思いを口に出したことで多少、落ち着きを取り戻したらしい。

「浄三殿よ、お主は知るまいな。……なぜ、わしがこの城の主の座についている
か」

「え？」

「この城はな、本来は原家のものではないのよ」

この男は、なんの話をしているのだ。

戸惑う浄三の前で、胤貞はゆっくりと語り始めた。

下総国、臼井庄。

この地はもともと、臼井氏という領主によって、およそ四百年の長きに渡り、代々治められてきた。享徳の乱以来、関東がいわゆる戦国時代に突入してからも、同氏は父祖伝来の臼井領を維持し続けて来た。

ところが、今から九年前、ときの当主・臼井彦太郎《ひこたろう》が没した。

後継は、わずか十四歳の嫡男・左近《さこん》である。さすがに、この少年がそのまま城主を務めるわけにはいかず、後見役として、一人の男が選ばれた。

それが、縁戚の原胤貞だった。

胤貞は才気走った男ではなかったが、実務経験が豊富であり、特に内政や調停に長《た》けている。先代の死によって動揺する臼井領を、胤貞はよく統治し、若き城主を支えた。

領民や、臼井家の家臣たちも、この後見役を信頼し、臼井の運営は順調に進められていった。

ところが、その四年後——ある事件が起こった。

原胤貞が、突如として城主・臼井左近を追放し、城を乗っ取ったのである。

「野心がなかったと言えば、嘘になる。平野が広々と開け、稲作のための水源にも恵まれ、交通の要所でもあった臼井は、領地として魅力的だった。……しかし」

あれはやむを得ぬことであった、と胤貞は苦しげに言った。

「左近殿ではとてものこと、臼井を保つことは出来なかったじゃろう」

臼井左近は、特に性格や振る舞いに問題があったわけではない。ただ、年若く、未熟で、凡庸《ぼんよう》だっただけのことである。

「それだけの理由で、追放ですか」

浄三は皮肉っぽく微笑した。しかし、こんな話は諸国でありふれている。まったく、狂った時代だと、改めて思う。ただ力がないというだけで、なんの罪も悪意もない者が踏みつけられて当然などという世は、どう考えてもまともではあるまい。

「全ては、乱世の習いじゃ。わしは悪人やもしれぬが、間違うていたとは思っておらぬ」

その一点についてだけは、微塵《みじん》も悪びれることなく、胤貞は断言した。

胤貞が言うには、臼井の領民も、その家臣たちも、臼井氏を傘下に置いていた小田原北条氏でさえも、この力なき青年を、城主の座に据え続けることに、不安を感じていたのだという。

だからこそ、この追放劇は容認され、胤貞はあっさりと城主に成り代わった。

「もっとも、それからが大変ではあったがのう。なにぶん、力で立場を得た者は、力を失えば己も取って代わられるほかない。領民、家臣、小田原のお屋形様……わしは、常にそれらの目に晒《さら》されながら、城主としての働きぶりで、この座に相応《ふさわ》しいことを示さなければならなかった」

臼井は、胤貞が自身の実力で奪い取り、実力で育《はぐく》み、実力で保ってきた領地である。関東全土の覇権を争う上杉や北条から見れば、猫の額《ひたい》のようにちっぽけな土地だが、それでも胤貞にとっては、己の半生の結晶のようなものだった。

「その臼井の土地や民が、略奪で荒らされる様など、わしは見たくない。そうして生きながらえるぐらいなら、戦って死んだ方がましよ」

そう言い放った胤貞は、どうしたわけか、妙に晴れ晴れとした顔をしていた。

「去りたい者は去ればいい。わしはたとえ一人でも戦う。この上総介胤貞、今になってようやく、己の気持ちが分かったぞ」

（なんと、まあ）

聞いていて、浄三は呆れた。胤貞の言うことには、もはや一片の理も非もない。

今になって戦おうと降ろうと、略奪は免れないのだ。だというのに、臼井が荒らされる様を見たくないがために戦って死ぬなどというのは、独りよがりな満足に過ぎない。

そんなことのために、命を擲《なげう》つ意味がどこにあるのか。

（人とは、常にこれだ）

胤貞に限ったことではない。人間などそのことごとくが、愚かで、浅ましく、不合理極まりない。利害によって動くかと思えば、ときに全てをかなぐり捨て、この男のように最も無益な愚行に奔《はし》る。

だが、浄三はふと思う。

(あるいは、この愚かさこそが)

人と獣の最も大きな違いであるのかもしれない、と。

「……生死は、問わぬと申されましたな」

浄三は、おもむろに口を開いた。

「実は、一つだけ勝つための策がございます」

「なに?」

胤貞は目を丸くした。

「本当に、そんなものがあるのか」

と疑わしげに言ったのは孫太郎である。

「今さら嘘などついても始まるまい」

「ならば、なぜ初めから使わぬ」

「違う。もう使っているんだ」

実は、浄三はこの「策」の仕込みを、戦が始まる前に、すでに施《ほどこ》し終わっている。成功すれば、たとえ相手が輝虎といえども退かざるを得なくなるだろう。

「だが、策が成功するかどうか、確実とは言い難い。そしてなにより、この策は時間がかかる」

要するに、はじめから当てに出来るような策ではない。ただ、使えるものは全て使おうと思い、念のため手を回しただけのことだった。

「いずれにしても、ときを稼がなければならない。あの輝虎の大軍勢を、少なくともあと三、四日は凌《しの》ぎ続ける必要がある」

「いったい、なにをしようと言うのだ」

孫太郎が、当然の疑問を口にしたが、浄三は、

「それは言えない」

と回答を拒んだ。

「信用していないわけじゃない。だが、万が一、事が成る前に敵方に露見すれば、この策はいくらでも邪魔のしようがある。そうなっては、もはや手の施しようがない」

「内容も話せない、確実とも言い難い、そんな策に命を懸《か》けろということか」

「ああ、その通りだ」

我ながら、なんと無茶なことを言っているのだろう。よほどの愚者でもない限り、このような策を承服するはずがない。

ところが孫太郎は、

「いいだろう」

意外なほど、あっさりとうなずいた。

「乗ってやる、浄三」

「本当によいのか、松田殿」

「ご城主殿が戦うというのだ。ならば援軍である私が、それを見捨てて去るわけにはいかない。お主の策がどんなものか知らぬが、まあ無策よりはいくらかましだろう」

そう言って、孫太郎は視線を自分の補佐役へ向けた。

「蔭山殿は、どうだ」

「別にわしは逃げてもいいですが」

蔭山はにぶい顔で顎をかきつつ、

「しかし、外にああも大軍がいては、逃げる工夫も思いつきませんからな。どうせ死ぬなら、知らぬ土地を必死に逃げ回って野垂《のた》れ死ぬよりも、戦って討たれた方がましにござる」

「なるほどな」

今度は、城将たちの方へ向き直る。

「各々方《おのおのがた》は、いかがか」

「余所者が、我が物顔で仕切るでない」

佐久間主水が、不快げに顔をしかめた。

「だいたい、山本勘助やら竹中なにがしやらではあるまいし、よもや軍師などが、策などを評定に持ち出すなど、当家にはかつてなかったことだ」

「今さら、そんなことを申しても仕方ありますまい」

と言ったのは宍倉大和だ。ただ、一貫して親北条派であったこの若き家老も、さすがに不安があるのか、

「それで松田殿、本当に勝てるのですかな?」

と気弱げに尋ねてきた。

「私に聞かれても困る。どうなのだ、浄三」

「先ほどから申し上げているように、もともと不確かな策です。勝敗も生死も問

わぬというので、明かしたまでのこと」

「そんなものに、一家の命運を懸けろというのか！」

佐久間が声を荒らげる。

「馬鹿げている。左様《さよう》に、無謀な……」

「いかにも、無謀だ」

孫太郎は大きくうなずいた。

「佐久間殿、去りたくば去ればよい。誰も、咎《とが》めはするまいよ」

もともと、乱暴な話なのだ。佐久間のように反発する方が正常だろう。

この男も、家老である前に一人の武士である。先祖から引き継いだ家名と血筋を、後代へと伝える義務がある。そのために城を去り、上杉に降ったとしても、決して恥にはなるまい。

佐久間は悩んでいる。大柄な体つきが、やけに小さく見える。厳《いか》つい額には、脂汗がじわりと浮いてきている。

そして、絞《しぼ》り出すように言った。

「……五年前、臼井左近の追放を、上総介様に提言したのは、このわしだ」

「なんだと？」

これは、浄三も知らないことであった。

「わしは臼井がため、旧主を追いやる非道に手を染めてまで、上総介様を主君に奉じたのだ。原家を離れて、佐久間主水の居るべき場所はない」

「承知した」

孫太郎はうなずき、最後に上段に座す城主を見やった。

「胤貞殿は、聞くまでもあるまいな」

「うむ」

胤貞は膝を進め、浄三の手を取った。

「頼む、浄三殿。この城を救ってくれ」

握る手に痛いほどの力を込めながら、胤貞は言った。目には、うっすらと涙が浮かんでいる。

まったく、誰も彼も、なんと愚かしいことだろう。全ては徒労に終わるかもしれない。そうでなくてもあの大軍勢が相手では、一日と持たずに攻め滅ぼされてしまうかもしれない。

自分で言い出したことながら、浄三は呆《あき》れていた。しかし、それと同時に、彼らの愚かしいまでの無謀さに、どこか懐かしさを覚えていた。

以前、これよりも遙かに無謀な人間を見たことがある。時代を変え、新たな天下を築くことを本気で夢見て、果たせぬまま死んでいった男を。

そして、気づいた。

義輝は死んだ。だが、それでも天下が滅んだわけではない。このちっぽけな、己とはなんのゆかりもない田舎城もまた、あの将軍が救おうとした天下の一部なのだということを。

「仕方がありませんな」

浄三は苦笑し、

「やろう」

と言って、胤貞の手を握り返した。

三

上杉軍の攻城は、夜明けと共に始まった。

無数の足音が地鳴りのように、早朝の静寂を踏み荒らす。陽光に色づき始めた城外の景色は、地を覆うほどの大軍で満ちた。

総勢一万二千。上杉輝虎率いる大軍勢は、陣貝《じんがい》を高々と響かせながら、臼井城の南方へと攻め上った。

（なんだ、これは）

前線の宿内砦《しゆくうち》に籠っていた浄三は、その猛攻に唖然とした。

浄三は、緒戦と同じように、煮えた糞尿や油、熱湯などを用いて、まずは敵先鋒の前進を鈍らせ、足が止まったところを伏兵や奇襲で掻き回し、さらなる混乱に陥れるつもりでいた。

しかし、敵の動きは、浄三の予想を遥かに超えていた。

（なぜ、止まらぬのだ）

最前線を駆ける敵兵に、熱湯を振りかける。当然、無事では済まない。普通なら、ここでまず突撃が止まり、のたうち回る最前列と、進もうとする後列で指揮が乱れる。

しかし、上杉軍はそうではなかった。最前列の兵が倒れようと、彼らはその朋輩《ほうばい》を、一瞬の躊躇《ちゆうちよ》もせずに踏み越え、そのまま前進してくるのだ。

後続する仲間たちに踏みつぶされ、それによって死に至ろうとも、彼らは気にも止めない。まるでそれ以外の行動を知らないかのように、敵勢は歩みを緩《ゆる》めずに襲い掛かって来る。

「湯をかけろ、礫《つぶて》を投げよ！　敵を城壁に寄せつけるな！」

浄三は、配下の百姓兵らに鋭く下知を飛ばし、巧《たく》みな防戦で敵勢を凌ぎ続けたが、潰せども潰せども、敵は無限に湧くように群がり、勢いを鈍らせることなく襲い来る。

自分が今まで経験してきた、どの敵とも違う。それは、まるで人馬の形をした洪水だった。

堤防とも言うべき城壁は、すでに幾人もの兵たちが取りつき、登り、決壊寸前となっている。水際で撃退し続けようにも、敵はあまりに多く、防備はあまりに粗末だ。浄三がどれほどの戦玄人《くろうと》でも、防ぎきれるものではない。

「退くぞ、浄三」

孫太郎が怒鳴った。

「このままでは、じきに城壁を乗り越えられる。砦を棄《す》て、三の丸へ撤退するしかない」

「しからば、拙者が殿軍《しんがり》を務めまする」

蔭山が、進み出て言った。

「さあ、浄三よ、お主も退くのだ。背後は、この蔭山新四郎氏広《うじひろ》が承《うけたまわ》った」

「死ぬなよ」

「珍しいことを申しよるわ。さては、天から雨やら槍《やり》やらを降らさんとする策じゃな」

蔭山は呵々《かか》と大笑した。

武士というやつは、これだから始末が悪い。危機に際して、すぐに嬉しそうな顔をする。

間もなく孫太郎が退き鉦《がね》を打たせ、宿内砦の守備兵は撤退を開始した。浄三もまた、百姓兵たちと共に退いた。

宿内砦は、暴流に押し流されるように、半日ほどで陥落した。

この日以来、上杉軍は天災さながらに荒れ狂っては、城兵を容赦《ようしゃ》なくなぎ倒し、柵や城壁を打ち破り、臼井城の防備を瞬く間に踏みつぶしていった。

上杉方の武将（長尾但馬）の書状に、

――然者《しからば》臼井之地、実城《みじょう》堀一重ニ之ヲ致《いたし》……落居《らっきょ》程有ル不可《べからず》候（臼井城は、主郭部に堀一重を残すばかりで、間もなく落城するだろう）。

とあるように、南方の宿内砦、稲荷台《いなりだい》砦、田久里《たぐり》砦、さらには三の丸、二の丸さえも数日のうちに陥落し、臼井城は本丸を残すのみとなってしまった。

防備以上に、兵の消耗がひどい。

小田原勢などは、初めは二百五十ほどだったのが、今や満足に戦える者はその半分まで割り込んでいる。副将格の蔭山新四郎も、宿内砦での殿軍の際に無数の傷を負い、命こそ助かったものの、もはや立ち上がる体力すら残っておらず、さらしを身体中に巻きつけた姿で、筵《むしろ》に横たわってうめいている。

早朝の城内は、負傷した将兵であふれていた。開戦当初の威勢はどこへやら、誰も彼もが口さえろくに開かず、泥と血と汗にまみれた顔を、沈鬱《ちんうつ》にうつむかせている。

志津をはじめとする女人衆は、負傷者の手当てに回っている。

「がんばって、死んでは駄目……」

志津は緩《と》く溶いた粥《かゆ》を匙《さじ》ですくい、横たわる負傷兵の口元へ運んだ。しかし、身体が受け付けないらしく、一口も食べようとはしない。

「志津様、わしゃあ、もうええです。顎を動かすのも、なんだか疲れるばかりで

「良いわけないでしょう！」……」

志津は叫んだ。普段の取り澄ました様子からは、別人のような剣幕だ。

「食べなくては、駄目よ。生きようとしないなんて、許さない」

そうして彼女たちが看病をして回る中、原家の家臣たちも、なんとか状況を立て直すべく、必死に足掻《あが》いている。

「よいか、あと一日だ。あと一日だけ耐えれば、我らの勝ちぞ」

佐久間主水が、槍を振り上げ、兵たちを激励する。普段は、この筆頭家老と折り合いの悪い宍倉大和も、

「佐久間殿の申す通りぞ、ここが踏ん張りどころじゃ」

と、声を合わせて配下を勇気づけようとする。

だが、彼らの言う日数には、なんの根拠もない。ただ、具体的な終わりを示さなければ、これ以上の防戦に、兵たちが耐えきれないと思ったのだろう。

（俺の読みでは、三、四日だった。それまでには、策が間に合うはずだった）

しかし、実際には輝虎の来襲から五日目の今日——三月二十四日になっても、なんの兆しもなかった。

砦も、曲輪《くるわ》も、全て破られ、残すは本丸ただ一つのみだ。城外の上杉勢は、いったん兵を収拾し、最後の攻撃の準備を進めている。

今日、この城は陥落するだろう。

(間に合わなかった)

城内に横たわる負傷者や死者を、もはや浄三は直視することが出来なかった。叶《かな》いもしない策など持ち出さなければ、彼らは傷つかずに済んだかもしれない。

自分が、ここまで連れて来てしまった。今さらどんな責任が取れるだろう。暗《あん》澹《たん》とした思いが、ただ胸に満ちていく。

そんな浄三の背中に、

「うつむいているんじゃない」

声とともに、強い衝撃が襲った。孫太郎に、平手でぶたれたのだった。もともと痩身《そうしん》の上に疲れきっていた浄三は、あやうく転びそうになった。

「いきなりなにをするのだ」

「おや、そんなに強くぶったつもりはなかったが」

孫太郎は、にっと笑った。血と戦塵に塗れた顔の中で、歯だけが場違いなほど白かった。

「顔を上げろ、浄三。軍師が沈んでいては、配下に示しがつかぬ。なに、まだ本丸が残っているではないか」

「分かりきったことを偉そうに抜かすな。これだから」

「侍は嫌いだ、か？」

「む……」

浄三は苦い顔をした。

（まったく、調子が狂うことばかりだ）

よりによって、このいけ好かない侍に励まされ、戦う気力を取り戻しているとは。

（武士など信じない、そう決めたはずなのにな）

だが、今はそんなことはどうでもいい。こうなれば浄三は、最期まで足搔いてやるつもりでいた。

どうやら自分も、愚か者の一人であるらしい。もはや策は潰《つい》えた。そう頭では思いながらも、どこかで淡い希望を捨てきれずにいる。

浄三は、物見台の上に登った。

軍配を握る手に、思わず力がこもる。敵勢は見渡す限り、雲霞《うんか》の如く広がっている。はたしていつ動くか。浄三は唾を飲み込み、息を殺すようにして攻城に備えた。

ところが、そのとき、

「あ……」

奇妙なことが起こった。

退いていく。

一万を越える軍勢が、まるで潮が引くようにして、一斉《いっせい》に城から離れていく。

城兵たちは騒然となった。目の前で起こった事象があまりに不可解であったため、彼らは喜ぶことも怯えることも出来ず、口々に疑問の言葉を発した。

「浄三、これは……」

「どうやら」

全身から力が抜けていく。浄三はもはや立ち続けていられず、その場にへたり込んだ。

「俺たちの、勝ちだ」

四

「お屋形様！」

河田長親は、本陣の輝虎の許へ駆け込んだ。

「なぜ、兵を退かせられたのです」

もはや落城は目の前である。だというのに、なぜ今になって、全軍に後退の命令などを下したのか。

「今こそ、城を一揉みに攻め潰すべきです」

「成らぬ」

輝虎は、険しい顔で言った。

「義に、背くことになる」

「いったい、なにが」

輝虎は、一枚の書状を陣卓の上に放り出した。

そこには、次のような文言が書かれていた。

――相越和談《わだん》之事、北條ニ對《たい》シ使《つかい》ヲ差シ下シ申シ遣リシ間《あいだ》、此度無事セシム。

る。

河田は驚いた。書状の主は輝虎に対し、北条方との和睦を勧告しているのである。

書状には差出人の名はなく、文末に花押だけが記されている。輝虎の側近である河田は、その花押を見知っている。

もっとも、仮に花押がなかったとしても、送り主が誰であるかは明らかだった。関東管領たる輝虎に対し、こうも頭ごなしに命令を下せる者など、一人しかいない。

前将軍・義輝の弟、足利義秋（義昭）である。

「背くわけには、いかぬ」

抑え込んだ激情に、輝虎の身体は震えている。河田は、ただ呆然とするほかなかった。

なにもかもが、瓦解した。

――依怙《えこ》によって弓箭《ゆみや》は携えず、只々筋目を以って、何方《いずかた》へも合力致す（私情によって戦は行なわず、ただ大義のため、助けを求められれば誰にでも力を貸す）。

「和談（和睦）、ですと？」

という輝虎自身の言葉にもあるように、この主君は常に正義や大義のために戦ってきた。戦乱の世にあってただ一人、私欲のための合戦を決して行なわないという強固な信念を貫いてきたのである。

その正義が、否定された。しかも、輝虎が奉じようとしている次期将軍によって。

臼井からの撤退だけではない。足利義秋が命じた北条との和睦は、すなわち関東出兵の否定と同義だった。受け入れれば、雪の峠を幾度となく乗り越え、戦いに明け暮れた労苦は、水泡に帰すことになる。

しかし、輝虎は逆らえない。もし義秋の言葉を無視し、あくまでも臼井城への攻略を続ければ、その瞬間からこの主君は、ほかのありふれた戦国大名たちと同じ、ただ私欲のままに暴威を振るう凶賊へと堕してしまう。

（なんということだ）

たった一枚の書状が、上杉軍の圧倒的な優位を、瞬《また》く間にひっくり返してしまった。

どうあっても、輝虎は撤退を呑むしかない。輝虎が輝虎である限り――義という信念を捨て去らない限り、ほかに選べる道などなかった。

しかし、河田には分からない。なぜここにきて、このような書状が送られてきたのだろう。時期といい、京にいる義秋が、わざわざ東国のことへ口出ししてくることといい、あまりに出来過ぎている。

（これでは、まるで）

次期将軍たる足利義秋が、臼井城を救うために動いたかのようではないか。

「…………」

河田はふと、臼井城へ視線を移した。城中では、「臼井浄三入道」と墨書きされたあの大幟《おおのぼり》が、変わらずはためき続けている。

次期将軍を動かすなど、あり得ることではない。だが、臼井城にはただ一人、常識では計り知れない、なにをしでかすか分からない男がいる。

「お屋形様、お願いしたき儀がございます」

河田は、その場にひざまずいた。

「この長親を、臼井城へお遣わしくださいい」

もはや、上杉軍の撤退は動かしがたい。

それゆえ、退いていくこちらの軍勢に対し、無暗《むやみ》な追撃や戦闘を仕掛けてくることがないよう——城方にそのような余裕が残っているとは思えないが、万が一のため——臼井城へ停戦を申し入れなければならない。河田は、その使者を務めるというのである。

（確かめなければならない）

この戦の、真相を。それには城中へ入り、浄三を直《じか》に問い質《ただ》すしかない。

「いいだろう」

輝虎は、申し出を許した。

終章　荒天《こうてん》を倶《とも》に戴《いただ》いて

一

臼井城の本丸で、河田長親は原胤貞と対面を果たした。

広間には上段に座る胤貞のほかにも、佐久間主水、宍倉大和、椎名孫九郎《しいなまごくろう》、鏑木長門、酒井左衛門尉《さかいさえもんのじょう》といった城将たちがずらりと居並び、北条家から派遣された松田孫太郎、蔭山新四郎らの姿もある。

そしてその中に、見覚えのある山伏姿の若者の姿もあった。

(——浄三)

見紛《みまが》いようもない。別れてから、すでに七年もの歳月が流れていたが、そこにいたのは間違いなく、河田の知っている男だった。

浄三は、眠ったように鈍い顔をしたまま、なんの反応も示さない。

（まあ、いい）

まずは使者としての役目を果たさなければならない。

河田は胤貞へ向き直ると、作法通りの口上を述べ、事前に書状で知らせた通りの停戦の意思を伝えた。胤貞は顔をしかめ、しばらく考え込んでいるような体を作ってから、

「やむを得まい」

と言って申し出を承諾した。

（田舎臭《いなかくさ》い芝居をするものだ）

本心では、胤貞はこの停戦に小躍りしたいはずである。だが、上杉方に弱みを見せるわけにもいかないため、さも仕方がないといった具合に、態度を取り繕《つくろ》っているのだ。城主としては当然のことかもしれないが、あまりに作為が見え透《す》いている。

（やはり、我らを翻弄《ほんろう》したのはこの男ではないな）

そののち、胤貞は起請文に花押を署《しょ》し、血判を据え、停戦を確約した。これで使者としての河田の役割は終わったが、真の目的はむしろこのあとである。

「恐れながら、上総介（胤貞）殿」

河田はじっと胤貞を見据えた。

「もしお許し願えるなら、此方の浄三殿と話させて頂けないか」

「はて、なぜだろうか」

「尋《たず》ねたきことがござる」

と言って、河田は頭を下げた。

「なにとぞ、願い奉《たてまつ》る」

「ふむ」

胤貞は、腕を組んで黙り込んだ。

もちろん、本来であれば、このような私的な申し出を許す必要などはない。しかし、胤貞としては、あまり無下《むげ》に断って上杉方を怒らせたくはないだろう。なにしろ城外には未だ、一万二千の大軍がいるのである。

「……いいだろう」

渋々と、胤貞はうなずいた。

「ただし、襖《ふすま》の外には、いつでも踏み込めるように兵を控えさせておく。それでも構わぬな、河田殿」

「無論です。お聞き入れ頂き、有り難く存じます」

河田は再び、慇懃《いんぎん》に頭を下げたのち、ちらりと浄三の方に目をやった。山伏姿の若者は相変わらず鈍い顔をしたまま、大儀そうに首や肩のあたりを揉んでいた。

二

「久しぶりだな、岩鶴丸」

別室で河田を迎え入れた浄三が、にやにやと笑いながら言った。

「そのような名で呼ぶな」

河田はじろりと睨《にら》み、

「私は上杉家家臣、河田豊前守だ」

「つれないな。越後の雪というのは、人の心まで凍《こご》えさせるのかね。ずいぶんと、冷たい男になったじゃないか」

「御託《ごたく》はいらん」

浄三のらちもない軽口を、河田は一言で切って捨てた。

「私が聞きたいことは、ただ一つだ。──この和睦はお前の仕業《しわざ》か、浄三」

「ああ、いかにも」

浄三はあっさりと認めた。

「俺が、足利義秋を動かした」

現在、足利義秋は京を離れ、近江の矢島《やじま》村という地へ亡命している。この亡命を援《たす》け、今も近侍している幕臣の中に、浄三と面識のある細川藤孝がいた。

浄三はこの細川宛てに、

──上杉と北条を和睦させるべきです。

という内容の書状をしたためた。

義秋の帰京と三好家の追討には、言うまでもなく、上杉輝虎の協力が不可欠である。だが、輝虎はあくまでも関東管領として、東国の平定と北条の征伐にこだわっており、これが決着しない限り、上方《かみがた》へ兵を送ることはないだろう。

──ならばいっそ、上杉と北条を和睦させてしまえばよろしい。

というのが、浄三が献じた策だった。輝虎としては、「いずれ三好を追い、義秋公の帰京を援ける」と公言している以上、その勧告を無視することなど出来ないであろうし、この軍神の襲来に手を焼き続けている北条にしても、和睦は望むところのはずだった。

しかし、問題は足利義秋である。なにぶん、浄三は義秋という男に一面識もなく、どのような人間なのかさっぱり分からない。よほどのことがなければ、まずこの策に乗って来るだろうと思ったが、確信までは持てなかった。

そのために、浄三はもう一手、念を押した。

「書状には、鍔《つば》を添えた」

「鍔？」

「足利花桐をあしらった鍔だ」

もともとは、将軍家伝来の宝刀、鬼丸国綱の鍔である。

「俺は、あの永禄の変——三好勢による足利義輝への謀反《むほん》——の直前に公方様から、この刀を鹿島の剣豪、塚原卜伝へ届けるよう命じられた」

それゆえに鬼丸国綱は我が手にある、この鍔がその証であると、浄三は書状に記した。義秋がどのような男であろうとも、この将軍家伝来の宝刀の現存を知れば、すぐにでも取り戻したいと考えるに違いない。

「だから、こう言ってやったのさ。……和睦の勧告を発してくだされば、必ずやこの刀を義秋様のもとへと持ち帰る、とな」

そして、義秋は浄三の要請を受け入れ、上杉と北条に和睦を命じた。なにぶん、上方から臼井までは距離があるため、その命令が届くまでの間、城が持ちこたえられるかは危うかったが、辛《かろ》うじて間に合った。

こうして臼井城の戦いなどという、たかが一拠点を舞台にした局地戦のために、浄三は足利将軍家さえも利用し、ついには一万二千の大軍勢を撤退に追い込んだのである。

「……とんでもないことを、しでかしてくれたものだ」

河田は低い声で言った。

「お前は、この城に入るべきではなかった」

「関東の平定を阻《はば》まれたことが、そんなに悔《くや》しいか」

「違う。関東は足掛かりに過ぎない。……お屋形様は」

整《ととの》った顔立ちが、抑《おさ》え込んだ激情に歪《ゆが》んでいる。怒り……いや違う。河田長親の目には、憎悪《ぞうお》と殺意がありありと浮かんでいた。

「お屋形様は、この日《ひ》ノ本《もと》の乱世を収められるつもりでおられた。これは、すでに亡き足利義輝公とひそかに誓われていたことだ」

「馬鹿なことを言うな」

浄三は鼻で笑った。

「あの男は、関東管領としての体面を気にするあまり、上方を無視して東国ばかり気にかけ、無益な戦《いくさ》を繰り返し、ついには公方様を見殺しにしたではないか。そんな輝虎が、公方様と志《こころざし》を共にしていたはずがない」

「ならばお前は、なぜ生きている」

「なんだと？」

「おかしいとは思わなかったのか。義輝公に近侍していたお前が、三好の襲撃を免《まぬが》れたことが、本当に偶然だとでも思っているのか」

たしかに、浄三が永禄の変の直前に、たまたま鹿島への使いを命じられたというのは、偶然にしては出来過ぎている。しかし、その命が意図的なものであったはずがない。

偶然でなかったとするならば、義輝は、三好の襲撃を事前に知っていたということになるではないか。

「馬鹿なことを……ならば公方様は、ご自分が殺されると知りながら、それを座して待っていたとでもいうのか」

「その通りだ」

冷めきった声で、河田はそう答えた。

「義輝公は、自ら死をお選び遊ばされた。全ては、仕組まれたことであった」

「なにを……」

うろたえる浄三を前に、河田は語る。そもそも、永禄の変の原因とはなにか。

それは三好家当主、三好長慶の死に集約される。

この実質的な中央政権の主宰者が、四十三歳の若さで病没したのは、永禄七年（一五六四）七月——浄三が義輝に仕えてからおよそ四か月後のことであった。

将軍足利義輝にとって、三好家は潜在的な政敵である。その当主が倒れ、力が弱まることは、一見する限りではこの将軍にとって有利な事態のようでもある。

しかし、ことはそう単純ではない。三好長慶という有能な指導者を失ったことにより、三好政権は動揺した。長慶亡きあとのこの中央政権を、誰が主宰し、運営してゆくのか。均衡を失った政権内部は、派閥や力関係の歪みによって、いつ内紛や突発的な事件が起こってもおかしくない、火薬庫のように不安定な状態へと陥った。

もはや、義輝には抑えきれない。それどころか、己の命さえも危ない。皮肉なことに、三好長慶という政敵の死によって、義輝はかえって窮地に陥った。

では、自身はなにをすべきなのか。兵力も権限も持たない将軍は、この緊張した情勢の中で、天下のためになにが出来るのか。

彼が選んだのは、遠回しな自殺だった。

――足利義輝は、上杉輝虎と密謀し、三好家を排除しようとしている。

という情報を、自ら漏らしたのである。

そのわずかな火種によって、火薬庫は暴発した。それこそが、あの永禄の変の真相だった。

「義輝公は、自らの命と引き換えに、三好家に将軍殺しの汚名を着せたのだ」

将軍を殺した賊を討つ。亡命した弟・義秋を新たな将軍の座に据える。

この強大な大義名分を掲げる限り、諸国の大名たちの大半は、輝虎の上洛を阻むことが出来ない。阻めば、自らも三好の一党であり、謀反人であると称するも同然である。

実力が物をいう乱世で、その「錦《にしき》の御旗《みはた》」は絶対の威光は持たないまでも、必ず輝虎の助けになる。

「本来は、将軍たる義輝公の下、お屋形様はその補佐という名目で、新たな公儀（政府）の仕組みを整える計画であった。そののちは、義輝公は将軍位を返上し、天下の実権をお屋形様へ譲られると宣言され、足利幕府を終わらせるつもりでおられた」

だが、三好長慶の死による政情の混乱により、当初の計画通りにことを進めるのは難しくなっていた。そこで、義輝は苦肉の策として、弟の義秋を守るための算段を整えた上で、三好の謀反を誘発し、討たれたのである。

のちのち、あの弟が輝虎と政治の実権を巡って争う可能性を危ぶまないではなかったが、三好家に、義輝と義秋が兄弟ともども討たれるより良かろうと考えてのことだった。

「しかし」

浄三には、まだ解せない。

「ならばなぜ、輝虎は早々に上洛せず、関東出兵を繰り返したのだ」

「北条家のせいだ」

河田は忌々《いまいま》しげに歯嚙《はが》みした。

「北条が関東に君臨する限り、世は改まらない。お屋形様は、なんとしても小田原の凶賊を屈服させなければならなかった」

（屈服？）

妙な言い回しだ。討伐でも、攻め滅ぼすでもなく、屈服。わずかな違和感が、浄三の脳裏で目まぐるしく回転する。

やがて、その違和感は形を成し、ある一つの事実を思い出させた。

「――古河公方」

京の室町幕府と対になった、関東を治めるもう一人の将軍。

その古河公方（足利義氏《よしうじ》）は北条家の手の中にある。北条家はこの古河公方を輔弼《ほひつ》するという名目で「関東管領」を称し、関東支配の大義名分としているのである。

上杉家が京を押さえ、新たな公儀となったとしても、古河公方を握っている限り、北条家は無限に大義名分を引き出し、もはや形骸化しつつある室町体制の秩序を盾《たて》に、輝虎の政権に対抗しようとするだろう。

つまりは、北条家が古河公方を握っている限り、室町の世は改まらない。

（では、あの男の関東出兵の目的とは……）

北条家を滅ぼすことではない。

関東出兵を繰り返し、徹底的に追い詰め続ければ、いずれ北条方から和睦を申し出てくるだろう。それを承諾する条件として、古河公方を差し出させる。

（つまり、上杉輝虎の義とは……）

河田が初めに言ったように、足利義輝と誓った、乱世を終わらせるという夢のことだったというのか。

浄三は愕然《がくぜん》とした。

「そんな、馬鹿な……」

もし、その答えが正しいとすれば、彼らが目指した夢は、もはや実ることはない。

和睦は、北条方から言い出させ、上杉方が主導権を握ってこそ、自由に条件を要求出来る。そうして古河公方を奪ったのちは、足利義秋を奉じ、いよいよ京へ攻め入るつもりだったのだろう。

それを、とうの義秋によって否定された。

これにより、亡き義輝の野望は挫折した。それを打ち砕いたのはほかでもない。誰よりも、その成就を望んでいたはずの、浄三自身だった。

「自分がなにをしたか、分かっただろう」

ひどく乾いた声で、河田は言った。

「これでまた、乱世が続く。天下は戦乱に蝕《むしば》まれ、人は死に、野は荒れ、私やお前のような者が何人も生まれる。それでもまだお前は、このちっぽけな田舎城を守れて満足だと、胸を張っていられるのか。……私は、お前を許さない。たとえどれほど知恵に優れようと、戦に長けようと、臼井浄三入道は、最低の軍師だ」

そう言い捨て、河田は部屋を出て行った。

室内には、浄三だけが取り残された。

(……あいつの言う通りだな)

たしかに、浄三は最低の軍師だろう。知らず知らずのうちに、最も敬慕した人の夢を打ち砕き、自らの家族を奪った乱世の継続に加担した。

あの上杉輝虎に勝った軍師——そんな名誉など、少しも欲しくなかった。どうしようもない虚しさが、浄三の内側を侵していく。

臼井城に入ってから、浄三はつくづく思った。……人とは、なんと身勝手なものだろう、と。

主家の都合を正義と勘違いした馬鹿な旗本。

大局を見ることも出来ない田舎城主。

神に仕えながら神の言葉を偽り、策略に加担した神主の娘。

誰も彼もが、手前勝手に生き、ときに対立し、ときに己の都合を押しつけ合う。そのなんと浅ましく、身勝手で、醜く、愚かであることだろう。

——だから、誰かが導いてやらねばならない。

河田や輝虎ならば、そう言うだろう。いや、浄三自身も、少し前まではそう考えていた。

(だが、人とはそれだけではない)

愚かであればこそ、人は争い合う。しかしまた、愚かであればこそ、ときに合理や計算を越えて手を結ぶことが出来る。

彼らは共に、この無謀な籠城戦を戦い抜いた。壮大な展望でも、義や筋目、善悪といった徳目のためでもなく、ただそれぞれの都合のために。

浅ましく、身勝手で、しかしだからこそ獣《けだもの》ではあり得ない、ありふれた人間たちの総和が、軍《いくさ》の神をも撃退した。

とはいえ、それでなにかが、決定的に変わるわけではない。

これからも乱世は続き、奪い合い、殺し合い、騙《だま》し合うばかりの連鎖は止まらぬだろう。此度《こたび》の戦で生き残った者たちも、別の戦や、飢饉《ききん》や、病で、すぐに死んでしまうのかもしれない。

「だがな、岩鶴丸」

声をかけるべき相手を失った部屋で、それでも浄三は言葉を紡《つむ》いだ。

「俺は悔《く》いてなどいない。たとえ、正しくなかったとしても、この城に力を貸したことが間違いだったとは思わない」

自分がしたことは、歴史を逆行させる愚行であったのかもしれない。だが、正しさに踏みつぶされて当然の命など、一つとしてあるはずがない。

浄三は、この城の者たちを守りたかった。

自分のような者の力を欲してくれた、その思いに応《こた》えたかった。

結局、自分もまた、この城に籠った者たちと同じように、浅ましく、身勝手で、愚かしい、ありふれた人間の一人なのだろう。

(だが、それで構わない)

なぜか、今はそう思えた。

こうして、臼井城と上杉軍の間で停戦協定が結ばれ、翌日、上杉輝虎は陣を引き払い、全軍が越後へと撤退した。

三

「本当に、そんなもので良かったのか」

孫太郎は、城門の前で尋ねた。

「ああ」

旅装の浄三は、腰の脇差をこつこつと叩《たた》いた。

「道中、緡銭《さしぜに》はかさばって面倒だからな。臼井城でさんざんに働いた、あの松田孫太郎の脇差ともなれば、金に困ったとき、さぞ高く売れるだろう」

この脇差が、臼井の防戦における、この軍師に対する報酬だった。

孫太郎が、元服の際に父から与えられたもので、小田原の名工・五条義助《ごじょうよしすけ》の作である。茎《なかご》には、「松田孫太郎康郷」と銘が切ってある。

とはいえ、一城を救った報酬としては、それでも安すぎると思ったが、浄三は最低限の路銀と食料、それにこの脇差のほかは「かさばるから嫌だ」といって頑《かたく》なに受け取らなかった。

「本当なら」浄三は手刀で、孫太郎の首を落とす真似《まね》をした。「この首級を持って帰りたかったところだが、勝ってしまったからな」

「欲しければ持って行っても良いぞ？　お主の細腕で、奪えるならの話だが」

「遠慮しておこう。上杉輝虎を破った猛将から、易者に殺された不覚者に成り下がっては、首級も脇差もろくな値がつくまい」

「……このあとは、どうするのだ」孫太郎は尋ねる。

「本当なら、鹿島へ行く予定だったが」

しかし、鹿島の塚原卜伝へ届けるはずだった鬼丸国綱は、和睦要請と引き換えに、足利義秋に届けなければならなくなった。

とりあえず、義秋の亡命先である近江矢島を目指すと、浄三は語った。

「わざわざ引き返すと思うと馬鹿らしいが、相手は亡き義輝公の弟君だ。さすがの俺も、このましらばっくれるのは、いささか気が引ける」

「刀を届けたあとは、どうする？」

「特に決めてはいないが……まあ、どうとでもなるだろう」

その素っ気ない言葉に、孫太郎は安心した。少なくとも、この男はもはや、刀を届け終えたところで、自ら死を選んだりはしないだろう。

昨年の十二月から、四か月間。長いようで短い、しかしひどく濃密だった臼井での日々の中で、浄三は浄三なりに、なにか得るところがあったらしい。

そして、孫太郎にもまた、ある決意があった。

「なあ、浄三」

「うん？」

「このまま、私と一緒に小田原へ行かないか？　お主さえよければ、ぜひとも北条家臣として迎え入れたい」

「……本気で言っているのか？」

浄三は困惑したように眉をひそめた。

「私が嘘などつくと思うか」

「さあ、どうかな。武士との約束ほど、信用ならないものはないからな」

「頼む」

軽口には付き合わず、孫太郎はじっと山伏姿の若者を見据えた。

「来てくれ、浄三。お主の力が欲しい」

「そこまで言うのなら」

浄三は、懐をごそごそとまさぐり、

「これで決めよう」

と言って、一枚の銭を取り出した。

「以前にもやって見せたが、銭によって物事の行く末を占うことは珍しくない」

「前に見せたのは、占いではなくいかさまだったではないか」

「はて、そうだったかな」

浄三は空とぼけつつ、

「易者の間では、擲銭《てきせん》といって筮竹の代わりに銭を使う占いがあるし、堺にいる南蛮商人たちも、投げた銭の表裏で揉め事を決着させることがあるらしい。これならば、公平だろう」

「鐚銭《びたせん》ではないだろうな」

「疑うなら、確かめればいい」

そう言って、浄三は銭を手渡してきた。孫太郎はそれを入念に確認し、何度か手で投げて、重さに偏《かたよ》りがないかも調べた。

間違いなく、普通の永楽銭である。

「以前やったように、表裏を当てよう」

「また、二度投げるのか？」

「いや、一度でいいだろう。松田殿が投げればいい」

細工の余地はない。浄三は、本気で運試しをするつもりでいるらしい。

（いや、むしろ）

本来の易占のように、自分がどうすべきかを、天意に問おうとしているのかもしれなかった。

「さあ、表と裏、松田殿はどうする？」

「表だ」

「ならば、俺は裏だな」

浄三の目が、鋭く光った。

「裏が出れば、俺は去る。だが、表が出れば、松田殿の好きにしてくれていい」

「二言はないな」

「こちらの台詞《せりふ》だ」

孫太郎は小さくうなずき、呼吸を整え、

「やっ！」

と気合を掛け、銭を中空へ放り投げた。

永楽銭は、くるくると回りながら弧を描き、やがて、孫太郎の手の中に戻った。

握った手のひらを開く。

その盤面を浄三も覗き込む。

「……参ったなあ、松田殿」

浄三は苦笑した。

盤面は無地である。つまりは裏、浄三の勝ちだった。

「初めて、いかさまもしないのに当たってしまった。……まあ、勝ちは勝ちだ。約束通り、俺はここを去るよ」

ひどく寂しげに浄三は笑った。孫太郎はなおも食い下がったが、浄三はうなずかず、

「ほら、見ろ。やっぱり武士との約束など当てにならん」

と、からかうように言うばかりだった。

「次は敵かもな」

浄三はぽつりと呟《つぶや》いた。

「それは厄介《やっかい》だ。……だが、生きていればそういうこともあるだろう」

「そうだな、生きてさえいれば」

浄三は、その言葉が妙に気に入ったのか、「生きてさえいれば、か」と嬉《うれ》しそ

うに、何度も口の中で転《ころ》がした。

散り始めた山桜の花弁が、春風に吹かれて空に舞っている。

その下では、敵味方の軍兵によって無惨に踏み荒らされた田畑や畝《うね》を、領民たちが総出で直している。矛《ほこ》を収め、敵が去っても、「戦」は終わらない。傷跡が癒《い》えるには、まだ長い時間が必要だろう。

しかし、領民たちは「急がなければ田植えに間に合わない」などと愚痴《ぐち》りながらも、その顔つきはどことなく明るかった。

ほどなくして、浄三は去った。孫太郎もまた、蔭山新四郎ら配下と共に、数日後には小田原へ帰っていった。

こうして、臼井城の戦いは終わった。

この戦い以降、上杉輝虎は関東出兵の頻度をめっきりと控えるようになり、三年後の永禄十二年（一五六九）、ついに宿敵・北条氏と同盟を締結した（越相《えつそう》同盟）。

この妥協というほかない同盟に、関東の領主たちは大いに失望し、次々と上杉家の傘下から脱した。輝虎自身も、もはやかつてのような大規模な出兵を行なうことはなくなり、関東からは、半ば手を引いたような形になった。

ところで、この男が足利義輝となんらかの密謀を企てていたことについては、多くの傍証が残っている。義輝自身が書き残し、輝虎のもとへと送った書状には、

「密々を以って仰せ聞けらるべき条々、一切他言せしむべからず（私が密かに伝えた様々な件については、一切他言しないように）」

と書かれているし、彼らの同志と思しき関白・近衛前嗣《このえさきつぐ》（前久《さきひさ》）と輝虎が交わした起請文にも「密事他言あるべからざること」との一文がある。

そして、この「密事」を交わした翌年から、輝虎の関東出兵は始まっている。さらには、前述の近衛前嗣は輝虎の出兵に合わせて京を離れ、現職の関白としては異例の関東入りを果たしている。彼らの企てた密事と、関東出兵が無関係であったとは、到底、考えづらい。

しかし、輝虎は生涯、挫折したその密事の内容を口にすることはなく、上杉家

の記録にも残されることはなかった。真相は、闇の中である。

その後の輝虎は、むしろ関東よりも北陸方面へ頻繁《ひんぱん》に兵を入れるようになった。それも、かつてのように領地を欲さぬ「義戦」ではなく、むしろ積極的に他領を切り取り、家臣に知行として与えるという、純然たる侵略戦争を行なった。

「義」に挫折し、そのひそやかなる望みを諦めた上杉輝虎は、ありふれた一個の戦国大名へと変容したと言える。

だが、皮肉にもその挫折こそが、上杉家の躍進と拡大をもたらし、不識庵《ふしきあん》上杉謙信という戦国屈指の名将の伝説とともに、その最盛期を築くことになる。

ちなみに、上杉と北条の和睦を働きかけた足利義昭（義秋）は、臼井城の戦いの二年後、岐阜の織田信長《おだのぶなが》に奉じられ上洛し、宿願であった将軍就任を果たしている。

しかし、信長は義昭を将軍として戴《いただ》きつつも、実質的な中央政権の主宰者として、天下布武《てんかふぶ》へ邁進《まいしん》してゆくことになる。

これ以降、上杉、北条、武田など、戦国大名たちが互いに覇を競い合った、群雄割拠の時代——戦国時代は徐々に終焉《しゅうえん》へと向かい、天下人たらんとする信長と、それに対抗する大名たちの争いという、新たな段階——織豊《しょくほう》時代へと移っていく。

しかし、もし上杉謙信が、足利義輝との「密事」を果たしていたとすれば、その内実がなんであれ、時代の流れは大きく変わっていたことだろう。

謙信の関東平定を挫折させた「臼井城の戦い」は図らずも、移り変わる時代の分岐点であったと言える。

浄三のその後の足取りは、杳《よう》として知れない。

常勝の名将たる上杉謙信の野望を打ち砕いた、謎多き軍師の名は、数多《あまた》の伝承の中にのみ残り、後世へと語り継がれた。

解説——かつてない重厚で壮大な歴史小説を紡《つむ》ぐ恐るべき新鋭

文芸評論家　末國善己《すえくによしみ》

後世の評論家が歴史時代小説の流れを振り返るとしたら、二〇一〇年代初頭を特筆すべき時代として記述するだろう。澤田瞳子《さわだとうこ》、谷津矢車《やつやぐるま》、大塚卓嗣《おおつかたくじ》、木下昌輝《きのしたまさき》、霧島兵庫《きりしまひょうご》ら、一九七〇年代から八〇年代生まれの作家が、自分たちと同じ若い世代の読者が共感できる斬新《ざんしん》な物語をひっさげ相次いでデビューしたからだ。

その中でも一九八七年生まれの最年少で、戦国時代のマイナー武将を掘り起こし、活劇と人間ドラマを両立させた重厚な歴史小説を書き継いで注目を集めているのが、簑輪諒《みのわりょう》である。二〇一四年に、丹羽長秀《にわながひで》の死後、一二三万石から四万石に大減封されたお家存亡の危機に、城好きで人のいい嫡男《ちゃくなん》の長重《ながしげ》と「うつろ屋(空論家)」と揶揄《やゆ》されている新米家老の江口正吉《えぐちまさよし》が挑《いど》む『うつろ屋軍師《やぐんし》』を刊行した著者は、同作が『この時代小説がすごい！　2015年版』にランクインし、歴史時代作家クラブ賞の新人賞の候補となる鮮烈なデビューを飾った。

続く『殿《との》さま狸《だぬき》』は、まったく無名の木下藤吉郎《きのしたとうきちろう》に仕《つか》え異例の出世をした蜂須賀小六《はちすかころく》の嫡男・家政《いえまさ》を主人公に、常に偉大な父を意識しなければならなかった家政が、その重圧に負けず、若者らしい柔軟な発想と父親ゆずりのしたたかな戦略で領国・阿波《あわ》の民《たみ》を守ろうとする青春小説色の強い作品となっていた。第三作『くせものの譜《ふ》』は、大坂《おおさか》の陣《じん》で塙団右衛門《ばんだんえもん》と並ぶ活躍をしたのにあまり知られていない御宿勘兵衛《みしゆくかんべえ》が、真田昌幸《さなだまさゆき》、依田信蕃《よだのぶしげ》、佐々成政《さっさなりまさ》、久世但馬《くぜたじま》、野本右近《のもとうこん》、伊達与兵衛《だてよへえ》、本多富正《ほんだとみまさ》ら勝者にはなれなかったが懸命《けんめい》に乱世を駆け抜けた男たちと交流する物語を通して、戦国時代の終焉《しゅうえん》を鮮《あざ》やかに切り取っていた。

そして『最低の軍師』が誕生した。今ノリに乗り、新作が常に最高傑作の状態が続いている著者が初の文庫書き下ろしに挑んだ本書には、間違いなく前三作を超えるスケールと興奮がある。そしてこれまで見たことのない魅惑的なヒーローに出会えるのである。

文庫書き下ろしは、江戸後期を舞台に、剣豪小説、捕物帳、市井《しせい》ものなどジャンルこそ多彩だが、最後は人情で締《し》めくくられる時代小説のシリーズが多い。だが数は少ないながら、和田竜《わだりよう》『のぼうの城《しろ》』よりも早く忍城《おし》の攻城戦に着目した風野真知雄《かぜのまちお》の傑作『水《みず》の城《しろ》　いまだ落城《らくじよう》せず』、近衛龍春《このえたつはる》『前田慶次郎《まえだけいじろう》　天下無《てんかむ》

『双の傾奇者』など魅力あふれる歴史小説もある。このジャンルに簑輪諒が参入してくれたのは、嬉《うれ》しい限りだ。

著者のファンなら、新作でどんなマニアックな人物を取り上げてくれるのか楽しみでならないのではないか。本書の主人公は、まさに〝幻の軍師〟といっても過言ではない白井入道浄三《しらいにゆうどうじようさん》なので、その期待は裏切られることはあるまい。

永禄《えいろく》八年（一五六五）、卓越《たくえつ》した戦略、戦術眼を持つことから「軍神《いくさがみ》」と恐れられる越後《えちご》の上杉輝虎《うえすぎてるとら》（後の謙信《けんしん》）が、北条《ほうじよう》家を討ち関東《かんとう》の秩序を回復するため兵を進める。輝虎の最終目標は北条の本拠地・小田原《おだわら》城の開城だが、北条を支持する国衆《くにしゆう》の切り崩しも視野に入っていた。輝虎は家臣の河田長親《かわだながちか》を、下総国《しもうさのくに》の交通の要衝《ようしよう》にある臼井《うすい》城（現在の千葉《ちば》県佐倉《さくら》市臼井田《うすいた》付近）に派遣する。この時、城主の原胤貞《はらたねさだ》、北条家から援軍として送られた松田孫太郎《まつだまごたろう》が奮戦。この戦いを軍師として指揮し、上杉の大軍と対峙したのが浄三なのである。

といっても浄三が歴史の表舞台に立ったのは、臼井城の攻城戦だけ。生年も没年も不明、若い頃に三好《みよし》三人衆の一人・三好長逸《ながゆき》に仕《つか》えていたとされるがこれも正確なところは分からず、臼井城の戦い後の動向も伝わっていない。著者は、こうした断片を繋《つな》げ、長逸との関係から浄三と室町《むろまち》幕府十三代将軍・足利義輝《あしかがよしてる》には接点があったとするなど、史実と矛盾《むじゅん》することなくフィクションを織り込んでいくので、実在した浄三は本書のような人物だったのではと思えるリアリティがある。

歴史小説は特殊なジャンルで、織田信長《おだのぶなが》は本能寺《ほんのうじ》の変《へん》で明智光秀《あけちみつひで》に討《う》たれた、坂本龍馬《さかもとりようま》は近江屋《おうみや》で暗殺されたという史実は絶対に改変できないので、読者は、なぜ信長に目をかけられていた光秀が叛《そむ》いたのか、龍馬暗殺は誰が実行したのかといった作家の解釈や結末に至るプロセスを楽しむことになる。だが臼井城の戦いの結末を知っているのは、相当な歴史マニアだけであり、浄三が上杉の大軍を撃退しても、奮戦の末に敗れたとしても物語は成立するので、歴史小説には珍しく先の読めないスリリングな展開が楽しめるのだ。これは、常に珍しい題材を見つけている著者の面目躍如《めんもくやくじよ》といえる。

さらにいえば、吉川英治《よしかわえいじ》『宮本武蔵《みやもとむさし》』における武蔵と佐々木小次郎《ささきこじろう》、海音寺潮五郎《かいおんじちようごろう》『天《てん》と地《ち》と』における上杉謙信と武田信玄《たけだしんげん》、司馬遼太郎《しばりようたろう》『関ヶ原《せきがはら》』における徳川家康《とくがわいえやす》と石田三成《いしだみつなり》など、歴史時代小説は宿敵との対決に向けて進むと盛り上がる。著者はそれを意識してか、二重三重にライバル関係を張り巡らせているのだ。まず最も大きいのは、臼井城攻城戦の切っ掛けとなる上杉家と北条家の対立である。物語は、北条家の援軍・松田孫太郎らが臼井城に向かうところから大きく動き始めるが、北条家と臼井城の原家《はら》は現代でいえば大手企業と下請け、中央官庁と地方自治体のような従属的立場にあるので味方同士とはいえしっくりきていない。原家は足利学校《あしかががっこう》（現代でいえば東京大学にあたる最高学府）を出たエリート軍師・海野隼人《うんのはやと》を召し抱えていたので、それと叩《たた》き上げでのし上がってきた浄三が火花を散らすことになる。さらに浄三と、上杉家家臣の河田長親には浅からぬ因縁があるらしいことが暗示されているのだ。こうした対立軸が、あるケースは解消し、別のケースでは深刻さを増すなど、複雑な〝絵〟を描きながら進むだけに、クライマックスに待ち受けるカタルシスが圧倒的なのである。

現代人は、軍師と聞くと大将の側近くに控え、前線で陣形や部隊の動きを指南する参謀役を思い浮かべるように思える。だが本来の軍師の役割は、卜占《ぼくせん》によって勝利の可能性が高い日時や場所を決めることだった。『三国志《さんごくし》』に登場する名軍師・諸葛孔明《しょかつこうめい》は、赤壁《せきへき》の戦いの直前、祈禱《きとう》で南風を吹かせ火計を成功させる。こうした呪術的なパワーこそが、軍師に求められていたのである。

歴史学者・小和田哲男《おわだてつお》の著書『軍師《ぐんし》・参謀《さんぼう》』は、陰陽師《おんみようじ》や占師のような軍師を「軍配者的軍師」、戦略・戦術を主君に具申する軍師を「参謀的軍師」として明確に区別し、日本で「参謀的軍師」が出てくるのは戦国時代からとしている。

臼井城に入った浄三は、聞かれているのは戦場での吉凶なのに、天からのお告げがあったなどと嘯《うそぶ》き、軍の指揮も執《と》ろうする。「軍配者的軍師」と「参謀的軍師」の中間的な存在の浄三は、戦国の軍師像を正確に伝えるキャラクターでもあるのだ。当時は識字率が低く、漢文で書かれた中国の兵法書を読みこなす知識人も少なかった。それなのに浄三は、自在に漢籍を読みこなしている。この理由に説得力を持たせるため、著者は思わず目を背《そむ》けたくなるような浄三の前半生を描いていく。浄三が経験した悲劇は、現在、ますます深刻化する格差の広がり――特に子供が搾取《さくしゅ》的な労働を強《し》いられたり、教育の機会を奪われたりしている現状への批判になっているように思えた。その意味で浄三は、戦国のリアルと現代社会への問題提起が一体化したキャラクターといえる。だからこそ浄三には共感できる部分が多いし、勝ち組の上杉軍と激突する場面が痛快に思えるのである。

そして社会の底辺から乱世を見てきた浄三のまなざしは、領民を慈《いつく》しみ、私利私欲の戦争はしなかったとして多くの歴史小説作家が高く評価してきた上杉家の「義」の欺瞞《ぎまん》までを暴いていく。真っ直ぐなようでいて実は相当に歪《ゆが》んでいる輝虎の思考を読むと、国のトップが、罪なき市民が犠牲になる戦争を始めたり、異なる民族や異なる宗教を信じる人々を虐殺したり、反対派を粛清《しゆくせい》したりすることが、なぜ正義の名のもとに実行されるかがよく分かるのである。

最後に、本書のタイトルにある「最低」の意味について触れておきたい。ただネタバレを避けるために抽象的な書き方になってしまうが、本書を読み終えて真っ先に思い浮かべたのは、ピューリッツァー賞を受賞した報道写真「ハゲワシと少女」だった。この作品は、一九九四年、南アフリカのカメラマン、ケビン・カーターがスーダンで撮影したもので、餓死《がし》寸前の少女とそれを狙うハゲワシの構図は、旱魃《かんばつ》と飢饉《ききん》の深刻さを伝えるに十分だった。しかしこの写真が発表されると、称賛と同じくらい、「なぜ写真を撮る前に少女を救わなかったのか」との非難の声も高くあがった。このバッシングが直接の原因かは不明ながら、ケビン・カーターはピューリッツァー賞の受賞直後に自殺している。

「ハゲワシと少女」は、目の前の人命を救って、現在進行形で起きている悲劇を世界に発信するのを諦《あきら》めるのか、それとも報道の使命を貫《つらぬ》き、少女を犠牲にしてでも、より多くの命を救うべきなのかの議論を巻き起こした。本書の終盤で浄三が突き付けられるのも、半分は正解で、半分は間違いなので、どちらを選んでも「最低」と罵《ののし》られる可能性がある選択肢なのだ。これは浄三だけの問題ではなく、誰の身にも起こり得るので、読者は絶対に半分は間違ってしまう問いに対し、良心とどのように向き合い、折り合いを付けるかを考えることになるだろう。

上杉軍との戦いが目前に迫った時、孫太郎は臼井城下で暮らす人たちに自ら立ち上がり、自ら戦うよりほかにないと呼びかけ叱咤激励《しったげきれい》する。本書もこれと同じで、ストーリーを追えばテーマが浮かび上がるのではなく、読者が主体的に解釈し自分なりの問題意識を見つける作品なのである。

簑輪諒は、今、歴史時代小説ファンに真っ先に勧めたい作家だ。その確かな実力は、驚きに充ちた本書に凝縮されている。今後、どこまで成長し、どんな作品でファンを驚かせてくれるのか。既刊の三冊はもちろん、これからの一冊一冊を大いに楽しみにしていきたい。

最低の軍師

一〇〇字書評

切り取り線

購買動機（新聞、雑誌名を記入するか、あるいは○をつけてください）

□（　　　　　　　　　　　　　　）の広告を見て
□（　　　　　　　　　　　　　　）の書評を見て
□ 知人のすすめで　　□ タイトルに惹かれて
□ カバーが良かったから　　□ 内容が面白そうだから
□ 好きな作家だから　　□ 好きな分野の本だから

・最近、最も感銘を受けた作品名をお書き下さい

・あなたのお好きな作家名をお書き下さい

・その他、ご要望がありましたらお書き下さい

住所	〒				
氏名		職業		年齢	
Eメール	※携帯には配信できません		新刊情報等のメール配信を 希望する・しない		

この本の感想を、編集部までお寄せいただけたらありがたく存じます。今後の企画の参考にさせていただきます。Eメールでも結構です。

いただいた「一〇〇字書評」は、新聞・雑誌等に紹介させていただくことがあります。その場合はお礼として特製図書カードを差し上げます。

前ページの原稿用紙に書評をお書きの上、切り取り、左記までお送り下さい。宛先の住所は不要です。

なお、ご記入いただいたお名前、ご住所等は、書評紹介の事前了解、謝礼のお届けのためだけに利用し、そのほかの目的のために利用することはありません。

〒一〇一 - 八七〇一
祥伝社文庫編集長　坂口芳和
電話　〇三（三二六五）二〇八〇

祥伝社ホームページの「ブックレビュー」からも、書き込めます。

www.shodensha.co.jp/bookreview

祥伝社文庫

最低《さいてい》の軍師《ぐんし》

平成29年 9 月20日　初版第 1 刷発行
令和 3 年 2 月10日　　　第11刷発行

著　者　簑輪《みのわ》 諒《りょう》
発行者　辻　浩明
発行所　祥伝社《しょうでんしゃ》
東京都千代田区神田神保町 3-3
〒101-8701
電話　03（3265）2081（販売部）
電話　03（3265）2080（編集部）
電話　03（3265）3622（業務部）
www.shodensha.co.jp

印刷所　堀内印刷
製本所　ナショナル製本
カバーフォーマットデザイン　中原達治

Printed in Japan ©2017, Ryo Minowa ISBN978-4-396-34354-5 C0193

祥伝社文庫の好評既刊

宮本昌孝
陣借り平助《へいすけ》
将軍義輝《よしてる》をして「百万石に値する」と言わしめた――魔羅賀《まらが》平助の戦《いくさ》ぶりを清冽に描く、一大戦国ロマン。

宮本昌孝
天空の陣風《はやて》 陣借り平助
陣を借り、戦に加勢する巨軀の若武者平助。上杉謙信の軍師の陣を借りることになって……。痛快武人伝。

宮本昌孝
陣星《いくさぼし》、翔《か》ける 陣借り平助
織田信長に最も頼りにされ、かつ最も恐れられた漢《おとこ》――だが女に優しい平助は、女忍びに捕らえられ……。

宮本昌孝
風魔〈上〉
箱根山塊に「風神の子」ありと恐れられた英傑がいた――。稀代《きたい》の忍びの生涯を描く歴史巨編！

宮本昌孝
風魔〈中〉
秀吉麾下《きか》の忍び、曾呂利新左衛門《そろりしんざえもん》が助力を請うたのは、古河公方氏姫《こがくぼううじひめ》と静かに暮らす小太郎だった。

宮本昌孝
風魔〈下〉
天下を取った家康から下された風魔狩りの命――。乱世を締め括《くく》る影の英雄たちが、箱根山塊で激突する！

祥伝社文庫の好評既刊

宮本昌孝
風魔外伝
化け物か、異形の神か——戦国の猛将たちに恐れられた伝説の忍び——風魔の小太郎、ふたたび参上!

宮本昌孝
紅蓮《ぐれん》の狼
風雅で堅牢な水城、武州忍《おし》城を守るは絶世の美姫。秀吉と強く美しき女たちの戦を描く表題作他。

火坂雅志
覇商の門 上 戦国立志編
千利休《せんのりきゅう》と並ぶ、戦国の茶人にして豪商・今井宗久《いまいそうきゅう》の覇商への道。宗久はいち早く火縄銃の威力に着目した。

火坂雅志
覇商の門 下 天下士商編
時には自ら兵を従え、士商として戦場へ向かった今井宗久。その波瀾と野望の生涯を描く歴史巨編、完結!

火坂雅志
虎の城 上 乱世疾風編
文芸評論家・菊池仁《きくちめぐみ》氏絶賛! 戦国動乱の最中、青年・藤堂高虎《とうどうたかとら》は、立身出世の夢を抱いていた……。

火坂雅志
虎の城 下 智将咆哮編
大名に出世を遂げた藤堂高虎は家康に見込まれ、徳川幕閣に参加する。武勇と智略を兼ね備えた高虎は関ヶ原へ!